NIKA S. DAVERON

JESS A. LOUP

Beyond Eternity

DER FLUCH DES VAMPIRS

IMPRESS

© privat

Jess A. Loup versteht Deutsch, obwohl sie in Bayern lebt. Wenn sie nicht im Kopf mit imaginären Leuten spricht (oder über sie schreibt), ist sie auf dem Bogenparcours zu finden, lässt sich von ihren Katzen terrorisieren oder fotografiert wilde Tiere in Afrika. Solange der Brief aus Hogwarts verschollen bleibt, erschafft sie ihre eigenen magischen Welten.

© privat

Nika S. Daveron stellte bereits im frühen Alter von acht Jahren fest, dass das Beste am PC die Tastatur war – neben dem väterlichen Gratisvorrat an leeren Blättern. Geboren im schönen Köln, lebt sie derzeit in Neuss und ist als Sales & Account Managerin tätig. Wenn sie sich nicht gerade im Sattel oder auf den deutschen Galopprennbahnen herumtreibt, glüht die Xbox oder die Maus. Krach geht bei ihr durchaus als Musik durch, wenn sie sich auf Industrial-Partys die Nacht um die Ohren schlägt.

Kapitel 01

Wie ein Schwarz-Weiß-Bild, dachte Andie und blendete das dumpfe Gemurmel um sich herum einfach aus. Ihr Blickfeld schien zu schrumpfen und sie sah nur noch das dunkle, feucht glänzende offene Grab, in das der cremefarbene Sarg soeben hinabgelassen wurde.

Der Schneeregen, der seit Tagen über das Land zog, bedeckte alles wie ein nasses, schweres Tuch, dämpfte die Geräusche und die eintönige Litanei des Pfarrers, der mit gesenktem Haupt vor ihr stand. Sie mochte Schnee, sie mochte auch Regen und ganz besonders mochte sie diesen kleinen, fast unbekannten Friedhof mitten in Brooklyn, auf dem heute Tante Dru ihre letzte Ruhe fand. Eigentlich war sie gar nicht ihre Tante gewesen, eher die Großtante ihrer Mutter und Andie stellte sich vor, dass sie sich jetzt im Sarg mehrmals wütend herumdrehte, weil ihr Name so verschandelt wurde.

»Andressa Filipa Franklin!«, hatte sie zu sagen gepflegt. »In meinem Haus dulde ich es nicht, wenn Schindluder getrieben wird!«

Für Tante Drusella Eugenie Erincourt, die sich damit gebrüstet hatte, dass sie einem alten englischen Geschlecht abstammte, das durch die barbarischen Kommunisten sein Vermögen und sein Land verloren hatte, war alles Schindluder. Schuld waren natürlich die Gewerkschafter. Und die Feministinnen. Die roten Khmer sowieso. Andie hatte nie verstanden, wie Kommunisten in England Fuß gefasst haben sollten, um Tante Drus Familie zu einer Flucht nach Amerika zu bewegen, aber als sie ein gewisses Alter erreicht hatte, war sie schlau genug gewesen, sich derartige Fragen zu ersparen.

Es ihrer Tante recht zu machen, hatte sie ohnehin nicht vermocht. Sie war zu in sich gekehrt, wenn sie schwieg, und zu patzig, wenn sie sprach. Sie hatte kein Benehmen – »Dein Vater, dieser Gewerkschafter! Er hat dir viel zu viel durchgehen lassen.« –, wählte ihre Kleidung zu freizügig (Andie hatte es einmal gewagt, ein Poloshirt zu tragen), war dumm, faul und ungehorsam. Sie bemühte sich nicht, ihrer armen Tante zur Hand zu gehen, war nie zu Hause, wenn man sie brauchte, und wenn sie es war, völlig nutzlos, weil sie nur über ihren Büchern gesessen oder vor sich hingeträllert hatte.

Andie seufzte lautlos und tauchte für einen Moment aus ihren Erinnerungen auf. Es hatte sich nichts geändert. Der Pfarrer intonierte noch immer eine Grabrede, von der sie annahm, dass Tante Dru sie ihm vorgeschrieben und mitsamt einem gewaltigen Obolus für die Kirche hinterlassen hatte. Die wenigen anderen Trauergäste, denen in dem matschigen Boden sicher die Zehen abfroren, hatten sich tief in ihre schwarzen Jacken und Mäntel vergraben und ihre Schirme vor ihr Gesicht gezerrt, als wollten sie die Welt, den heulenden Wind und die Schneeschauer von sich abgrenzen. Andie kannte keinen von ihnen und das war ihr nur recht so. Tante Dru hatte sich nie die Mühe gemacht, ihre Stimme zu senken, wenn eine ihrer seltsamen Bibelkreisfreundinnen kam. Sie erzählte ihnen von Andie, beschwerte sich, dass es ihre Großnichte gewagt hatte, zusammen mit ihrem Mann – »dem Gewerkschafter!« –, einen tödlichen Autounfall zu haben und ihr dieses unchristliche und undankbare Balg zu hinterlassen, um das sie sich als einzige Angehörige kümmern musste.

Auf dem Dachboden schaffte Andie sich eine Zuflucht. Versteckt von mächtigen, alten, mit Spinnweben bedeckten Truhen und einem antiken Sekretär, kuschelte sie sich in eine löchrige Decke, die sie hier oben hinter einem Dachsparren gefunden hatte. Jedes Wort hörte sie. Wie ein bösartiger, spitzer Pfeil bahnte sich die hohe, durchdringende Stimme Tante Drus immer einen Weg in ihr Gehör.

Sie war erst sieben, als ihre Eltern starben, und brachte über ein Jahr lang keinen Ton mehr heraus, so geschockt war sie. Nicht nur, dass sie bei dem Unfall dabei war und alles mit ansehen musste, sie überlebte ihn ohne einen Kratzer, eine Tatsache, die ihr Tante Dru immer zum Vorwurf machte.

Doch auf dem Dachboden war sie sicher. Niemals, nicht ein einziges Mal, kam ihre Tante auf die Idee, sie dort oben zu suchen. Im Laufe der Jahre schlich sie sich immer dorthin, wenn sie die schrillen Beschwerden nicht mehr ertragen konnte, und hier war es auch, dass ihr ein altes Gesangsheft in die Hände fiel. Bis zu diesem Tag hatte sie dem Musikunterricht keine große Aufmerksamkeit geschenkt, doch als sie die vergilbten Blätter des muffigen Buches umblätterte, schien es ihr, als würde sie in eine andere Welt tauchen. Die Lieder und Gesänge waren so ausdrucksstark, gefühlvoll, so berührend – sie wollte und musste sie selbst singen können. Und Mr Algins, der alte Musiklehrer, war mehr als erfreut, als er das Interesse des zurückhaltenden Mädchens erkannte. Oft nahm er sich die Zeit, ihr nach dem Ende der Stunde Noten, Notenschlüssel und Taktfolgen zu erklären.

Seine Freude kannte keine Grenzen mehr, als sie sich zum ersten Mal traute ihm etwas vorzusingen. Tränen standen in seinen Augen, als sie vor der gesamten Klasse das Halleluja vortrug. Leise, ganz leise hatte sie begonnen, doch mit jedem Ton, mit jeder Strophe war ihre Stimme sicherer und kräftiger geworden und als sie endete, schwiegen ihre Klassenkameraden. Minutenlang. Ergriffen von einem ihnen scheinbar unerklärlichen Gefühl, das sie nicht zu beschreiben vermochten, welchem sie aber auch nicht durch ihren üblichen Spott Ausdruck verleihen wollten. Mr Algins war es auch, der sie mit zu einem alten Freund nahm, dem das kleine Sherman Theater gehörte. Mr Sherman war ein knurriger, alter Mann, mit einer Haut so braun und verrunzelt, dass man meinen konnte, sie sei Baumrinde, und Andie hatte anfangs Angst vor ihm.

Ihre Angst hielt jedoch nicht lange vor. Der kleine Mr Sherman war ein Goldstück, dem nichts mehr am Herzen lag, als ihre Stimme auszubilden. »Du hast großes Talent, mein Kind«, waren seine Worte. »Aber dafür musst du üben, üben, üben. Immer wieder.«

Und das tat sie auch. Jeden zweiten Tag machte sie sich auf den Weg zum Theater und schon mit siebzehn war ihre Stimme so ausgeprägt, dass sie nach Shermans Meinung jeder Opernsängerin das Wasser reichen konnte. Sie besaß die Fähigkeit, über vier Oktaven reine und klare Töne zu singen, und die Theaterleute hatten sie verehrt.

Andie seufzte. Ihr Traum, als Opernsängerin aufzutreten, war vorbei gewesen, bevor er richtig begonnen hatte. Ihre Tante hatte ihr von Anfang an verboten ihr »schreckliches Gesinge« zum Beruf zu machen und hatte ihr nur unter der Voraussetzung zu studieren erlaubt, dass sie »vernünftige« Fächer belegte. Offiziell war sie jetzt im vierten Semester Literaturwissenschaft, doch selbst das war ihr genommen worden. Tante Drus Testament, das ihr heute Morgen der Anwalt persönlich vorbeigebracht hatte, war eindeutig. Sämtliche Vermögenswerte von Tante Dru, einschließlich des von ihr verwalteten Geldes, das Andie gehört hatte, waren verschwunden. Es gab nichts zu erben. Tante Dru selbst hatte – entgegen ihren Worten – nie etwas besessen und sie hatte es sich nicht nehmen lassen, Andies Erbe großzügig für sich auszugeben.

Andie stand vor dem Nichts. Sie wusste nicht, wie sie das alte zweistöckige Haus halten sollte, in dem sie mit Tante Dru gelebt hatte, ja, sie wusste nicht einmal, wovon sie ab morgen leben sollte. Ihr letztes Geld war für die Sargträger draufgegangen und jetzt befanden sich in ihrer Tasche nur noch zwei Dollar und achtundachtzig Cent.

Der Schneeregen war in einen festen, heftigen Regen übergegangen. Ohne zu wissen, was sie tat, griff Andie nach einer Handvoll

Erde und warf sie auf den Sargdeckel. Teilnahmslos beobachtete sie, wie es ihr die anderen Anwesenden nachmachten. Niemand von ihnen hielt es für nötig, ihr zu kondolieren. Andie strich sich eine nasse Strähne ihres lockigen Haares zurück, das in dem Zwielicht eher schwarz als dunkelrot wirkte, starrte einen Moment lang verloren in das Grab, in das die Friedhofsarbeiter hastig die matschige, schwere Erde schaufelten, und wandte sich ab.

Sie hatte Besseres zu tun, als um die Vergangenheit zu trauern. Sie musste ihren Lebensunterhalt verdienen.

***

Die Bar wirkte klein und schäbig. Eines der Lichter draußen war zerschlagen und so leuchtete von dem Schriftzug »Wild Dog« nur noch »ld Dog«. Die verwitterte Eingangstür hätte schon längst einen Anstrich nötig gehabt und das Rot blätterte ab. Es gab nur ein kleines Fenster, links von der Tür, doch es war abgedunkelt und gewährte keinen Blick nach drinnen. Andie atmete tief durch. Sie hatte bereits in vier Restaurants vorgesprochen, keines davon hatte sie gewollt, zu wenig Erfahrung. In den Bars war es genau das Gleiche gewesen und zuletzt war es ihr Äußeres, das einen Absagegrund darstellte.

»Nicht sexy genug«, hatte der Besitzer gesagt und sie ohne weitere Worte stehen lassen. Andie war darüber verärgert gewesen, denn was hatte er erwartet? Dass sie bei diesem Wetter im Bikini zum Vorstellungsgespräch erschien? Dann war der Ärger verschwunden. Es hätte sowieso nicht zu ihr gepasst. So war sie einfach nicht – keine dieser sexy Kellnerinnen aus *Coyote Ugly*, die sich tanzend ins Koma tranken und ihre Gäste scharf machten. Das vage Gefühl beschlich sie, dass das im Wild Dog wohl auch gefordert sein würde, jedenfalls wenn man sich den Laden von außen betrachtete. Aber eine andere Wahl hatte sie mittlerweile nicht mehr. Es gab keine weiteren Etablissements in ihrer näheren Umgebung und sie konnte sich die U-Bahn nicht mehr leisten. Doch eins stimmte sie positiv – an der maroden Tür klebte ein Zettel:

Aushilfe gesucht!

Andie nahm allen Mut zusammen und öffnete die rote Tür. Der Gestank von kaltem Rauch und schalem Bier stieg ihr in die Nase, doch erkennen konnte sie kaum etwas. Der Raum sah aus wie ein Kellergewölbe, Ziegelsteine an den Wänden und blanker Fußboden, der zig Kratzspuren aufwies von den vielen tausend Füßen, die hier im Laufe der Zeit ein- und ausgegangen waren.

»Mach die Tür zu«, knurrte jemand. »Wird sonst kalt.«

Andie gehorchte und schloss die Tür, die nun wie in einem Gruselfilm krächzte. Auch ohne die geöffnete Tür war es im Wild Dog kalt, sie konnte sogar ihren Atem sehen. Im hinteren Teil des Raums brannte Licht und als sich ihre Augen an das fahle Zwielicht gewöhnt hatten, konnte sie auch endlich ihre Umgebung wahrnehmen. Rechts von ihr gab es eine kleine Sitzecke am Fenster, ganz im Stil eines britischen Pubs, links von ihr waren die Theke und der schlauchartige Durchgang erleuchtet, der zum hinteren Teil der Bar führte.

Sie kam sich vor wie eine Motte, als sie dem Licht folgte und bald in einem viel größeren Gewölbe stand. Dort gab es mehrere Tische und eine kleine Bühne, auf der ein abgenutztes Piano stand.

»Wer bist'n du?«, sagte derselbe Jemand wie vorhin.

»Mein Name ist Andie. Ich komme wegen Ihrer Anzeige«, murmelte sie.

Der Mann saß mit dem Rücken zu ihr und starrte auf die leere Bühne, als warte er auf den Beginn eines Konzerts.

»Komm ma rüber«, nuschelte er. »Un' setz dich. Ich kanns nicht leiden, wenn jemand die ganze Zeit hinter mir steht.«

Andie gehorchte und trat an den Tisch des Mannes heran.

»Setzen nich vergessen«, maulte er und tätschelte die Sitzfläche des Stuhls neben sich.

Sie räusperte sich und ließ sich auf dem kippeligen Stuhl nieder. Dann wagte sie den Mann anzusehen. Seine Augen waren blutunterlaufen und schwarz umrandet. Das Haar verfilzt und lang wie die Mähne eines Löwen. Andie schätzte ihn auf um die fünfzig, aber er mochte viel älter oder viel jünger sein. Seine Lippen waren dick und wulstig und verschiedene Tätowierungen zierten den Hals, seine Arme und die Finger. In beiden Ohren trug er diverse zusammengewürfelte Ohrringe. Er war kräftig und bullig. Wie ein Stier.

»Tag«, sagte er und reichte ihr die Hand. »Ich bin Bill Watling.«

Andie ergriff mit gemischten Gefühlen die große Pranke. »Andressa Filipa Franklin.«

»N ziemlich großer Name für ne so kleine Lady.«

»Nennen Sie mich Andie«, schlug sie hastig vor, damit der Kerl sie nicht gleich wieder vor die Tür setzte, nur weil ihm ihr Name nicht passte. »Ich habe mir den Namen nicht ausgesucht.«

Er grinste. »Gut, also Andie. Aber was macht'n son Mädel wie du ... na ja ... hier?«

»Ich suche Arbeit.«

»Gibt Mami nicht genug Taschengeld?«, höhnte der Mann und seine Tätowierungen kräuselten sich, als sein ganzer aufgequollener Körper in Wallung geriet.

»Meine Mutter ist tot.«

»Un'? Meine auch.«

»Sie haben gefragt, ich habe geantwortet«, entgegnete Andie, die langsam ärgerlich wurde.

Doch zu ihrem Erstaunen lachte der Mann, der sich Bill nannte, eine Weile lautstark, sodass es Andie beinahe schon peinlich wurde und sie sich fragte, ob er nicht mehr alle Tassen im Schrank hatte. Er hatte wohl noch nie so etwas Komisches wie sie gesehen.

»Bist schlagfertig«, sagte er, als er sich wieder eingekriegt hatte.

»Das mag ich. Musst du hier sein, sonst fressen dich meine Kunden.«

Andie wusste nicht, was sie darauf erwidern sollte, also schwieg sie und sah sich noch einmal im Raum um. Auf keinem der Tische stand Dekoration, alle hatten die gleichen maroden Holzstühle und auf jedem lag eine grüne Karte. Die Bühne beherbergte außer dem Piano ein paar altertümliche Scheinwerfer, die einem unter Garantie die Haut von den Knochen schmelzen konnten, und an den Wänden gab es ein paar Ölgemälde, die überhaupt nicht zu diesem Ort passen wollten. Das Bild links von ihr zeigte eine Jagdszene aus England, wo feine Lords auf hochbeinigen Pferden saßen, also genau die Art von Herren, die sich hier ganz sicher nicht blicken ließ.

»Was kannst'n du noch so außer kellnern?«

Wehmütig betrachtete Andie das Piano.

»Singen«, kam es, ohne nachzudenken, aus ihrem Mund.

»Singen, eh? Dafür ham wir schon ein Mädel. Zwei brauchen wir nicht.«

»Dann kann ich nur kellnern«, antwortete sie ehrlich.

Der Mann schien nachzudenken, seine Stirn warf Falten und sein ungepflegter Bart zitterte.

»Sing ma was«, brummte er schließlich.

»Was möchten Sie denn hören?« Andie war sich nicht sicher, was sie ihm vorschlagen sollte, denn wenn sie ein Stück aus *Zar und Zimmermann* sang, würde er sie vielleicht erneut auslachen. Das hier war kein Ort, wo man Lortzing zu schätzen wusste.

Ihr blieb der Mund offen stehen, als Bill verlangte: »Kannste was von Gershwin?«

Das war zwar keines der Lieder, die sie in letzter Zeit geübt hatte, aber sie beherrschte alles von Gershwin, denn ihr Lehrer, Mr Algins, war ein glühender Verehrer von ihm gewesen. Und es passte genau so wenig zu diesem Ort wie *Zar und Zimmermann*.

»Summertime?«, fragte sie nach.

Bill nickte und Andie eilte nach hinten auf die Bühne.

Das Piano war staubig und sah aus, als ob es seit Jahren nicht mehr angefasst worden wäre. Vorsichtig hob sie den Deckel und schlug ein paar Takte an. Das Ding war zwar grausig verstimmt, aber für das Stück reichte es noch. Und als Andie zu singen begann, verschwand der düstere Raum vor ihren Augen. Nichts als reine Glückseligkeit durchströmte sie, als sie die ersten Zeilen hauchte: *»Summertime ... and the livin' is easy.«*

Das Singen hatte ihr ja so gefehlt. Die letzten Wochen hatte sie weder die Möglichkeit gehabt noch war ihr danach gewesen, doch jetzt war es ihr, als fielen alle Sorgen von ihr ab, und sie konnte sich ganz der Musik hingeben. Sie schloss die Augen und sang ihr Lied und während sie das tat, kam ihr die Zukunft nicht mehr so schwarz vor.

»So hush little baby ... don't you cry.«

Die letzten Noten verklangen und verpufften im dunklen Gewölbe. Erst dann öffnete Andie wieder die Augen und starrte den Mann an, der da in der Dunkelheit saß und ihr applaudierte.

»Lange nich mehr so was Gutes gehört«, sagte er wohlwollend.

Lächelnd stieg Andie von der Bühne hinunter, immer noch ganz benommen von dieser tiefen Glückseligkeit.

»Wenn du willst, kannste einmal die Woche mi'm Piano auftreten. Spiel, was du willst, dir hört eh nur ne Handvoll zu. Das gibt dann extra Scheine.«

Andie traute ihren Ohren nicht. »Sie nehmen mich wirklich?«

»Klar. Wär bescheuert, wenn ich's nicht täte. Aber mach was mit deinen Klamotten. Ich sag nich, dass du nackt rumlaufen musst, aber 'n hübsches Mädchen wie du kriegt mehr Trinkgelder, wenns sich zurechtmacht, wenn du verstehst, was ich meine.«

»Was bekomme ich als Stundenlohn?«, fragte Andie, sich wieder daran erinnernd, warum sie überhaupt hier war.

»Fünf Dollar.«

Andie schluckte. Sie hatte nicht mit so wenig gerechnet.

»Ich brauche wirklich Geld«, stammelte sie.

»Dann hättest du dir 'n anderen Job aussuchen sollen. Mehr verdienste auch anderswo nich. Sei also nicht geizig mit Haut und mach mit den Besuchern mal 'n paar Scherze, dann verdienst du problemlos das Dreifache. Wenn du singst, kannste dir ne Tasse hinstellen. So läuft das eben hier.« Bill zuckte mit den Schultern. »Komm heut Abend und schaus dir an. Wir öffnen um sechs und schließen, wenn der letzte Gast geht.«

Streng genommen blieb Andie keine andere Wahl. Und weil sie keine Alternative hatte, ergriff sie die ausgestreckte Hand von Bill und schlug ein.

Kapitel 02

Andie konnte es gar nicht erwarten, Tante Drus Haus endlich wieder zu verlassen. Sie war gegen Nachmittag zurückgekommen nach ihrem Gespräch im Wild Dog und hatte sich ein wenig auf ihr Sofa gelegt, sich aber nicht entspannen können, denn immer wieder suchten sie ihre Gedanken an Tante Dru heim, die jeden Moment hereinkommen könnte, um sie zu tadeln, weil sie mit ihren Schuhen auf dem guten Sofa lag.

Erst nachdem sie aufgestanden war, hatte sie gemerkt, wie absurd der Gedanke war, denn Tante Dru befand sich jetzt in ihrem Sarg und konnte sie nicht mehr ermahnen. Das war zumindest ein Silberstreif am Horizont. Und sie hatte einen Job. Das war Silberstreif Nummer zwei. Allerdings klangen ihr immer noch die Worte von Mr Watling in den Ohren: »Aber mach was mit deinen Klamotten.«

Am liebsten hätte Andie geschlafen, doch sie riss sich zusammen und durchwühlte ihren Kleiderschrank. Da gab es natürlich ein paar Röcke, aber die waren alle so schick, dass Tante Dru sie erlaubt hatte, und somit wohl nicht das, was sie suchte. Zuletzt entschied Andie sich dafür, einen gold gemusterten Rock umzudrehen, dann war er nämlich einfach schwarz und passte ganz gut zu einer Kellnerin, die in einer Bar wie dem Wild Dog arbeitete. Dazu legte sie sich ein knallgrünes Tanktop raus, das sie noch nie getragen und eigentlich nur gekauft hatte, um Tante Dru zu ärgern. Für die Füße wählte sie ein paar Sandalen, von denen sie hoffte, dass sie ihr eine gewisse Eleganz verliehen.

Als sie sich im Spiegel betrachtete, erkannte sie sich kaum wieder.

Zu ungewohnt war der Anblick, grün war zwar eindeutig ihre Farbe, es unterstrich ihre rote Lockenpracht, aber noch nie hatte sie so ausgesehen. Nicht einmal zu den obligatorischen Highschool-Partys. Erstaunt berührte sie den Spiegel, als könne sie das Bild mit beiden Händen ergreifen.

Nun, wenn das ihr Überleben sicherte, sollte es eben so sein. Und sooo schlecht sah sie ja auch gar nicht aus.

Gedankenverloren packte Andie ihre Handtasche. Die letzten zwei Dollar waren für ein Sandwich draufgegangen, wenn sie also morgen nicht hungern wollte, blieb ihr nichts anderes übrig, als im Wild Dog zu arbeiten. Zudem sagte sie sich, dass sie ja immer noch anderweitig nach Arbeit suchen könnte, sie musste schließlich nicht ihr Leben dort verbringen. Außerdem könnte es ja auch ganz nett sein. Singen durfte sie auch, was wollte sie also mehr? Wahrscheinlich fürchtete sie sich nur deswegen so, weil Tante Dru ihr beständig Panik vor Menschen wie Watling eingetrichtert hatte.

»Widerliche Schmarotzer, Abschaum der Gesellschaft, Hottentotten …« Tante Dru hatte viele Namen für solche Leute gehabt.

Sie seufzte tief, zog ihren Mantel über, nahm Schirm und Handtasche und ging aus dem Haus. Es regnete immer noch und ein Blick in den Briefkasten ließ sie schaudern.

»Inkasso Burkes«, entzifferte sie auf einem der Umschläge.

Großartig. Das Einzige, das Tante Dru hinterlassen hatte, waren Schulden. Andie öffnete den Umschlag nicht. Noch einen Tiefschlag konnte sie heute wirklich nicht verkraften. Entschlossen stopfte sie den durchnässten Umschlag zurück in den Briefkasten und kehrte dem Haus den Rücken. Vielleicht war es keine schlechte Idee, das Haus zu verkaufen und die Schulden ihrer Tante damit zu tilgen. Ob wohl noch etwas übrig blieb, damit sie eine Wohnung anmieten konnte? Sie beschloss, so bald wie möglich den Nachlassverwalter von Tante Dru anzurufen.

Die Sandalen waren schon nach ein paar Schritten durchweicht und sie bereute bitterlich, dass sie keine Strumpfhose angezogen hatte. Das hatte sie nun davon: Ein paar nasse Füße und vermutlich am nächsten Tag eine Grippe. Wenigstens lag das Wild Dog nicht weit weg von Tante Drus Haus – Andie weigerte sich beharrlich zu denken, dass es nun ihr Haus war – und so war sie zumindest zur Hälfte trocken, als sie die Bar betrat.

Glöckchen klingelten an der Tür, das hatte sie vorher gar nicht bemerkt und nun gab es auch mehr Licht, das von vergilbten Lampen herrührte, die auf und neben den Tischen standen und wirkten, als habe Watling sie alle vom Sperrmüll geholt. Dennoch verlieh das Licht dem Wild Dog eine wesentlich wärmere Atmosphäre als noch heute Mittag.

»Da biste ja«, sagte Watling, der hinter dem Tresen stand. »Dachte schon, du hättest's dir anders überlegt.«

Andie schüttelte energisch den Kopf. »Warum sollte ich?«

»Nur so ein Gedanke«, entgegnete Watling vieldeutig und ließ sie vor dem Tresen auf einem Barhocker Platz nehmen. »Un' hübsch gemacht haste dich auch. Bin ja ganz hin und weg von dir, Mädel.«

Andie nahm das als Kompliment, ging aber nicht darauf ein. »Werde ich allein arbeiten?«

»Ne«, nuschelte Watling und zündete sich eine Zigarette an. »Cally kommt nachher noch. Das is mein Barmädchen. Is ganz nett, aber 'n bisschen vorwitzig. Kann kein Tablett tragen, deswegen bleibt se hinterm Tresen, wo ich 'n Auge auf sie hab.«

»Sonst niemand?«, fragte Andie erstaunt.

»Ne. Wo denkst'n du hin? Wir ham hier nicht täglich Hunderte von Gästen.«

Allmählich entspannte sich Andie. Vielleicht war es gar nicht so übel, hier zu jobben. Die Arbeit klang nicht hart und auch nicht so, als ob sie keine freie Sekunde haben würde.

»Zigarette?«, fragte Watling und hielt ihr die Schachtel hin.

Andie schüttelte den Kopf. »Nein danke, ich rauche nicht.«

Watling zuckte mit den Schultern und schlurfte den Flur entlang, zu dem Gewölbeteil, der das Piano beherbergte.

»Was soll ich denn machen, bis die Gäste kommen?«, rief Andie ihm hinterher, die sich sehr verloren vorkam.

»Was du willst. Putzen brauchste den Laden nicht.«

Also blieb Andie auf dem Barhocker sitzen und starrte auf die Regale hinter der Theke, wo sich die Flaschen mit Alkohol stapelten. Das meiste davon war Whiskey, sofern sie die Etiketten der Flaschen richtig entzifferte. Watling hatte ihr ja mehr als deutlich gesagt, was er von Reinlichkeit hielt. Wenn Tante Dru nur sehen könnte, wo Andie sich jetzt aufhielt. Sie wäre in Ohnmacht gefallen, und zwar auf der Stelle. Über den Gedanken musste sie lachen.

»Was ist denn so komisch?«, fragte eine Stimme von der Tür.

Andie beeilte sich von ihrem Stuhl hinunterzukommen, denn sie nahm an, dass es sich um einen Gast handelte, und da war es unangebracht, beim Nichtstun erwischt zu werden. Doch dann blickte sie direkt in die Augen eines kleinen, schlanken Mädchens.

»Bist du die Neue?«, fragte sie neugierig.

»J... ja«, stotterte Andie.

Die Kleine mit den blonden Locken hielt ihr die Hand hin. »Calista Ray Thunderbolt. Für dich aber Cally.«

Andie musterte Cally interessiert. Sie war blond wie ein Engel, aber ihre Augen sahen beinahe schwarz aus. Sie hatte eine Stupsnase und wirkte kaum älter als vierzehn.

»Lass dich nicht täuschen«, sagte Cally, als sie ihren Blick bemerkte. »Ich bin alt genug, um hier zu arbeiten.« Wahrscheinlich wusste sie aus Erfahrung, was Leute dachten, wenn sie sie zum ersten Mal trafen.

Cally stellte ihre Tasche neben den Tresen und wuselte an Andie vorbei, um das schmutzige Holz zu wischen.

»Auch wenn Bill keinen Wert drauf legt, ich tue es schon«, flüsterte sie verschwörerisch und zog mit ihrem Lappen eine feuchte Spur über die Theke.

»Arbeitest du schon lange hier?«, erkundigte sich Andie.

»Kann man sagen, ja.«

»Und wie ist das so?«

»Wenn man sich an das Publikum gewöhnt hat, ist es schon ganz in Ordnung. Setz dich doch wieder. Was möchtest du trinken?«

»Nur ein Wasser, bitte.«

Cally stellte ihr ein erstaunlich sauberes Glas auf die Theke, doch als Andie danach greifen wollte, packte Cally abrupt ihre Hand.

»Was ist das da?«, fragte sie mit merkwürdiger Stimme.

Andie wusste nicht, was sie meinte. »Was?«

»Das«, sagte Cally gepresst und deutete mit der anderen Hand auf das kleine Muttermal an ihrem Zeigefinger, das eine längliche Form hatte.

Ihre Mutter hatte es einst »kleine Schlange« genannt und sie dann unter Zischlauten ausgekitzelt. Deswegen war Andie dazu übergegangen, das Muttermal ebenfalls so zu nennen.

»Das ist nur ein Fleck«, antwortete sie verwundert, denn Cally hatte ihre Hand immer noch nicht losgelassen.

»Entschuldige. Ich bin da nur etwas empfindlich. Das Muttermal sieht ungesund aus, du solltest es untersuchen lassen. Bei meiner Mutter haben sie den Hautkrebs erst sehr spät diagnostiziert und die hatte auch so eins.«

Callys Augen hatten einen merkwürdigen Glanz angenommen und schnell wandte sie sich ab und kramte in einem der tiefer liegenden Schränke herum, sodass Andie sie nicht mehr sehen konnte. Seltsam. Cally hatte beinahe schon panisch ausgesehen ... Aber danach so direkt fragen, wollte Andie nicht, denn die Kleine sah aus, als würde sie jeden Moment anfangen zu weinen. Um die Stille zu überbrücken, nahm sie einen tiefen Schluck aus dem Glas und war froh, als Cally sich wieder mit einem freundlicheren Gesicht blicken ließ.

»Alles in Ordnung?«, fragte sie nun doch.

»Jaja … ist nichts«, murmelte die Angesprochene und begann damit, das Geld in der Kasse zu zählen.

»Ich wollte dir nicht zu nahe treten«, sagte Andie leise.

»Bist du ja nicht. Da kannst du nichts für. Lassen wir es einfach gut sein.«

Die Traube aus Glöckchen an der Tür läutete und die ersten Gäste traten ein. Andie hastete von ihrem Barhocker und begrüßte die drei Männer pflichtschuldig. Die Herren sahen aus, als hätten sie sich in der Tür geirrt, denn sie alle drei trugen schicke Maßanzüge und hatten die Haare akkurat gestutzt.

Andie führte sie zu einem Tisch in der Mitte des Pianoraums und nahm ihre Bestellungen auf. Mit der Liste im Gepäck eilte sie zurück zu Cally, die immer noch mit Putzen beschäftigt war.

»Drei Bier«, sagte Andie.

»Nimm dich ein bisschen zurück, nicht so schnell, sonst wollen das alle«, scherzte Cally, obwohl Andie sich nicht ganz sicher war, ob es sich hierbei wirklich um einen Spaß handelte.

In einem unglaublichen Schneckentempo kramte Cally drei frische Biergläser hervor und begann ganz langsam damit, sie zu füllen.

»Wir hetzen uns hier nicht so. Das gehört dazu. Und du brauchst sie auch nicht zu begleiten. Wir sind kein piekfeines Restaurant.«

»Entschuldige«, murmelte Andie und wurde rot. »Ich war noch nie in einer solchen Bar …«

»Schwamm drüber«, erwiderte Cally mit einem Grinsen. »Wenn du was trinken willst, nimm es dir einfach, du brauchst die Getränke nicht zu bezahlen.«

»Kannst du mir einen Orangensaft geben?«, fragte Andie.

»Wenn wir so etwas haben, ja«, entgegnete die Barkeeperin und tauchte wieder einmal hinter der Theke ab, nur um kurz darauf mit einem Glas für Andie wieder zu erscheinen.

Gierig stürzte Andie den Orangensaft hinunter, die letzten drei Tage hatte sie nur Leitungswasser getrunken, das abscheulich schmeckte.

»Vorsicht, sonst verschluckst du dich noch«, sagte Cally scherzhaft.

»Entschuldige«, keuchte Andie, als ihr die Kälte in die Haarspitzen kroch. »Ich habe nur lange nichts mehr getrunken, das Geschmack besitzt.«

»Keine Kohle?«, fragte Cally unverblümt.

Andie nickte. »Ich habe noch ein paar Cent.«

Mitleidig sah Cally sie an. »Ich habe ein paar Kekse unter der Theke. Wenn du willst, nimm dir welche.«

»Danke«, sagte Andie beschämt.

Was für ein mieses Gefühl, wenn man andere um etwas zu essen anschnorren musste.

»Hier, die Herren haben jetzt lange genug gewartet«, rief Cally und drückte ihr ein Tablett in die Hand. »Aber direkt kassieren, die vergessen sonst gerne mal zu zahlen.«

Andie machte sich auf den Weg zu den Gästen, während die Glöckchentraube erneut schellte und die Ankunft weiterer Besucher verriet.

***

Als Andie am Ende der Schicht ins Bett fiel, war sie so müde, dass sie auf der Stelle einschlief und erst wieder aufstand, als es bereits Mittag war. Sie hatte bis halb drei im Wild Dog gearbeitet und sich danach nicht einmal die Mühe gemacht, ihre Klamotten auszuziehen.

Draußen schien die Sonne durch die verschmierten Fenster, denn die letzten Wochen vor Tante Drus Tod hatte die Putzfrau ziemlich geschludert und Andie hatte sie sowieso nie in ihr Zimmer gelassen. Sie war sich sicher, dass Carla, das spanische Hausmädchen, für Tante Dru spioniert hatte. Aber jetzt gab es keine Carla und keine Tante Dru mehr und es hätte vielleicht sogar ein wirklich schöner Morgen werden können, wenn sie denn etwas zu essen im Kühlschrank gehabt hätte. Doch Watling hatte erklärt, dass die Trinkgelder immer erst am nächsten Tag ausgezahlt wurden und der reguläre Lohn erst am Ende des Monats, somit saß sie immer noch auf dem Trockenen.

Mit knurrendem Magen stieg Andie unter die Dusche und erschrak fürchterlich, als das Wasser kalt ihren Rücken hinunterprasselte. Hektisch zerrte sie am Regler und drehte ihn auf warm, doch es geschah nichts. Also blieb ihr nichts anderes übrig, als sich kalt zu duschen, was sie nur so lange tat wie nötig, um dann schnell in ihren Bademantel zu springen. Wenn jetzt auch noch der Boiler kaputt war, dann konnte sie sich einsargen lassen! Sie hatte sich niemals in ihrem Leben so schlecht gefühlt. Nur kaltes Wasser, nichts zu essen, kein Geld in der Tasche, was geschah heute noch? Vermutlich würde Watling sie heute einfach wieder entlassen, es würde zumindest zu ihrem Tag passen ...

Fröstelnd zog Andie den Bademantel enger und ging nach draußen, um endlich die Post von gestern reinzuholen. Dabei fiel ihr ein Zettel an der Tür ins Auge. Sie riss ihn herunter und nahm ihn mit nach drinnen, ohne den Briefkasten zu leeren. Kurz und knapp: Man hatte ihr den Strom abgedreht.

Was hatte sie dem da oben getan, dass er sie so bestrafte? Ihr blieb nichts anderes übrig, als sich von dem Trinkgeld, das sie heute Abend bekam, ein paar Kerzen zu kaufen, wenn sie nicht Gefahr laufen wollte, die Treppe hinunterzufallen, denn in ihrer Straße gab es nicht viel Licht von außen. Damit fiel also das leckere Hähnchen flach, das sie sich eigentlich hatte machen wollen, und stattdessen gab es wohl nur Callys Kekse und ein Sandwich. Seufzend warf sie den Zettel auf den Schreibtisch, wo sich die gesamten Rechnungen seit Tante Drus Tod stapelten, und ließ sich auf den Stuhl daneben fallen. Wo sollte sie nur all das Geld hernehmen? Selbst mit einem gut bezahlten Job konnte sie da nichts mehr retten. Schließlich warf sie noch einen Blick auf den Zettel – 280 Dollar. Unmöglich, die in den nächsten Tagen aufzutreiben. Und den Brief des Inkassounternehmens hatte sie auch noch nicht geöffnet, aber die Summe würde wesentlich höher sein.

Andie war klar, dass es mit Kellnern allein nicht getan war. Sie musste Watling überreden, an mehreren Abenden singen zu dürfen, nicht nur donnerstags. Sofern das überhaupt etwas einbrachte. Aber wie sollte sie ihn dazu bringen? Immerhin arbeitete sie erst einen Tag im Wild Dog und das andere Mädchen war bestimmt schon genau so lange da wie Cally Ray. Außerdem hatte sie diese dritte Person noch nicht kennengelernt, vielleicht würde sie es als Affront nehmen, wenn Andie sich in den Vordergrund drängte. Aber es nützte nichts, sie würde fragen müssen. Wenigstens nach zwei Abenden.

Sie warf einen Blick auf ihr Handy, doch das war aus und sie hatte keine Möglichkeit, es zu laden. Ach, aber warum schaute sie auch darauf? Es rief sie sowieso niemand an. Gerade einmal auf ein Dutzend Telefonnummern hatte Andie es gebracht, seitdem sie bei Tante Dru lebte, und die stammten nicht gerade von engen Freunden, sondern eher von notwendigen Bekanntschaften wie ihrem Zahnarzt, dem Buchladen um die Ecke und eben anderen Leuten, die sie nicht um Hilfe bitten konnte.

Also blieb Andie nichts anderes übrig, als auf ein Wunder zu hoffen.

Kapitel 03

Obwohl sie zu früh dran war, wartete Cally bereits auf sie. Im Wild Dog roch es plötzlich angenehm nach Hot Dogs und Andie konnte überhaupt nichts dagegen tun, dass ihr Magen knurrte.

»Ich wusste doch, dass du Hunger hast«, sagte Cally lachend und schob ihr einen dick eingewickelten Hot Dog rüber. »Und guck nicht so. Der war schließlich nicht teuer.«

Schnell bedankte sich Andie und stopfte den Hot Dog so unmanierlich in sich rein, dass Tante Dru wohl augenblicklich in Tränen ausgebrochen wäre. Manchmal fragte sie sich, ob sie irgendeinen Schaden genommen hatte, weil sie so oft an die verhasste Tante dachte. Nein, verhasst war auch gar nicht das richtige Wort. Eigentlich war Tante Dru ihr egal, doch es war so ungewohnt, nicht mehr unter ihrer beständigen Herrschaft zu leben, dass sie sich auch jetzt noch, so wie früher, fragen musste, ob der Tante gerade missfiel, was sie tat.

»Du bist aber echt hungrig«, stellte Cally fest.

Andie nickte. »Haben ... Strom abgestellt ...«, brachte sie zwischen ein paar Bissen hervor.

Cally verzog das Gesicht. »Du steckst ja echt in Schwierigkeiten.«

»Meine Großtante hat die Schwierigkeiten verursacht. Aber die hat sich geschickt aus der Affäre gezogen.«

»Wie das?«

»Sie ist gestorben«, erwiderte Andie kurz und lauschte ihren Gefühlen nach.

Es schmerzte erstaunlich wenig. Sollte man nach so vielen Jahren des Zusammenlebens nicht wenigstens Trauer empfinden? Doch das Einzige, das sie spürte, war leises Bedauern. Was stimmte mit ihr nicht? War sie so herzlos geworden?

»Oh ...«, machte Cally. »Das tut mir leid.«

»Das braucht dir nicht leidzutun«, seufzte sie und meinte es auch so. Wenn Tante Dru je irgendwelche guten Seiten gehabt hatte, so hatte sie diese Andie nie gezeigt. Außer natürlich, als sie sie bei sich aufgenommen hatte.

»Und was machst du jetzt wegen des ganzen Geldes?« Die Glöckchen klingelten hinter Andie, doch Cally hielt sie fest. »Ich hab doch gesagt, dass du denen nicht direkt hinterherzurennen brauchst.«

»Ich weiß es noch nicht«, beantwortete Andie die Frage, als sich eine Hand neben sie schob.

Die Hand war hell und die Finger schmal, feingliedrig und ... Andie fiel kein besseres Wort dafür ein: elegant. Die Fingernägel waren gepflegt und sauber geschnitten. Diese Hand passte nicht an diesen Ort, sodass Andie gar nicht wagte ihren Blick zu heben. Cally jedoch schien den Gast zu kennen.

»Ach, hallo! Das Gleiche wie immer?«

Offenbar hatte der Mann neben ihr genickt, denn die Barkeeperin mit den Engelslocken machte sich an einer Weinflasche zu schaffen und reichte ihm kurz darauf ein Glas mit Rotwein. Damit verschwand er aus ihrem Blickfeld.

»Komischer Kauz«, sagte Cally, während Andie ihm mit offenem Mund hinterherstarrte. »Kommt ständig her, sagt keinen Ton und bestellt immer Rotwein.«

»Hm«, machte Andie, weil sie darauf nichts zu erwidern wusste.

Sie erhaschte noch einen Blick auf ihn, bevor er um die Ecke bog und im Pianoraum verschwand. Er trug eine Lederjacke und eine schwarze Hose, doch wirkte das an ihm nicht so heruntergekommen wie bei Bill Watling, der zufällig genau das Gleiche trug. Bei dem Fremden sah das alles so ... passend aus. Sein rabenschwarzes Haar wirkte ebenso gepflegt wie seine Hände und sein Gang war von Selbstsicherheit und Stärke geprägt. Wie er wohl von vorne aussah?

»Typen wie den findest du wie Sand am Meer«, brummte Cally und machte sich an der Kasse zu schaffen.

»Ich hab nicht ... Also ...«, stammelte Andie, sodass die Barkeeperin lachen musste.

»Natürlich nicht.«

»Sag mal, wer ist denn die Sängerin, die hier immer auftritt?«, fragte sie, um das Thema zu wechseln.

»Von der hältst du dich besser fern. Die ist furchtbar stutenbissig.«

»Ist sie heute Abend hier?«

Cally sah auf die Uhr. »Die kommt in zwei Stunden, dann klimpert sie ein bisschen auf dem Piano oder ihrer Gitarre und verschwindet zum Glück wieder. Sprich am besten gar nicht mit ihr, es lohnt sich eh nicht.«

Die Barkeeperin kramte in ihren Regalen umher und füllte dann Sirup in den Getränkeautomaten. Als die Maschine jedoch nicht wieder ansprang, fluchte sie ziemlich unfein und gab ihr einen Schlag.

»Wartest du kurz hier?«, fragte sie. »Ich bin gleich wieder da.«

Andie nickte und Cally verschwand im Pianoraum. Draußen hatte es schon wieder angefangen zu regnen und die Straßen waren wie ausgestorben. Kein Wunder an einem so verregneten Mittwoch. Vermutlich gab es heute nicht viel zu tun, gestern waren um diese Zeit schon viel mehr Kunden da gewesen. Sie ließ sich auf einem der Barhocker nieder und begann mit den Beinen zu wippen, eine Angewohnheit, die Tante Dru die Zornesröte ins Gesicht getrieben hatte. Das Glöckchen an der Tür bimmelte und zwei Männer traten ein, die problemlos bei den Hells Angels hätten sein können.

»Vier Bier«, krähte der eine mit dem Kopftuch.

»Kommt gleich«, antwortete Andie, wie Cally es ihr eingetrichtert hatte.

Die Kerle nickten und ließen sich am Fenster nieder, während sie auf Callys Rückkehr wartete. Doch als sie nach einer Weile nicht zurückkehrte, zapfte sie selber die vier Bier und brachte sie zu den Rockern an den Tisch.

»Hab dich noch nie hier gesehen«, grölte einer von ihnen.

»Ich bin auch noch nicht lange hier«, antwortete Andie und strich sich die roten Strähnen zurück, weil sie nicht so recht wusste, ob das ein Kompliment war oder nicht.

»Sei nich so unhöflich zu dem Mädel«, maulte der mit dem Kopftuch. »Frag erst ma, wie sie heißt.«

Andie stotterte ihren Namen. Worauf wollten die Kerle jetzt hinaus?

»Ich bin Adler«, verkündete der Erste.

»Niemand auf dieser Welt heißt Adler«, erwiderte sie überrascht, doch die Männer knufften einander in die Seiten und lachten albern.

»Okay, darfst uns auch das nächste Bier bringen. Dachte schon, Bill hätte uns so ne Tussi vor die Nase gesetzt, die uns sagt, dass wir unsere Füße nicht aufn Tisch legen dürfen oder anderes blödes Zeug.«

»Würde ich nicht im Traum dran denken«, murmelte Andie und verschwand dankbar, als sie Cally nach sich rufen hörte.

»Nimm die bloß nicht ernst«, mahnte Cally. »Die haben nur Unsinn im Kopf. Aber sie geben gutes Geld, glaub mir. Und wo wir gerade bei Geld sind, hier dein Anteil von gestern.«

Cally schob einen Umschlag zu ihr herüber und als Andie ihn öffnete, staunte sie nicht schlecht: Fünfundsiebzig Dollar.

»So viel?«, fragte sie erstaunt.

»Ich hab ja gesagt, dass man hier für wenig Arbeit viel verdienen kann. Was denkst du denn, warum ich diesen Unsinn immer noch mache?«

Andie stopfte den Umschlag in ihre Hosentasche. Heute trug sie eine ausgewaschene enge Jeans und ein schwarzes T-Shirt. Das war zwar nicht besonders sexy, aber sie wusste, dass die Jeans ihren Po betonte, und fand, dass sie nicht jeden Tag einen Rock tragen musste.

Währenddessen hatte Cally bereits ein Weinglas auf ihr Tablett gestellt.

»Bring das zu deinem Süßen.«

»Zu wem?«

»Na, zu dem Typen, dem du eben hinterhergeschmachtet hast.«

»Ich hab nicht ...«, begann Andie entrüstet, aber Cally lachte nur und deutete auf den Flur zum Pianoraum. »Geh schon, der wartet jetzt lang genug auf Nachschub.«

Während Andie noch fieberhaft überlegte, was sie mit diesen fünfundsiebzig Dollar anfangen konnte, betraten weitere Gäste den Raum. Offenbar war das Wild Dog besser besucht, wenn es Livemusik gab. Obwohl Cally sie vor der Sängerin gewarnt hatte, war sie dennoch gespannt auf ihre Darbietung, schließlich interessierte sie sich für alles, was mit Gesang zu tun hatte.

Der Mann saß auf einem der hinteren Plätze, genau genommen dort, wo sie gestern noch mit Bill über die Konditionen ihrer Anstellung gesprochen hatte. Er war groß, aber schlank, und sie konnte nun sein Profil erkennen. Sein Gesicht war ebenmäßig und die Nase gerade, seine Lippen schmal und er schien darauf herumzukauen, als sei er ein wenig nervös. Doch das machte ihn für Andie nur greifbarer, denn sie hatte noch nie jemanden gesehen, der so überirdisch schön war. An seinem Kinn zeigten sich ein paar Bartstoppeln, doch die wirkten bei ihm nicht ungepflegt, sondern männlich. Sein schwarzes Haar hing ihm locker in die Stirn und verbarg seine Augen. Sein Blick ging irgendwo in die Ferne. Mit klopfendem Herzen näherte Andie sich und stellte das Tablett vor ihm auf den Tisch. Als er den Kopf hob und sie fixierte, war Andie, als blicke sie in zwei tiefe Seen, denn seine Augen waren strahlend blau. Die dichten Wimpern verliehen ihnen eine gewisse Melancholie und die hohen Wangenknochen ließen ihn aristokratisch wirken.

»Ihr Wein, Sir«, flüsterte sie beinahe.

Er nickte zum Dank und nahm das Glas vom Tablett runter, doch er sagte kein Wort zu ihr, sodass Andie gezwungen war, das leere Glas zu nehmen und seinen Tisch wieder zu verlassen. Mit hochroten Wangen floh sie zur Theke, um sich bei Cally zu verstecken.

»Was ist denn mit dir los? Du siehst aus, als hättest du ein Gespenst gesehen«, fragte Cally verwundert.

»Was weißt du über den Typen?«, plapperte Andie atemlos.

Das war ihr ja noch nie passiert! Wieso hatte der Mann es geschafft, sie so durcheinanderzubringen?

»Er kommt immer hierher, beinahe jeden Tag. Aber er spricht nie mit uns. Der Bursche, der vor dir hier gekellnert hat, hat Stein und Bein geschworen, dass er überhaupt nicht sprechen kann, aber das glaube ich nicht«, gab Cally Auskunft. »Aber ich will ehrlich zu dir sein, ich glaube nicht, dass er sich für irgendein Mädchen in der Bar interessiert. Nicht einmal für Corona, auch wenn er jedes Mal auftaucht, wenn sie singt.«

»Corona?«, fragte Andie.

»Die größte Zicke der Erde. Unsere Sängerin.«

Corona war ihr gerade herzlich egal. »Kennst du seinen Namen?«

Cally schien einen Moment nachzudenken. »Dane. Glaube ich. Keine Ahnung, ob es eine Abkürzung ist oder nicht.«

Noch im selben Moment schämte Andie sich für ihre Albernheiten. Sie fragte gerade eine völlig fremde Person über eine andere völlig fremde Person aus. Zugegeben, Cally war nett, aber Andie hatte sich ihr gegenüber gerade als vollkommen mannstoll geoutet, obwohl sie nie so gewesen war. Am liebsten wäre sie jetzt aus dem Laden gerannt und hätte sich in ihrem dunklen Haus verkrochen.

Doch Cally schien ihre Gedanken gelesen zu haben. »Das braucht dir nicht peinlich zu sein. Ich finde ihn ja auch gut aussehend. Ich verrate es ihm schon nicht. Außerdem bezweifle ich, dass der überhaupt mitbekommt, was um ihn herum passiert. Der lebt in seiner eigenen Welt.«

Andie fühlte sich ein bisschen getröstet. Aber nur ein ganz kleines bisschen. Bevor sie jedoch Cally für ihre netten Worte danken konnte, gerieten die Glöckchen am Eingang des Wild Dog in heftigen Aufruhr. Dann polterte eine Frau herein, die Andie gut und gerne um einen Kopf überragte, obwohl sie wahrlich nicht klein war. Sie war tätowiert wie Bill Watling und noch weit darüber hinaus, ihre Wangen wurden von Drachenklauen geschmückt, die nach ihrem Gesicht griffen. Die Augenbrauen waren zwei akkurate Striche, ihre Lippen via Lippenstift zu einem Schmollmund zurechtgebogen, die Ohren tausendfach durchlöchert und das rabenschwarze Haar zur Hälfte abrasiert.

»Siehst du nicht, dass ich Hilfe brauche?«, schnauzte die Frau Andie an. »Nimm meine Gitarre, du dummes Gör.« Im selben Atemzug begrüßte sie Cally und schleuderte Andie dann den Gitarrenkoffer entgegen, sodass sie ein Stück nach hinten taumelte.

»Wehe, du lässt die fallen!«, zischte die Frau.

»Wohin soll ich die denn tragen?«, fragte Andie, die unter dem Gewicht des Gitarrenkoffers ächzte.

»Zur Bühne, Dummchen«, sagte die Frau mit der schrillen Stimme. »Ich bin übrigens Corona Soman. Französisch ausgesprochen. Somäääääääng.«

Andie rollte mit den Augen und beeilte sich den verdammten Koffer loszuwerden. Jetzt verstand sie, was Cally über die Sängerin gesagt hatte, und sie pflichtete ihr hundertprozentig bei. Sie zwang sich, Dane nicht im Vorbeigehen anzusehen und eilte mit der Gitarre hinter die kleine Bühne, wo es einen etwas größeren Abstellraum mit ein paar technischen Geräten gab. Vorsichtig stellte sie den Koffer ab, damit die Frau auch ja nichts zu meckern hatte – Andie war dank Tante Dru darin geübt –, und machte sich auf den Rückweg.

Ein Glück, dass Corona ihr nicht gefolgt war und sie jetzt vor Danes Augen zurechtwies. Das hätte ihr heute noch gefehlt.

Stattdessen geschah etwas viel Besseres, Dane sah zu ihr herüber und hob die Hand. Sie betete, dass sie nicht schon wieder rot wurde, ehe sie ganz gemächlich zu ihm ging, damit er ja nicht annahm, dass sie nur darauf gewartet hätte.

»Ja, bitte?«, fragte sie.

Er deutete nur auf sein Glas.

»Noch eins?«

Dane nickte. Und er lächelte, sodass Andie ganz weiche Knie bekam. Sie schwebte förmlich zu Cally und dem Biest zurück, das sich nun auf einem Barhocker niedergelassen hatte und einen Whiskey hinunterkippte.

»Noch ein Glas Rotwein«, orderte sie und Cally grinste ihr verstohlen zu.

Kapitel 04

Dane beobachtete sie unter gesenkten Lidern hervor. Normalerweise kam er in Bills verdreckte Kaschemme, weil dies der einzige Ort war, an dem er sich nicht davor in Acht nehmen musste, aus Versehen einen Menschen zu verletzen. Was bei allen Höllenhunden hatte sich also Bill dabei gedacht, ein Mädchen – na schön, eine junge Frau – einzustellen, die so offensichtlich keine von ihnen war? Sie sah aus wie ein Mensch, bewegte sich wie ein Mensch, Hölle noch eins! Sie roch sogar wie ein Mensch. Andererseits stammte Bill von Cassandra ab – zumindest so ein bisschen – und er war älter als jeder andere Suburban, Fett, Tattoos und sein schmuddliges Gehabe hin oder her.

Er musste also an diesem scheuen Rehkitz etwas entdeckt haben, das sie zu einer der ihren machte. Dane lachte sich innerlich selbst aus. Sie alle hier – angefangen von den Rockern in der Ecke bis hin zu der kleinen Barkeeperin mit dem kecken Grinsen – waren Raubtiere. Raubtiere, die in etwa wie Menschen aussahen, jedoch in der Lage zu so viel mehr waren. Die eine Hälfte der Anwesenden waren Hexen, Magier, Trolle und Wesen, die normale Leute höchstens aus ihren Märchen kannten, die andere Were und Gestaltwandler. *Und,* dachte er nicht zum ersten Mal, *ist es nicht bezeichnend, dass es so gut wie keine Beutetiergestaltwandler gibt?* Niemand wurde zu einer Schnecke, einem Rotkehlchen, einem Meerschweinchen, o nein. Fast alle besaßen sie scharfe, tödliche Reißzähne, stählerne Klauen und gelegentlich sogar eine unstillbare Gier nach warmem Blut und Fleisch.

Die junge Frau war hier nicht sicher. Bill musste das wissen. Dane war natürlich nicht entgangen, dass Bill die Kleine nie aus den Augen ließ, obwohl er für gewöhnlich keine Sekunde lang daran dachte, irgendwem oder irgendetwas in seiner Bar Aufmerksamkeit zu schenken außer seinem Drink und manchmal dem Fernseher, der ohne Ton auf einen Sportkanal eingestellt war. Danes Neugier war geweckt, mehr als vorher. Er lächelte das Kitz an, sorgfältig darauf bedacht, harmlos auszusehen. Anscheinend nicht harmlos genug, sie stolperte, fast unmerklich, doch er war es gewohnt, Beute scharf zu beobachten.

Beute.

Da, jetzt hatte er es gedacht. Sie war an und für sich nichts Besonderes, wenn man von ihrem Haar absah. Wie glühende Kohle leuchtete es in dem unscheinbaren Dämmerlicht, das Bill für seine Raubtierhöhle bevorzugte, und wenn sie sich beeilte, um den Wünschen ihrer Gäste nachzukommen, floss es in Strömen über ihren zierlichen Rücken, wehte hinter ihr, als würde ein liebender Wind mit ihm spielen. Es löste in ihm das Bedürfnis aus, dasselbe zu tun. Wie würde es sich anfühlen? Weich und nachgiebig? Widerspenstig? Begehren schoss durch seinen Körper, so unvermittelt, unerwartet, dass er nach Luft schnappte. Das war in der Tat ungewöhnlich. Dane war ein geborener Vampir, was bedeutete, dass er nicht atmen musste. Das erledigte vollständig seine Haut für ihn. Er hatte sich einen ruhigen Rhythmus angewöhnt, in dem er atmete, weil Menschen dazu neigten, unruhig zu werden, wenn jemand neben ihnen stand, der so gar keine Anstalten machte, Sauerstoff zu benötigen. Aber notwendig war es nicht – und es erinnerte ihn zu sehr an die Menschen mit all den Unannehmlichkeiten, die dazu gehörten. Die Notwendigkeit zu essen, zu schlafen, zu atmen.

Er wollte sich nicht von seinen Gefühlen leiten lassen. Sie waren es, die einen Suburban von den Menschen unterschieden, die das Raubtier ineffektiv werden, seine Stärken zu Schwächen mutieren ließen und das scharfe, klare Denken beeinflussten. Dane hatte schon von bedauernswerten Weren und Vampiren gehört, denen so etwas passiert war. Er hoffte, dass es lediglich moderne Legenden waren, denn die Konsequenzen wären verheerend, wenn man den Geschichten Glauben schenkte. Menschen waren schlimmer als ein Virus – wenn man seinen Gefühlen für sie nachgab oder sie gar liebte, war das fast in jedem Fall das Todesurteil. Man wurde nachlässig und unaufmerksam und bevor man sichs versah, schnappten einen die Einundfünfziger.

Hätte Dane eine Stimme gehabt, hätte er geknurrt, doch so stieg nur der altvertraute Hass in Form von alles verzehrender Hitze in seinem Brustkorb empor. Die Einundfünfziger waren die schlimmste Sorte Raubtier auf diesem blauen Planeten, weitaus bösartiger und gefährlicher, als es die Suburbans jemals sein würden. Kurz nach dem zweiten Weltkrieg gegründet, jagten sie alles Nichtmenschliche, dessen sie habhaft werden konnten, um ihre grausamen medizinischen Experimente daran vorzunehmen. Ihr Stützpunkt lag im Emigrant Valley, einem Sperrgebiet nicht allzu weit von Las Vegas entfernt. Sie selbst waren es, die die Gerüchte um Außerirdische und deren Flugobjekte in die Welt gesetzt hatten, um mit einem unglaublichen Mysterium ein noch viel größeres zu verbergen: dass niemand in den Weltraum fliegen musste, um andere Lebensformen zu entdecken. Sie lebten direkt unter ihnen, im Verborgenen, getarnt und meistens verdammt gut angepasst.

Coronas Gitarrensolo riss ihn aus seinen düsteren Grübeleien und lenkte ihn von dem Kitz ab, das es einen kurzen Augenblick lang geschafft hatte, ihn ekelerregend menschlich empfinden zu lassen. Er nahm einen Schluck seines Weines, schmeckte ihn einen Moment und ließ ihn dann langsam die Kehle hinunterrinnen. Es war nicht annähernd so berauschend und kräftigend wie frisches warmes Blut, aber die Tannine hatten eine ähnliche Wirkung. Wenn er einen trockenen Roten trank, musste er nicht zwingend auf die Jagd gehen und das konnte von Vorteil sein. Die meisten Suburbans töteten nicht – selbst in einer Großstadt würde das irgendwann auffallen. Aber es war grundsätzlich mit Stress verbunden: das sorgfältige Observieren einer geeigneten Person, das Verfolgen, das Trinken. Und die darauffolgenden Gedächtnismanipulationen. Wie alle Raubtiere neigten auch die Suburbans dazu, Energie zu sparen, wenn sie konnten, also begnügten sich viele mit Rotwein oder Blutkonserven.

Dane lehnte sich zurück und senkte seine langen, schwarzen Wimpern. Für einen Außenstehenden musste es so aussehen, als würde er mit geschlossenen Augen Corona lauschen, die mit ihrer heiseren Stimme und Melissa Etheridges Song »*Like the way I do*« den Massen einheizte. Sie war gut, sie war leidenschaftlich, sie hatte Volumen, sie hatte die Stimme. Seit Jahren hoffte Dane darauf, dass sie mit ihrem Gesang nicht nur die Gäste im Wild Dog begeisterte, sondern ihn von seinem Bann befreite. Er wollte ...

Dane verbot es sich, darüber nachzudenken. Niemand außer Corona war jemals so nahe dran gewesen, mit ihrem Gesang den Fluch zu brechen, der ihn in seinem unerbittlichen Griff hielt und dazu zwang, stumm zu sein. Ein Vampir, der nicht sprechen, der seine Opfer nicht betören konnte mit dem dunklen Timbre seiner Stimme, war nur ein halber Vampir. Er musste zu einem Jäger werden, dem Raubtier, zu dem ihn die Natur bestimmt hatte, ob er wollte oder nicht. Nein, auch heute Abend würde Dane keinen Erfolg haben, er spürte es. Spürte es genauso wie das leise Summen in seinem Blut, das ihn vor etwas Ungewöhnlichem warnte.

Er war kein Seher, hatte keinen irgendwo in der langen Reihe seiner Vorfahren, der sich einen Fehltritt erlaubt hatte, so wie es bei Bill und seinem Cassandra-Gen der Fall war.

Wie gern hätte er mit der jungen Frau gesprochen. Für ihn unmöglich. Und zudem war er sich nicht sicher, was ihn an ihr reizte. Dane konnte hören, wie ihr Blut ihn rief. Aber es war ihm unmöglich, den Ruf zu erwidern. Er konnte nicht sprechen, sie nicht locken, verführen, also würde sie nicht wollen, dass er sie berührte. Und ob die Berührung eine gute oder schlechte wäre, darüber hatte er noch nicht entschieden. Es gab zu viele Dinge, die er sich mit dem Kitz vorstellen konnte. Doch es kam ohnehin nicht infrage, weil ... Seine Gedanken drehten sich im Kreis. Weil sie ein Mensch war. Aber während er sie beobachtete, kam er nicht umhin sie zu bewundern. Aufgrund ihrer Erscheinung, ihrer Aura. Da waren so viele Dinge an ihr, die ihn beunruhigten und dabei so neugierig machten, dass er am liebsten aufgeschrien hätte. Tausend Fragen an dieses wunderbare Geschöpf. Wieso konnte er nicht aufhören, dem Klang ihrer Stimme zu lauschen? Er wusste zu jeder Zeit, wo sie sich befand, seinen überlegenen Sinnen sei Dank. Er konnte sie mit geschlossenen Augen vor sich sehen, ihre sanften, goldbraunen Rehaugen, die feinen Lider, die sich senkten, wenn ihre Gäste derbe Scherze zum Besten gaben, die Röte auf ihren weichen Wangen. Oh, er war sich sicher, dass ihre Wangen weich waren, dass ihre helle Haut sich verdammt gut unter seinen Fingerspitzen anfühlen würde. Nur einmal wollte er sie berühren, um zu sehen, was wirklich hinter seiner Faszination steckte. Menschliche Begierde oder vampirische Begierde. Beides war katastrophal unterschiedlich und würde für das Kitz doch das Ende bedeuten. Ganz egal, welche Seite die Oberhand behielt. Als ihr feiner Duft an ihm vorbeischwebte, öffnete er die Augen und starrte ihr hinterher. Wahrscheinlich wirkte er wie ein Tiger, der kurz davorstand, sich auf das angebundene Zicklein zu werfen, doch er konnte es nicht verhindern. Jeder Muskel in seinem Körper war verkrampft und seine Finger gruben sich so tief in seine Handflächen, dass er blutete.

Mit einem ohrenbetäubenden Crescendo beendete Corona ihre Vorstellung und bekam den wohlverdienten Applaus. Sie verteilte Küsschen an die Menge, lächelte und strahlte – zumindest so lange, bis sie sich an das Kitz wandte, das gerade einen Whiskey an den Tisch vor der Bühne brachte.

»Hey, du!« Ihre Stimme war brachial genug, sämtliche Aufmerksamkeit auf sich zu ziehen. »Neue!« Dane konnte von seinem Platz aus sehen, dass die Kleine erschrocken blinzelte, bevor sie sich umwandte.

»Ich?«

Ein heiseres Lachen dröhnte aus Coronas Mund, doch ihre Augen waren alles andere als freundlich. »Glaubst du, außer dir ist noch jemand neu in *unserem* Laden?« Sie betonte das vorletzte Wort, sorgte dafür, dass sich das Mädchen – okay, die junge Frau – noch abgegrenzter vorkommen musste. »Genau du, Schätzchen. Mach dich nützlich und bring meine Gitarre nach hinten, ja?« Kein Bitte, kein Danke, Corona wackelte hüftschwingend von der Bühne, verteilte nicht ganz jugendfreie Küsse und ließ sich auf einen Schoß ziehen, bevor sie sich ungebeten bei Dane an den Tisch setzte.

»Wie siehts mit ein bisschen Schampus aus, Süßer?«

Dane knirschte mit den Zähnen. An und für sich hatte er nichts gegen Corona, schon gar nicht, da er gehofft hatte, sie würde eines Tages seinen Fluch brechen können. Diese Prophezeiung hatte er bekommen. Von Bill Watling. Normalerweise glaubte er nicht an den Humbug, den das Cassandra-Gen zum Vorschein brachte. Doch an einem verzweifelten Abend voller Wein hatte er Bill nonverbal gebeten in die Zukunft zu blicken. »Sie singt hier«, hatte Bill behauptet. Das war der Grund, warum Dane immer wieder ins Wild Dog kam.

Aber er verabscheute Coronas vertrauliches Benehmen, die Art, wie sie ihn ansah: Als würde sie überlegen, ob er ein besonders leckerer Snack sei. Er zog ein mitgenommenes, zerkratztes, schwarzes Lederbüchlein aus seiner Innentasche. *»Gibt es etwas zu feiern?«*, schrieb er auf ein neues Blatt.

»Darling, wenn du anwesend bist, gibt es immer was zu feiern.« Corona beugte sich vor und gewährte ihm einen großzügigen Blick in einen ebenso großzügigen Ausschnitt. Sein Ärger kochte auf einer mittlerweile stetig züngelnden Flamme. Sie verdeckte ihm den Blick auf das neue Mädchen und verdammt wollte er sein, wenn er sich mit Corona einließ. Niemand war so verrückt. Außerdem wusste jeder, dass Corona ihre männlichen und weiblichen Bekanntschaften stets nach einer Nacht abservierte. Sofern sie es überlebten.

Er lehnte sich zur Seite und hielt Ausschau nach der Kleinen. Als sie gerade wieder aus dem Vorraum kam, in den sie wohl die Gitarre geschleppt hatte, hob er leicht die Hand. Selbst in dem dämmrigen Licht konnte er erkennen, dass sie mit einem Schlag rot wurde. Und wieder war es Corona, die seine Gedanken unterbrach. Ungefragt griff sie nach seiner Hand und musterte die blutigen Einkerbungen, die seine Fingernägel hinterlassen hatten.

»Süßer«, schnurrte sie heiser, »du musst dich unbedingt einmal entspannen.« Mit der Zunge fuhr sie langsam über ihre Lippen, dann beugte sie sich vor und leckte das Blut von seiner Hand. Sie stöhnte laut, als wäre es das süßeste Aphrodisiakum der Welt.

Die neue Kellnerin sah sie mit weit aufgerissenen Augen an. Dane hatte das Gefühl, dass nur eine besondere Notlage sie davon abhielt, auf der Stelle wie ein durchgehendes Pferd aus dem Wild Dog zu stürmen. Sie hob ihr Kinn, offensichtlich entschlossen, alles zu akzeptieren, was an seltsamen Begebenheiten auf sie zukommen mochte.

Er wies mit dem Kopf auf Corona und kritzelte hastig auf seinen Zettel: *»Champagner.«*

»Ein Glas oder eine Flasche, Sir?« Das sagte sie mit fester und kraftvoller Stimme. Ja, es klang beinahe verächtlich.

»Schätzchen, steh hier nicht rum. Bring eine Flasche, von nichts kommt nichts.« Wieder war es Corona, die sich einmischte.

Das Kitz bewies Rückgrat. Ihr Blick hätte die Sahara gefrieren lassen.

Erstaunt hob Dane eine Augenbraue, als sie auf seine Antwort wartete. Schließlich nickte er. Er bezweifelte, dass Bill hier teuren Champagner hortete, doch selbst wenn das der Fall sein sollte: Er konnte es sich leisten. Seine Familie gehörte zu den ältesten aller Suburbans, lediglich übertroffen von Bills und wenigen anderen und sie waren so erfolgreich in finanziellen Geschäften, dass sie sich kaum hinter Christian Grey verstecken mussten. Die Midas-DreamIndustries verkaufte genau das: teure Träume. In virtuellen Computerwelten – ähnlich den Hologrammwelten aus den Star-Trek-Filmen – konnte jeder seine eigenen Träume kreieren und ausleben. Das Erlebnis war so echt, dass es bereits eine eigene psychotherapeutische Behandlung für Leute gab, die süchtig nach diesen Traumwelten waren.

Dane sah Corona an. Sie brauchte nie eine Aufforderung zum sinnentleerten Plappern und ohne auch nur einen Moment zu zögern, stürzte sie sich in die endlose Beschreibung ihrer vergangenen Tage. Detailliert erzählte sie Dane von der Begegnung mit einem Musikagenten, der sie groß rausbringen wollte, ihrem Unverständnis darüber, dass ihr letzter Begleiter nicht mehr das Bedürfnis verspürte, weiterhin ihr Begleiter zu bleiben, und ihrem Pech mit der anvisierten Beute, die eine Sekunde, bevor Corona ihrer hatte habhaft werden können, in der abfahrenden U-Bahn verschwunden war. Dane gab sich keine Mühe, interessiert zu wirken. Er vermutete, dass Corona sich nur regelmäßig bei ihm ausließ, weil er niemals widersprach oder gar die Möglichkeit dazu hatte. Jemand, der so von sich überzeugt war und sich so gern selbst sprechen hörte wie sie, brauchte niemanden, der ihr antwortete. Sie wollte das Gefühl haben, gehört zu werden – auf einen Meinungsaustausch legte sie keinen Wert.

Er beobachtete lieber das Kitz, das sich geschmeidig durch die Leute bewegte. Sie war erst den zweiten Tag da und doch behandelten die Stammkunden sie bereits, als wäre sie mindestens genauso lange hier wie der kleine Rauscheengel hinter der Theke. So erfuhr Dane auch endlich ihren Namen.

»Bring mir noch ein Ale, Andie!«, brüllte Wesley, der aussah wie ein Altrocker mit seinen langen, grauen, zerzausten Haaren und der schweren Lederweste. Niemand, der ihn so sah, würde denken, dass er ein Elf war – die meisten glaubten, dass Trollblut in seinen Adern floss –, doch Dane wusste es besser. Er war bei Wesleys Geburt dabei gewesen, vor etwas mehr als einhundertfünfzig Jahren, genauso wie in dem Moment, als sie Wesley aus der Gemeinschaft der Sidhe ausgestoßen hatten. Er hatte es gewagt, mit einer hübschen kleinen Koboldin anzubandeln, und die Elfen, die das absolut hochnäsigste Pharisäervolk waren, das Dane kannte, verboten Beziehungen zu anderen Rassen. Dabei waren sie alle Suburbans.

Wesley war lieber gegangen, als sich von ihnen etwas vorschreiben zu lassen, und soweit Dane wusste, war er noch immer glücklich mit seiner Koboldfrau. Hatten sie nicht sogar eine halbe Fußballmannschaft an Nachwuchs? Während er darüber nachdachte, ob die beiden sechs oder sieben Kinder hatten, erreichte das Kitz seinen Tisch.

Andie. Ihr Name war Andie. Dane atmete tief ein. Er mochte ihren leichten, blumigen Duft, der sich selbst jetzt – nach mehreren Stunden in Bills Wirtschaft – noch an ihr hielt.

»Wurde ja Zeit!« Natürlich musste Corona ihm diesen Genuss verderben. »Wo hast du den Schampus hergeholt – aus Italien?«

Winzige Sommersprossen traten auf der Nase der jungen Frau hervor, als sie errötete – vor Zorn, vermutete Dane.

»Frankreich«, sagte sie leise, doch fest.

»Was?« Corona, die soeben dabei war, großzügig ihr Glas zu füllen – natürlich ohne Dane etwas anzubieten –, hielt inne. Sie drehte sich um und fast vermeinte er Feuer in ihren Augen tanzen zu sehen.

»Die Höflichkeit gebietet es, ›Wie bitte‹ zu fragen, wenn man etwas nicht versteht. Und Champagner kommt aus Frankreich, aus einem Weinbaugebiet, das sich Champagne nennt.«

Dane verbarg ein Grinsen. Er hatte es geahnt, das Kitz war scheu, aber nicht feige. Um sich gegen eine Frau wie Corona zu behaupten, brauchte man ...

»Eier!«, brüllte Wesley vor Lachen, der plötzlich wie ein Schachtelteufel neben ihrem Tisch auftauchte. »Das Kindchen hat Eier!«

Ein säuerliches Lächeln zeigte sich auf Coronas Gesicht. Wesley hatte sämtliche Aufmerksamkeit auf sie gelenkt, doch obwohl sie gern im Mittelpunkt stand, widerstrebte es ihr, die Männer gegen sich aufzubringen. Und das zustimmende Nicken aus verschiedenen Ecken, die Pfiffe und erhobenen Daumen zu Andie bewiesen ihr, dass in diesem Moment die Anwesenden hinter dem neuen Mädchen standen.

Das Kitz errötete noch mehr, dieses Mal offensichtlich vor Verlegenheit. Sie senkte ihren Kopf, um mit Wellen um Wellen ihres weichen, duftenden Haares ihr Gesicht zu verbergen. Dane durchfuhr es wie ein Stromstoß. Ihre Bewegung entblößte den zarten, cremigen Hals und es kostete ihn keine Mühe, das heftige Rauschen ihres Blutes zu hören, das Trommeln ihres Herzens. Unwillkürlich fuhren seine Fangzähne aus und er zwang sie wieder zurück, bevor sie sich in seine Wangen oder seinen Gaumen bohrten. Corona hatte schon genug von seinem Blut geleckt, im wahrsten Sinne des Wortes. Für Were war Vampirblut eine Spezialität, fast schon eine Droge. Und Werdrachen waren nicht für ihre Zurückhaltung bekannt. Dane hatte keine Lust, dass sich Corona auf ihn stürzte und ihm ihre Zunge in den Mund rammte, weil sie sein Blut roch.

Automatisch kehrte sein Blick zu Andie zurück. Sie hielt ihren Kopf noch immer gesenkt und wandte sich ab, doch Dane hatte sie lange genug beobachtet. Er wusste genau, wie fein gezeichnet ihre Lippen waren, voll, doch nicht übermäßig breit, mit einem sanften

Aufwärtsschwung. *Ich hätte so gar nichts dagegen, mit meiner Zunge ihren Mund zu erkunden,* dachte er. Unvermittelt stand er auf, nickte Corona zu und folgte dem Kitz zur Theke.

Cally grinste ihn von da an. »Sie wollen schon gehen?«

Dane bestätigte das, indem er einen Geldclip hervorzog.

»Machen Sie das mit Andie klar, sie hat Sie bedient.«

Gut. Er durfte sie unverhohlen ansehen, ohne dass sich jemand etwas dabei denken würde. Dane nutzte die Tatsache weidlich aus, während das Kitz seine Rechnung erstellte. Natürlich hatte Bill in seinem großartigen Etablissement nichts Moderneres als eine alte, klingelnde Kasse, die fast eine Minute brauchte, um ratternd den Bon auszuspucken. Umso besser für ihn. Er stellte fest, dass er sich geirrt hatte. An ihr war nicht nur das Haar außergewöhnlich. Nie zuvor hatte er so eine grazile Feinfühligkeit an einem Menschen bemerkt, ihm schien, sie schwebte einen Zoll über dem Boden, so leichtfüßig bewegte sie sich. Ihre Haut war von einem sanften Schimmer umgeben und wenn sie leise lachte, hatte er das Gefühl, als berührte ihn etwas tief in seinem Innern.

»Das macht siebenundvierzig Dollar und neunzig Cent, Sir.« Ein Leuchten stand in ihren Augen, als sie ihn ansah, und er gestattete sich, einen Moment in dem warmen Glanz zu baden.

Cally lenkte sie mit einer Frage ab und Dane legte ihr einen Hunderter hin, bevor er sich lautlos abwandte und aus dem Wild Dog verschwand. Er verschmolz problemlos mit der nächsten Hauswand und musste nicht lange warten.

Sekunden später stemmte Andie sich gegen die klemmende Tür und lief wie das Kitz, als das er sie betrachtete, einige Schritte die Straße hinunter.

»Sir? Mr ... Dane?«

Er lächelte in sich hinein, als sie direkt vor ihm stehen blieb, ohne ihn zu bemerken. »Ich hoffe nur, er kommt morgen wieder«, murmelte sie vor sich hin und er lauschte dem süßen Klang ihrer Stimme. Das waren genau die Worte, die er hatte hören wollen. Andie verdarb es allerdings ein wenig, als sie hinzufügte: »Ich kann schließlich nicht mehr als fünfzig Dollar Trinkgeld behalten!«

***

Midas erwartete ihn, als er in das herrschaftliche Anwesen auf der Upper East Side zurückkehrte. Das war ungewöhnlich, denn Danes Vater hatte sich bereits vor einem halben Jahrhundert aus allen Geschäften zurückgezogen und lebte die meiste Zeit des Jahres irgendwo in Alaska. »Ich bin in Rente«, pflegte er zu sagen, was einfach lächerlich war, da er keinen Tag älter als zweiundzwanzig wirkte. Dane wusste nie, ob es ihn ärgern oder amüsieren sollte, dass er beinahe zehn Jahre älter aussah als sein eigener Vater, aber wenn es – in Bezug auf ihre Rasse – Nachteile gab, dann den, dass das Vampir-Gen unvermittelt zuschlug. Niemand konnte genau sagen, wann der Alterungsprozess stoppte, es passierte einfach. Vampire waren entgegen allen Gerüchten weder untot noch zeugungsunfähig, sie waren lediglich zwei bis elf Stufen höher entwickelt als Menschen – auch ein Spruch von Midas.

»Wir müssen reden, Sohn.«

Dane verzog das Gesicht. Dieser Einstieg war immer der Beginn von etwas Unangenehmen, es spielte keine Rolle, wie alt man bei einem solchen Vater-Sohn-Gespräch tatsächlich war.

Pflichtbewusst ließ er sich an Midas' Seite nieder, damit der problemlos Kontakt herstellen konnte. Sein Vater legte ihm behutsam die rechte Hand an die Schläfe und sie tauchten ein in einen geistigen Raum, in dem Körper, Mängel, Defekte und Zeit keine Rolle spielten.

»Wir haben die Chance, mit den Drăculeabrüdern zu fusionieren.«

Das war typisch Midas. Kein Small Talk, kein »Wie gehts dir?«, immer gleich zur Sache.

»Wir müssen nicht mit den Brüdern fusionieren. Wir sind auch ohne sie reich und mächtig.«

In ihrem Gedankenraum konnte sich Dane artikulieren, doch er hätte bedeutend lieber über andere, ihm wichtiger erscheinende Dinge gesprochen als über das alte Walacher Basarab-Geschlecht, das jetzt offenbar versuchte, einen Fuß in die Tür nach Amerika zu bekommen.

»Natürlich müssen wir nicht. Aber es wäre eine Möglichkeit, unsere Stärken zu verbinden, unsere Schwächen auszumerzen, und wer weiß? Vielleicht gibt es Mittel und Wege, nach Vereinigung unserer Kräfte die Einundfünfziger auszuschalten.«

Dane hatte keine Ahnung, welche Hintergründe Midas tatsächlich bewegten, denn so selbstlos, wie er sich gab, war er keineswegs. Wahrscheinlicher war, dass er im Umkehrschluss darauf hoffte, seine Fühler in das alte Europa ausstrecken zu können.

»Was nützt es, so ziemlich unsterblich zu sein, wenn man nicht die Welt erobern kann?«, hatte er mehr als einmal nur halb scherzhaft gesagt und hier schien sich ihm eine Möglichkeit zu bieten. Dane beschloss erst einmal abzuwarten.

»Wo ist der Haken an der Sache?«, erkundigte er sich. Es gab immer einen – fast wie im Märchen.

Das Lächeln seines Vaters war zu gutmütig, um beruhigend zu wirken. »Nichts, was dir Sorgen bereiten sollte, Junge. Eine Kleinigkeit, im Prinzip jedenfalls.« Sein Blick wurde stählern. »Sagitario möchte unsere Familien vereinigen. Er verlangt, dass du seine Schwester heiratest.«

Dane unterdrückte das Bedürfnis, ihre geistige Verbindung zu trennen, seinen Vater aus dem Haus zu treten und nie wieder mit ihm zu sprechen. Er verschloss alle seine Gedanken, um Midas daran zu hindern, sie zu lesen, und zählte innerlich bis zehn.

»Nein danke. Nettes Angebot, aber ich habe kein Interesse daran, irgendeine Walachenprinzessin zu ehelichen.«

Da. Er war ruhig und vernünftig, wie es sich für einen Sohn gehörte.

Von Midas konnte man allerdings nicht erwarten, ebenso ruhig und vernünftig zu reagieren.

»Das war kein Angebot, Sohn. Ich habe mich in deinem Namen bereits bedankt und zugestimmt.«

»Dazu hattest du kein Recht!« Befänden sie sich in einem normalen Raum und Dane wäre dazu in der Lage gewesen, er hätte gebrüllt. Doch auch so reichte sein geistiger Ausbruch, um Midas zusammenzucken zu lassen. »Du bist nicht mehr für unsere Geschäfte verantwortlich, ich bin das Oberhaupt von MidasDreamIndustries!«

»Und ich bin das Oberhaupt unseres Clans und als solches verlange ich von dir den Gehorsam, den du mir schuldest.« Der stählerne, unnachgiebige Blick seines Vaters passte nicht mehr zu seinem jugendlichen Aussehen. »Es sei denn, du möchtest die Dinge ändern – forderst du mich heraus?«

Es waren barbarische Sitten aus barbarischen Zeiten: der unabdingbare Gehorsam, den jedes Clanmitglied seinem Oberhaupt schuldig war, oder die tödliche Konsequenz bei der Verweigerung desselben. Dane wollte weder seinen Vater herausfordern noch wollte er sich dieser Einmischung in sein Leben beugen.

Ein Gedanke schoss ihm durch den Kopf, so irrwitzig, so abwegig und doch die einzige Lösung, die ihm einfiel.

»Natürlich nicht, Vater.« Er starrte Midas in die stahlblauen, blitzenden Augen. »Aber so leid es mir tut« – gar nichts tat ihm leid – »es geht nicht. Ich kann die Tochter deines Geschäftspartners nicht heiraten, weil ich mich vor Kurzem verlobt habe. Natürlich wäre es besser gewesen, dir das unter anderen Umständen mitzuteilen, aber da du so darauf bestehst, dass ich ...«

»Du lügst!« Midas war so erregt, dass seine Fangzähne hervorschossen. »Das ist nicht dein Ernst!«

Er forderte nicht, dass Dane die Verlobung löste, was bedeutete, dass er ihm trotz seiner Zweifel glaubte. Eine vampirische Verlobung war ein Eheversprechen, das auf jeden Fall eingelöst wurde.

Dane beglückwünschte sich so lange zu seinem Einfall, bis Midas aus seinen dumpfen Grübeleien auftauchte. »Deine Mutter und ich wollen deine zukünftige Braut kennenlernen. Bring sie demnächst mit nach Alaxsxag.«

Was?

Seine Gedanken rasten. Alaxsxag war Midas' Wohnsitz, den er sich nach dem Vorbild antiker Kaisersitze unweit von Fairbanks errichtet hatte. Um sich zur Ruhe zu zwingen, verschloss Dane seine Finger miteinander. »Sie ist im Moment in Europa. Eine ... Studienreise. Aber sobald sie wieder da ist ...«

»Wann wird das sein?«, unterbrach ihn sein Vater.

Er steckte jetzt so richtig in der Scheiße. Nicht nur, dass er keine Verlobte besaß, die sich irgendwo in Europa herumtrieb, er hatte überhaupt niemanden, den er auch nur annähernd in Erwägung ziehen konnte. Oder?

Ungebeten kam ihm das Bild von Andie ins Gedächtnis. Verdammt, sie war ein Mensch! Es sei denn, Bill hatte tatsächlich etwas in ihr entdeckt, etwas, das selbst Dane entgangen war. Trotzdem, wie sollte er sie davon überzeugen, sich ausgerechnet mit ihm zu verloben, und dann auch noch zum nächstmöglichen Zeitpunkt?

»Ich weiß es nicht genau.« Selbst in seinem Innern klang seine Antwort lahm.

Midas trennte ihre geistige Verbindung abrupt und stand auf. »Deine Mutter und ich sind bis zum Ende des Monats unterwegs, Sohn. Spätestens in der ersten Woche des nächsten Monats erwarte ich eure Ankunft.« Er verließ das Haus grußlos.

Dane sank erschöpft in seinem Sessel zurück. Fantastisch. Er hatte soeben eine unbekannte junge Frau an sein Schicksal gebunden, ob sie wollte oder nicht. Oh, dass er wollte, daran bestand kein

Zweifel, wenn er die gierige Bewegung in seiner unteren Region bedachte, lediglich ausgelöst durch den Gedanken an sie.

Eine Frau zu verführen, in sich verliebt zu machen und davon zu überzeugen, dass sie ihn heiratete. Ein Kinderspiel. Er hatte ja schließlich zwei Wochen Zeit.

Verdammt.

Genau das war er.

Kapitel 05

Er war nicht sicher, ob er dieses Mal so zeitig im Wild Dog auftauchte, weil er unbedingt Andie sehen wollte, oder ob es sein Vorhaben war, das er so schnell wie möglich in die Tat umsetzen musste. Zumindest, wenn er nicht in einen tödlichen Kampf mit seinem eigenen Vater verwickelt werden wollte. Wie dem auch sein mochte, er kam zehn Minuten vor der offiziellen Öffnungszeit an und bemerkte erleichtert, dass die Tür nicht verschlossen war.

Cally war schon fleißig dabei, die Theke zu polieren, sie nickte ihm zu und hob auffordernd eine verstaubte Flasche Rotwein hoch. Dane lächelte zustimmend und flink wie eine kleine Baumelfe – die sie ganz sicher nicht war – tänzelte sie zu den Gläsern und zurück, um ihm einzuschenken.

Das Kitz war nirgends zu sehen, obwohl er ihren Duft deutlich in der Nase hatte. Unbewusst hob Dane den Kopf und folgte ihrem Lockruf, um am Ende des schlauchförmigen Durchgangs zu erstarren. Die junge Frau saß an dem Klavier und streichelte die Tasten, als wäre es die Haut eines Liebhabers. Beinahe spürte er etwas wie Eifersucht. Was lächerlich war – sie spielte schließlich auf einem leblosen Klavier. Dane nahm einen großen Schluck seines Weines, um das Bild zu verdrängen, doch es hielt sich hartnäckig im Hintergrund seines Bewusstseins.

»Andie!«, brüllte Bill aus den Tiefen des Vorratskellers. »Corona hat soeb'n angerufen. Sie schaffts nicht rechtzeitig her. Spring für sie ein, spiel 'n bisschen was.«

Sie schien zu erwachen. »Wirklich?« Ihre Wangen wurden rot und Danes inneres Raubtier schnurrte so laut in seinem Kopf, dass er das Gefühl hatte zu vibrieren. »Was soll ich denn spielen, Mr Watling?«

»Bill! Was is'n so verkehrt dran, mich Bill zu nennen?« Das Grollen schien aus den tiefsten Schichten der Erde zu kommen, typisch für eine Furie, die versuchte, ihr Gegenüber auf liebevolle Art und Weise von etwas zu überzeugen.

»Entschuldigung, Bill. Was soll ich spielen?«

»Ach spiel, was du willst. Is doch eh Perl'n vor die Säue, wenn's verstehst, was ich mein, Kindchen.«

Das Kitz lächelte. Offensichtlich war ihr nicht bewusst, dass sie einen gebannten Zuschauer hatte. »Ich wusste gar nicht, dass Sie so bibelfest sind, Bill.«

»Pah! Hab se selbst geschrieben.« Der Besitzer der Bar kam schnaufend aus dem Keller, als Andie die ersten Takte spielte.

Dane grinste. Möglicherweise hatte Bill tatsächlich seinen Teil zur Bibel beigetragen – niemand konnte sagen, wie alt der Mann war, nur so viel, dass gegen ihn Methusalem wie ein Jungspund dastand.

Sein Grinsen verging ihm, als Andie zu singen begann. »*She can kill with a smile, she can wound with her eyes.*« In seinem Kopf drehte sich alles. Ihr Lachen hatte ihn berührt, doch ihr Gesang ... Ihr Gesang hüllte ihn ein, drang in jede einzelne Zelle seines Körpers, schmeichelte seiner Seele, zerstörte sie, setzte sie neu zusammen. Dane fand sich gegen die Tür gelehnt wieder und seine Hand umklammerte das Weinglas, als wäre es sein letzter Anker. Niemals hatte er das Lied Billy Joels in so klaren Tönen gehört, niemals war es weicher interpretiert worden. Er hatte keine Wahl, er musste in ihre Nähe kommen, musste sehen, wie sich ihre Lippen bewegten, wie ihr sanftes Lächeln diese Welt in einen besseren Ort verwandelte, wie ihre Stimme ...

Oh, diese Stimme! Wie diese Stimme *seine* Welt in eine bessere verwandelte.

Alles in ihm wurde ruhig, gelassen, von einem inneren Frieden erfüllt, als er direkt vor der Bühne Platz nahm und Andie lauschte. Er hatte seinen Stuhl zurückgeschoben und den Kopf an die Wand gelehnt. Mit geschlossenen Augen trieb er auf einem Strom des Glücks, getragen von ihrem Gesang und den weichen Tönen, die sie dem altersschwachen Flügel entlockte. Einst hatte es eine Zeit gegeben, als er selbst mit seiner Stimme und seinem Gesang betören konnte, doch jetzt war das anders. Dane wurde bewusst, dass er sich geirrt hatte. Nicht Corona würde ihn befreien können von dem Fluch, es war Andies Bestimmung. Ein Kitz, das ein Raubtier wieder zu seiner ganzen Stärke erwecken konnte – irgendwo mussten die Götter einen seltsamen Sinn für Humor besitzen. Dane ließ sich mitreißen, driftete davon in ein Universum aus Gesang und Harmonie. Er bemerkte kaum, dass sich das Wild Dog immer mehr füllte, dass sich die Gäste des Pubs immer mehr hier, im hinteren Raum, drängten, um dem Mädchen zu lauschen, das mit ihrer zierlichen Präsenz allen den Atem nahm. Selbst die härtesten Were blieben still.

Niemals zuvor hatte eine solch andächtige Ruhe geherrscht, wenn jemand gesungen hatte.

Umso mehr fuhren die Anwesenden zusammen, als eine heisere, gehässige Stimme wie ein Sturm durch den Raum fegte. »Was zum Teufel ist hier los?«

»Halt mal die Klappe, Corona«, murmelte irgendjemand, wahrscheinlich einer von den gelackten Brokerwerwölfen.

Er hätte genauso gut Öl ins Feuer schütten können. »Was soll denn das heißen? ›Halt mal die Klappe‹? Spinnt ihr? Merkt ihr nicht, was hier abgeht? Hey du, Neue! Ich habe dich durchschaut – das Spiel kannst du gleich sein lassen!«

Das Kitz unterbrach ihre Darbietung. Verwirrung malte sich auf ihren feinen Zügen ab, als sie zu Corona sah. »Ich verstehe nicht. Bill hat gesagt, ich solle für dich einspringen, bis du kommst, und ...«

»Halts Maul, Schlampe!«

Die Meute knurrte und ein Hauch von Eis und Asche wehte durch den Pub. Dane wusste, was das war, und auch Andie schien es zu spüren. Die Raubtiere bewegten sich unter der Oberfläche und es fehlte nur noch ein Funken, um sie wie Lava hervorbrechen zu lassen.

»Benimm dich, Corona. Ich dulde keine unflätigen Worte in meinem Laden.« Es war Bill, der versuchte, die Situation zu entschärfen. Normalerweise kuschte die Sängerin, wenn Bill etwas sagte, denn niemand, der bei klarem Verstand war, legte sich mit einer Furie an.

Doch Corona war offensichtlich über alle Vernunft hinweg, auch wenn Dane nicht sagen konnte, was sie so aufgebracht hatte. Hatte sie Angst, das Kitz würde ihr den Job wegnehmen?

In Coronas Augen glühte es, kein gutes Zeichen. Sie hatte ihren Wer nicht im Griff und wenn sie nicht aufpasste, bemerkte selbst Andie, dass sie nicht menschlich war.

»Ihr schwanzgesteuerten Idioten!«, zischte sie. »Seht sie euch doch an! Merkt ihr es nicht? Hört ihr es nicht? Fühlt ihr es nicht? Sie ist eine Scheißsirene und sie lullt euch mit ihrem Gesang ein!«

Das Schweigen, das daraufhin folgte, war schwer und nahm jedermann den Atem.

Es gab viele verschiedene Rassen und über fast alle erzählten sich die Menschen Märchen und Legenden, die mal mehr, mal weniger zutrafen. Was kaum ein Mensch wusste, war die Tatsache, dass die meisten Suburbans Sirenen verabscheuten, hassten und gelegentlich sogar töteten. Sie waren die Einzigen, die die Fähigkeit hatten, Menschen und Suburbans zu manipulieren – allein mit der Kraft ihrer Stimme.

»Du spinnst«, sagte schließlich Wesley und setzte seinen Bierkrug an, um ihn in einem Zug auszutrinken. »Du bist eine eifersüchtige Echse. Wäre die Kleine eine Sirene, hätten wir alle von

Anfang an zu ihren Füßen gelegen und an ihren Lippen gehangen. Sie kann einfach besser singen, gibs zu.«

Corona gab überhaupt nichts zu.

»Ihr verblendeten Irren!«, kreischte sie und gab selbst dem Begriff »Irre« eine völlig neue Bedeutung.

»Bitte, Corona«, sagte das Kitz und streckte freundlich die Hand aus. »Ich wollte dir keinen Stress bereiten und einfach nur ein paar Lieder singen. Jetzt bist du ja da und ich mache wieder meinen Job.« Sie rutschte vom Klavierhocker und sah dabei so verloren und bestürzt aus, dass sich in Dane etwas Dunkles, etwas Mächtiges regte. Es war mehr als Begierde, mehr als Dankbarkeit für die Schönheit ihres Gesangs, mehr als das bloße Bedürfnis, sie zu besitzen. Es war das Wissen darum, dass sie miteinander verbunden waren. Sie wusste das noch nicht und er erst seit diesem Moment, aber das änderte nichts an ihrem Schicksal: Sie waren füreinander bestimmt. Nie war er sich einer Sache sicherer gewesen.

Corona warf den Kopf zurück und lachte schrill. »Köstlich, Schätzchen, wie du versuchst, dich mit deinem harmlosen Kleinmädchengetue herauszuwinden. Aber ich werde es euch beweisen, wenn ihr mir nicht glaubt. Ich zeige euch ihr schwarzes, verrottetes Herz!« Feuer und Hitze wirbelten um Coronas Gesicht und Oberkörper, Flammen schossen aus ihren Haaren. Die Menge wich schreiend zurück, als sich ein halb gewandelter Werdrache mit tödlicher Geschwindigkeit auf Andie stürzte, die wie erstarrt an ihrem Platz stand.

Dane dachte keine Sekunde nach. Es gab nur wenige Rassen, die schneller waren als entfesselte Were, doch alte Vampire gehörten dazu. Im Bruchteil eines Wimpernschlags stand er vor dem Kitz, im selben Moment, als die zur eisenscharfen Kralle verformte Hand der Sängerin sich in Andies Herz bohren wollte. Sie zerfleischte stattdessen seinen Brustkorb.

Die Zeit fror ein.

Es schienen Äonen zu vergehen und nur sie drei existierten. Andie, deren Herzschlag so heftig pulsierte, dass es dem Flattern eines verängstigten Vögelchens glich, Corona, deren stählerne Kralle noch immer in seinem Körper steckte, und er selbst. Dane spürte keinen Schmerz. An seiner Stelle stieg etwas in ihm empor, etwas Unbekanntes und doch Altvertrautes, und er wusste, für diesen einen Moment in der stillstehenden Ewigkeit konnte er den Fluch brechen, denn Andie, seine persönliche kleine Sirene, stand hinter ihm.

»Rühr sie nicht an!« Seine Stimme klang heiser und rau wie Schmirgelpapier.

Blut schoss ihm aus Mund und Nase, doch mit unmenschlicher Stärke schaffte er es, seinen Worten noch einmal Nachdruck zu verleihen. »Rühr sie nie wieder an! Sie gehört mir!«

Die Zeit bekam einen Schluckauf, erwachte und preschte mit doppelter Geschwindigkeit vorwärts.

Lärm brandete über sie hinweg, als alle durcheinanderbrüllten und Bill schließlich mit seiner mächtigen Pranke Corona am Hals packte und gegen die nächste Wand warf. Dane verzog das Gesicht, als ihre Kralle so brutal aus seinem Fleisch gerissen wurde, doch der Fluch hatte ihn bereits wieder fest in seiner unerbittlichen Umarmung und kein Laut drang über seine Lippen. Die wenigen Sekunden, die er ihn hatte brechen können, rächten sich mit grausamen Schmerzen, die wie Säure durch seine Kehle und seinen Magen ätzten. Er wollte sich krümmen, in eine dunkle Höhle kriechen und erst bei Tageslicht wieder hervorkommen, doch er musste sich zusammenreißen. Vorsichtig riskierte er einen Blick hinter sich, in der Annahme, das Kitz sei vor Schreck ohnmächtig geworden.

Weit gefehlt. Ihre Augen waren aufgerissen, ihr Atem ging heftig, doch sie hatte sogar ihre kleinen, zierlichen Hände zu Fäusten geballt.

»Verfluchte Scheiße!«, stieß sie hervor und nie war Dane ein

Schimpfwort lieblicher erschienen. »Ich bin in einer verdammten Freakshow gelandet!«

Dann schien der Raum seine Umrisse zu verlieren, Farben verschmolzen vor Danes Augen und mit einem unheimlichen Seufzer senkte sich die Dunkelheit auf ihn herab.

***

»Hier, Whiskey. Das hilft gegen das Zittern«, sagte Cally Ray und schenkte Andie ein.

Andie schüttelte den Kopf. Überhaupt nichts half gegen das Zittern, außer jemand, der sie aus diesem schrecklichen Albtraum weckte. Aber bisher sah es nicht danach aus. Vor ihren Augen hatten sich in der letzten Stunde unglaubliche Szenen abgespielt, die ihr den Verstand raubten. Sie musste verrückt geworden sein. Und zwischen all diesen Momenten kam immer wieder die Erinnerung an Dane hoch. Seine heisere Stimme hatte sich in ihren Kopf eingebrannt und immer wieder hörte sie die Worte, die er zu Corona gesprochen hatte. Oder zu dem Monster, das angeblich Corona gewesen war.

Er hatte sie gerettet. Warum überhaupt? Sie war doch nur eine kleine Kellnerin, die ein bisschen Klavier gespielt hatte. Wieso war das alles heute Nacht geschehen? Sie schüttelte sich, als der Whiskey ihre Kehle hinunterlief.

Bill hatte Dane, nachdem er zusammengebrochen war, sofort ins Hinterzimmer getragen und die Bar geschlossen. Ein paar Kerle hatten Corona mitgenommen, die sich nahezu hysterisch aufgeführt hatte. Sie schrie und tobte und verfluchte Andie aus vollem Halse, doch die Männer packten sie und schleiften sie nach draußen. Andie hatte das Gefühl, sie konnte erst atmen, nachdem Corona das Wild Dog verlassen hatte.

»Keine Angst, Dane kommt wieder auf die Beine, der ist Schlimmeres gewohnt«, sagte Cally in die Stille hinein.

»Wie bitte?«

Daran hatte sie bisher gar nicht gedacht, doch jetzt überflutete sie das Angstgefühl erneut, das in Coronas Nähe schon so stark gewesen war. Dane! Die Wunde, die das Monstrum geschlagen hatte, war riesig. Wie konnte Cally da behaupten, dass es Schlimmeres gebe?

»Bill biegt das wieder hin. Oder einer von Bills Freunden. Glaub mir das.«

Andie hatte alle Mühe, ihre aufwallende Panik in den Griff zu bekommen. Was ging hier vor? Wer war überhaupt noch »normal« in dieser Bar? Cally wohl kaum, denn die schien sich überhaupt nicht daran zu stören, was eben vorgefallen war.

»Wir haben schon Schlimmeres erlebt«, bekräftigte sie den Verdacht, nicht normal zu sein, denn nicht zum ersten Mal hatte Andie das Gefühl, dass Cally Gedanken lesen konnte. »Einmal hat sich eine Horde Kobolde hier geschlagen. Und ein anderes Mal gab es eine blutige Schlacht zwischen Elfen und Gargoyles. Hast du schon mal einen Gargoyle in seiner richtigen Gestalt gesehen?«

Andie verneinte. Aha, Gargoyles. So war das also. Sie hatte den Verstand verloren. Ganz einfache Erklärung. Durchgedreht – wer konnte es ihr verübeln? Sie war allein, mittellos, hatte einen weiteren Todesfall in der Familie zu verkraften, mehr Schulden, als sie je abbezahlen konnte, und die letzten Tage nicht viel gegessen. Wer würde da nicht durchdrehen?

»Schätzchen, das hier ist gar nicht so schlimm, wie du denkst. Und du gehörst sowieso schon dazu«, meinte Cally ein wenig mitleidig. »Du wirst dich dran gewöhnen.«

»Ich gehöre überhaupt nicht dazu«, wehrte Andie ab. »Mich werden nachher vermutlich die Männer mit den weißen Kitteln abholen.«

»Unsinn, Andie. Das war einfach nur ein bisschen viel auf einmal.« Sie seufzte tief und strich sich die blonden Locken aus dem

Gesicht. »Ich hätte dir das schon sagen sollen, als es mir zum ersten Mal aufgefallen ist.«

»Was?«, fragte sie.

Wieder seufzte Cally. »Zeig mir deine Hand.«

Andie erinnerte sich an den entsetzten Blick, als Cally ihr Muttermal gesehen hatte. Damit musste es zu tun haben.

»Zeig«, befahl die Barkeeperin.

Sie reichte Cally die Hand, die beinahe ehrfürchtig danach griff und langsam mit dem Zeigefinger über das kleine Muttermal strich.

»Das hier ist das Zeichen der Sirenen«, offenbarte Cally ihr.

Davon hatte Corona auch gesprochen, aber Andie konnte sich nicht mehr so recht daran erinnern. Zu viele Dinge waren auf sie eingeprasselt, nicht zuletzt die Tatsache, dass Corona sich in ein Monster verwandelt hatte. Vor ihren Augen!

»Man brennt es den Menschen ein, die das Sirenen-Gen in sich tragen«, fuhr Cally fort. »Die sind nicht so gern gesehen, deswegen tut man es.«

»Ich hab ja schon die unsinnigsten Sachen über dieses Muttermal gehört, einschließlich der Frage, ob das eine Nazitätowierung ist, aber *das* ist selbst für mich neu.«

»Nazis sind ein gutes Stichwort, davon haben sich die Suburbans das abgeschaut«, klärte die Barkeeperin sie auf.

»Wie nett«, antwortete Andie ironisch.

Aus dem Pianoraum drangen Schritte, dann standen Bill und Dane, so gut wie unversehrt, vor ihr. Lediglich das getrocknete Blut und sein zerfetztes Hemd zeugten davon, dass etwas vorgefallen war. Andie stockte der Atem, als sie ihrem Retter in die Augen sah. Er lächelte sogar. Wie konnte das sein? Sie hatte doch mit eigenen Augen gesehen, dass Corona ihm den Brustkorb aufgeschlitzt hatte.

»Musst nicht so schauen«, tadelte Bill sie. »Sag lieber Dankeschön.«

»Dankeschön«, hauchte Andie, musste aber den Blick von Dane abwenden, weil sie fürchtete, dass sie in Tränen ausbrechen könnte, wenn er sie noch einmal so ansah.

»Tja, Andie, nachdem du jetzt weißt, wie's hier zugeht, möcht'st du da morgen noch wiederkommen?« Bill zwinkerte. »Obwohl du eigentlich keine Wahl hast.«

»Was soll das heißen, keine Wahl?«

Cally schaltete sich ein, während Dane sie immer noch unverhohlen anstarrte. »Ich habe dir doch gesagt, was es mit deinem Zeichen auf sich hat. Damit bist du in größerer Gefahr, als du denkst.«

»Das ist ja alles ganz nett, aber könnte mir mal bitte jemand sagen, was da heute passiert ist?«

»Du hast dich mit einer Wer angelegt. Mit einer ziemlich mächtigen, um genau zu sein«, klärte Cally sie auf.

»Ich hab se rausgeschmissen«, fügte Bill gut gelaunt hinzu. »Wer seinen Wer nich im Griff hat, fliegt raus. War schon immer so.«

»Wer? Ich verstehe überhaupt nicht ...«, murmelte Andie erschrocken.

»Sie kennt sich damit gar nicht aus«, kam Cally ihr zu Hilfe.

»Sag ma, Andie, is es nie vorgekommen, dass dir die Leute an den Lippen geklebt sin'?«

»Nicht so oft, nein.«

»Sie hat es nicht im Griff«, rief Cally. »Das habe ich mir beinahe gedacht.«

Dane und Bill tauschten nun einen wissenden Blick. Was hatte das denn alles mit Dane zu tun? Wieso hatte er sie beschützt? Warum hatte ihm diese schwere Verletzung nichts ausgemacht? Und überhaupt, wieso sprach er nicht mit ihr? Vor knapp einer Stunde hatte sie klar und deutlich seine Stimme gehört. Vielleicht war sie gar nicht verrückt geworden, sondern alle anderen in diesem Raum. Sie hatte schon von solchen Geschichten gehört, LSD im Trinkwasser, Koks in der Suppe ...

Sie alle starrten nun Andie an, die sich gar nicht mehr zu helfen wusste. Sie hatte doch überhaupt nichts getan!

»Was ist denn nun?«

»Glaubs, wird Zeit fürn bisschen Klartext«, murmelte Bill. »Kleine, du bist in ner Suburban-Bar gelandet.«

»In einer was?«

»In einer Bar für etwas andere Leute. Das ist alles. Du gehörst auch dazu«, beruhigte Cally sie.

»Tue ich nicht«, begehrte Andie heftig auf. »Ich bin ganz normal.«

Bill schüttelte den Kopf und stieß Dane an, dann schlug er sich selbst gegen die Stirn. »Ich vergesse immer wieder, dass der Kauz nich sprechen kann.«

»Kann er nicht?«, fragte Andie verblüfft. »Aber ich habe ihn eben gehört. Klar und deutlich.«

Bills Blick wurde für einen Moment streng und Andie durchzuckte die nackte Angst, doch das Gefühl war so schnell vorbei, wie es gekommen war.

»Also deswegen«, murmelte er undeutlich und setzte sich auf einen Barhocker, als habe ihn etwas furchtbar angestrengt. »Gib mir 'n Bier, Cally. Die Sache mit der Stimme macht ihr lieber unter euch aus.« Dabei sah er Dane sehr genau an.

»Suburbans gibt es so lange wie diese Welt. Und manche, die in diese Bar kommen, sind auch so alt wie sie. Aber sie bleiben lieber unerkannt unter den Menschen, denn es wurde zu allen Zeiten Jagd auf sie gemacht«, fuhr Cally fort und stellte Bill sein Bierglas auf den Tresen. »Aber sie suchen den Kontakt zueinander. Deswegen hat Bill das Wild Dog eröffnet. Übrigens schon 1840. Und er ist immer noch der Geschäftsführer.«

»Musste jedem auf die Nase binden, wie alt ich bin?«, knurrte Bill.

Cally grinste nur und erzählte weiter: »Seit damals ist dies ein Treffpunkt für Halbwesen aller Art, Were, Elfen, Kobolde, Vampire, eben alles, was dir so einfällt. Sie kommen hierher, weil Bill ihnen das bietet, was sie bei Menschen nicht bekommen.«

»Und was ist das?«

»Blut, auf Flaschen gezogenes Harz, Perlmuttstaubcocktails, ach ... jedes dieser Wesen hat ziemlich abstruse Vorlieben.«

»Davon habe ich nichts bemerkt«, gab Andie zurück.

Wenn Dane doch nur aufhören würde, sie anzustarren. Sie hatte das Gefühl, als leiste ihr Herz gerade Überstunden. Und das lag nur an ihm, nicht an diesem verwirrenden Gespräch oder der Tatsache, dass sie eben dem Tod von der Schippe gesprungen war. Irgendetwas an ihm zog sie magisch an, ohne dass sie sich dagegen wehren konnte.

»Wirst du auch nie sehen. Diese Sachen gibt es im Keller. Bill hatte schon immer ein Herz für Suburbans. Er ist schließlich selber einer. Na ja, irgendwie halt. Was bist du, Bill?«

»Dreiviertelfurie mit Seherblut«, antwortete dieser schulterzuckend und leerte sein Glas in einem Zug.

»Dreiviertelwas?«, fragte Andie.

»Kindchen, das is doch ganz einfach«, antwortete er, als habe sie die dümmste Frage der Welt gestellt. »Ich habe nur die übermenschlichen Fähigkeiten abbekommen, nicht aber diese unnützen Wutausbrüche. Furien wandeln sich nicht. Sie ...«

»... sehen einfach nur noch ein bisschen hässlicher aus als vorher, wenn sie sauer werden, sind wahnsinnig schnell und machen alles und jeden kaputt, der sich ihnen in den Weg stellt«, warf Cally mit einem lieblichen Lächeln ein. Das Knurren Bills schien ihr keine Angst zu bereiten, ganz im Gegensatz zu Andie, die zusammenzuckte.

»Aha«, sagte sie, weil sie sich nichts darunter vorstellen konnte.

Die Glöckchentraube an der Tür riss die vier aus ihrer Starre. Zwei Frauen standen da, eine trug eine schwarze, lederne Kurzjacke und zusammen mit den ebenso schwarzen Militaryhosen, den schwarzen Stiefeln und den akkurat zurückgekämmten dunklen Haaren, die an den Schläfen bereits silbern wurden, verlieh ihr das ein recht grimmiges Aussehen. Dunkle Aura, hätte Tante Dru bei ihrem Anblick gehaucht. Die andere trug Rot, hatte riesige schwarze Augen und eine Mähne, die ihr bis zu den Knien reichte.

»Wir ham geschlossen, Ladys«, klärte Bill die Damen auf.

Tuschelnd machten die beiden auf dem Absatz kehrt und verließen das Wild Dog. Die Füße der einen hinterließen das stampfende Echo hoher Absätze.

»Noch mehr davon«, sagte Bill geringschätzig. »Die eine is 'n Wolf, die andere 'n Rennpferd. Behauptet sie zumindest. Ich sehe nur Pferd, wenn ich sie ansehe, aber lass sie das nie hören!«

»Du kannst das sehen?«, fragte Andie nun erstaunt und zwang sich erneut, den Blick von Dane abzuwenden.

»Klar. Der Segen des Cassandra-Gens.« Dabei tätschelte er seinen Kopf und die filzige Mähne.

»Werwölfe kenne ich ja noch, aber Werpferd klingt irgendwie lächerlich«, versuchte Andie dem Gespräch die Schärfe zu nehmen, denn das, was sie da hörte, klang wirklich albern.

»Sag das nie, wenn die in'ner Nähe is. Auf das Rennpferd legt die Wert. Glaub ma, alle, die hier sin', lernst du nach ner Zeit kennen. Denn sie kommen immer wieder.« Bill deutete auf die Tür. »Das war'n Tala Attyl und Stella Steel.«

Andie schwirrte der Kopf vor lauter Informationen.

»Und was bist du?«, fragte sie Cally zaghaft.

»Cassandra-Genträger mit Hexeneigenschaften.«

Das war doch wirklich nicht zu fassen …

»Und du?«, fragte sie nun Dane.

»Vampir«, erklärte Bill für ihn.

Sie hob abwehrend die Arme. »Moment mal. Vampire glitzern in der Sonne und sind düstere Emoschönlinge. So etwas gibt es nur in Büchern.« Dane sah eindeutig empört aus, als sie das sagte. »Gesetzt den Fall, dass ich euch glaube. Was mache ich denn, wenn Corona mir auflauert? Ihr habt gesagt, dass ich in Gefahr bin.«

Bill und Dane tauschten einen vielsagenden Blick. »Dane hat sich bereit erklärt ein bisschen auf dich achtzugeben.«

Nein, alles, bloß das nicht. Sie hielt ja so schon kaum eine Minute neben Dane aus, ohne weiche Knie zu bekommen, wie sollte das dann erst sein, wenn er sich längere Zeit in ihrer Nähe aufhielt?

»Is nur vorübergehend, solange Corona ihre Tage hat«, meinte Bill kichernd und genehmigte sich noch einen Drink. »Aber ich bleib eisern, die kommt nich rein, ohne endlich ihren Wer zu beherrschen.«

Andie hörte nur halb hin, zu sehr war sie in Danes Anblick versunken. Der kramte nun in seiner Tasche und zückte ein schwarzes, ledernes Etui und einen Stift. Schrieb er da etwas?

»Lass uns gehen«, las sie auf einem vergilbten Zettel. Es stimmte also wirklich, dass er nicht sprechen konnte ...

»I... In Ordnung«, flüsterte sie.

Cally reichte ihr mit einem wissenden Grinsen ihre Handtasche und winkte zum Abschied, dann war sie zum ersten Mal mit ihm allein. Und recht schnell verstand sie sich darauf, seine kleinen Gesten zu deuten.

»Ich wohne nicht weit von hier«, sagte sie leise. »Aber es ist nicht sehr hübsch da. Ich habe nicht einmal Strom.«

Vorsichtig sah sie zur Seite, um zu erkennen, wie er die Neuigkeit aufnahm, doch er lächelte nur und zuckte mit den Achseln, als wolle er sagen: »Wer braucht schon Strom?«

Was für ein merkwürdiges Gefühl, so plötzlich so nah bei ihm zu sein. Aber ein schönes Gefühl – als hätte ihr jemand einen Herzenswunsch erfüllt. Außerdem durfte sie ihn nun ganz ungestraft ansehen und ihr fiel auf, dass das Bild, das sie sich während ihrer schlaflosen Stunden im Bett gemacht hatte, nicht ganz akkurat war. Zum ersten Mal bemerkte sie, dass seine Lippen ganz hell waren, was seltsamerweise nicht ungesund, sondern aristokratisch aussah. Und sein Haar war nicht gänzlich schwarz, sondern schimmerte im Mondlicht beinahe schon bläulich.

Sie bog in die Gasse ein, die zu ihrem Haus führte. Hatte sie überhaupt aufgeräumt? O Gott, nein ... Aber sie konnte ihn ja auch schlecht hineinbitten, immerhin kannten sie sich nicht. Jetzt schlug ihr das Herz wieder bis zum Hals und das wohlige Gefühl löste sich in helle Aufregung auf.

»Ist nicht mehr weit«, sagte sie nervös.

Er verlangsamte seinen Schritt, als wolle er sie beruhigen, vielleicht hatte er bemerkt, dass sie nervös war. Hoffentlich nicht, dann hielt er sie bestimmt für eine mannstolle Kuh, die sich dem Nächstbesten an den Hals warf. Ach, warum war sie nicht ein bisschen selbstsicherer? In Bills Bar war das was anderes, da konnte sie sich gut und gerne mal gegen ein paar freche Sprüche zur Wehr setzen, doch Danes innere Ruhe brachte sie vollends aus dem Konzept.

Sie hielt vor Tante Drus Hexenhaus an. »Hier ist es. Sieht nicht gerade hübsch aus«, plapperte sie los, »... aber ist zumindest meins.« Wenn sie allerdings an die Mahnungen in ihrem Briefkasten dachte, dann war das nicht mehr lange so.

Dane bedeutete ihr vorzugehen. Wollte er wirklich mit reinkommen? *Wir kennen uns doch gar nicht,* versuchte sie ihren Verstand noch einmal aus den Tiefen ihres Hirns zu schütteln, aber der verkroch sich erstaunlich schnell wieder.

Er nickte nachdrücklich und Andie öffnete seufzend die Haustür. Mechanisch griff sie nach dem Lichtschalter, hielt dann aber inne. Es gab ja gar keinen Strom mehr. Dane sah sich interessiert um, auch wenn es nicht mehr viel zu sehen gab. Am Tag nach Tante Drus Tod hatte Andie die meisten ihrer Habseligkeiten fortgeräumt, um nicht ständig vom Haus ermahnt zu werden, sich ordentlich zu benehmen. Somit gab es in ihrem Wohnzimmer nur noch eine karge Einrichtung und die war gnadenlos verstaubt und mit verschiedenen Dingen zugemüllt – Chorpartituren, Notenblättern, Bleistiften, einem Bildband über Opern und einem Akkordeon, das sie auf dem Speicher entdeckt hatte.

»Warte, ich mache Licht«, entschuldigte sie sich und verschwand in der Küche, wo sie noch ein paar Kerzen von Weihnachten verwahrt hatte. Kurz darauf erstrahlte ihr Wohnzimmer im Kerzenschein und es wirkte mit einem Mal viel heimeliger, als sie es sich je hätte vorstellen können. Schweigend ließ sie sich auf einem der Sessel nieder und wartete darauf, dass Dane etwas sagte. Oder besser: schrieb. Aber der fuhr fort sie anzustarren, so merkwürdig, dass sie bis in die Haarspitzen errötete.

»Lass das, bitte«, bat sie zaghaft, ohne es wirklich so zu meinen. Es war ein berauschendes Gefühl, so von ihm angesehen zu werden.

Dane ließ sich auf das Sofa fallen, als wäre er hier öfter zu Besuch. Er kritzelte etwas und Andie erhaschte ein: »Ich kann nicht anders!« Was sollte sie darauf erwidern? Warum tat sich nicht augenblicklich der Himmel auf und machte Schluss mit dieser verwirrenden Welt, in der ein so toller Typ wie er ihr plötzlich Komplimente machte. Bestimmt konnte er jede haben. Oder wollte jede haben! So musste es sein. Ja, das war eine gute Erklärung.

Sie räusperte sich, um nicht antworten zu müssen, dann versuchte sie es noch einmal mit etwas Unverfänglichem: »Bist du schon lange Vampir?«

»Ja«, stand prompt auf dem Zettel.

Andie hatte keine Ahnung, welche Beschreibung in den vielen Büchern, die sie gelesen hatte, der Wahrheit entsprach, tausend Fragen gingen ihr durch den Kopf. Tranken Vampire wirklich Blut? Konnte Dane im Sonnenlicht überleben? Hatte er ein Spiegelbild? Konnte er allein mit seiner Stimme Frauen in den Wahnsinn treiben? Stimme!

»Wieso kannst du nicht sprechen?«

»Fluch«, schrieb er. Dabei kräuselten sich seine Lippen zu einem eigenartigen Lächeln, das Andies Puls schneller werden ließ.

»Wer hat dich verflucht?«, versuchte sie krampfhaft die Zügel in der Hand zu halten.

»Ein Arschloch«, kritzelte er und darüber musste sie lachen. Die Anspannung ließ ein bisschen nach, denn sie hatte nicht erwartet, dass er etwas für Humor übrighatte.

»Und kann man den Fluch irgendwie loswerden?«, fragte sie.

»Das kannst nur du«, schrieb er ihr und betrachtete sie eingehend. Als wolle er sich jeden Zentimeter ihres Körpers einprägen. War das eine Masche? Trieb er dieses Spiel öfter? Sie musste aufhören sich etwas vorzumachen – sie hatte ganz einfach Angst vor ihm. Nicht so sehr vor seiner vampirischen Seite, viel mehr davor, dass er ein unglaublich gut aussehender Mann war, der irgendein abstruses Interesse an ihr hatte. Denn jemand wie er, der gab sich doch nicht mit *ihr* ab.

Sie tat, als sähe sie auf die Uhr, und sagte dann: »Ich gehe jetzt ins Bett, es ist schon spät und ich weiß noch nicht ... ob ich das alles so richtig verarbeitet hab«, murmelte sie. Bildete sie sich das ein oder sah er tatsächlich enttäuscht aus? Gemächlich erhob er sich vom Sofa.

»Mein Zimmer ist oben«, flüsterte sie beinahe. »Aber du kannst gern im Gästezimmer schlafen ... Das ist gleich neben der Küche.« Er spähte aus dem Raum – konnten Vampire im Dunkeln besser sehen als Menschen? Bestimmt hielt er sie für dumm, wenn sie all diese Fragen stellte.

Weil Dane keine Anstalten machte, sich in Bewegung zu setzen, ging Andie schließlich zur Treppe hinüber. Für den Bruchteil einer Sekunde schien Dane zu verschwinden, dann prallte Andie erschrocken zurück, als er plötzlich vor ihr stand. Wie hatte er das gemacht? So hatte er ihr auch gegen Corona beigestanden. Wollte er sie einschüchtern?

Mondlicht fiel durch ein schmales Fenster und Andie bemerkte, wie nahe sie ihm war, sie hätte seine Wimpern zählen können, wenn sie gewollt hätte. Sein schwarzes Haar fiel ihm in die Stirn, sein Brustkorb hob und senkte sich, doch sie konnte seinen Atem nicht auf ihrem Gesicht fühlen. So war das also, einem Vampir nahe zu sein. Beunruhigend und zugleich so wunderbar, dass sie sich wünschte, dieser Moment möge nie vorbeigehen.

Erst jetzt fiel ihr auf, dass sie am ganzen Körper zitterte. Hoffentlich bemerkte er das nicht! Vorsichtig fuhren Danes Finger ihren Hals entlang und Andie erbebte unter seiner Berührung. Wenn er doch nur nie damit aufhören würde. Verwirrt schloss sie die Augen, dann fühlte sie seine weichen Lippen auf ihren, die nach Rotwein und irgendetwas anderem schmeckten, was Andie noch nie gekostet hatte. Seine Finger spielten mit ihren Locken und ohne es zu merken, presste sie sich gegen seinen muskulösen Körper, der sich so viel besser anfühlte als alles, was sie je berührt hatte. Solange es anhielt, wollte sie es auskosten, schmecken, fühlen, hören und sehen. Ihre Lider hoben sich und sie begegnete dem Blick aus nachtdunkler Ewigkeit.

Kapitel 06

Dane wollte sich in ihr verlieren. In ihren wunderschönen, warmen Augen, die im Kerzenschein wie Bernstein funkelten, in ihrem Duft, der seine scharfen Sinne sowohl betörte als auch beruhigte, in ihrem Körper, der so weich und warm an seinem ruhte. Es kostete ihn seine ganze Kraft und Selbstdisziplin, ihr nicht ihre Sachen vom Leib zu reißen und sie gleich hier und jetzt an der Wand zu nehmen. Allein die Vorstellung davon, wie sie sich anfühlen mochte, ließ ihn noch härter werden, dabei kämpfte er schon den ganzen Abend mit seiner Erregung. Er musste einen ruhigen Kopf bewahren, sie durften sich nicht von ihrer Leidenschaft fortreißen lassen – das würde nur zu Reue bei dieser einzigartigen Frau führen und das durfte er nicht zulassen. Er wollte und musste sie besitzen, aber nur, wenn sie ihn mehr brauchte als die Luft zum Atmen, wenn sie sich nach ihm verzehrte und lieber starb, als ohne seine Berührungen zu leben.

Andie seufzte leise und wäre es ihm möglich gewesen, hätte er es ihr gleichgetan. Sie war eine Sirene und sie lockte ihn auf jede erdenkliche Art und Weise, ohne dass es ihr überhaupt klar war. Sie kannte nicht einmal die Gefährlichkeit ihrer Gabe, sie hatte ihre Fähigkeiten weder unter Kontrolle noch wusste sie etwas darüber. Es war an ihm, sie zu leiten und ihre Sinne behutsam zu öffnen. Er musste sie lehren, was es bedeutete, eine Sirene zu sein. Sie war so unschuldig, so rein. Danes Zunge vollführte einen sinnlichen Tanz in ihrem Mund, obwohl er nichts lieber getan hätte, als ihre weichen Lippen zu plündern und sie einfach zu nehmen, wie es die barbarischen Werwölfe mit ihren Partnerinnen taten.

Ihr hastiger Atem strich über sein Gesicht und aus ihren kleinen

Seufzern wurde ein lang gezogenes Stöhnen. Er musste sie beide stoppen und da er nicht reden und sie somit seinem Willen unterwerfen konnte, blieb ihm nur eine Möglichkeit. Dane hob mit seinen großen, warmen Händen ihr Gesicht und zwang sie mit sanfter Gewalt, ihm direkt in die Augen zu sehen. Bewusst ließ er seine Fangzähne hervorbrechen und ritzte seine eigene Lippe auf. Als der erste Blutstropfen über sie perlte, küsste er Andie wieder und wieder, bis sein Blut in ihren Mund gelangte und sofort in ihren Adern pulsierte. Er zog sich widerstrebend von dem Kitz zurück, lehnte seine Stirn gegen die ihre und schloss die Augen.

Schlaf!, dachte er. *Schlaf und träum was Schönes.*

Als sich fast unmittelbar darauf ihre Augen schlossen und sie haltlos gegen ihn sackte, wusste er, dass seine Annahme richtig gewesen war.

Auf Were mochte sein Blut als Aphrodisiakum wirken, aber auf Menschen und andere Rassen hatte es den Effekt einer Hypnose, der sie sich nicht entziehen konnten. Es reichten Gedankenimpulse, um jemanden, der unter Vampirblut stand, so zu lenken, dass er alles tat, was man von ihm verlangte. Mit einem Schaudern erinnerte sich Dane an einen soziopathischen Troll, der Vampire überfallen hatte, um ihnen Blut abzuzapfen. Er war zu dumm gewesen, die Vampire zu töten, aber mit ihrem Blut hatte er sehr viele Verbrechen begangen. Schließlich erreichte die Kunde über das Scheusal die alten Vampirfamilien und diese schickten Lockvögel aus ihren Reihen auf die nächtlichen Straßen.

Der Troll überlebte danach nicht lange, doch zuvor hatte er unzählige Opfer zu Straftaten und Sex gezwungen.

Dane schüttelte sich, um die Erinnerung an diese degenerierte Bestie zu verscheuchen, zog Andie an sich und hob sie hoch. Für einen Moment vergrub er seinen Kopf an ihrer Halsbeuge, unwiderstehlich angezogen von dem Puls, der unter ihrer zarten Haut klopfte, doch er riss sich zusammen und stieg mit ihr die Treppen hinauf. Hier oben war es dunkel, die alten, hölzernen Stufen knarrten unter seinem Gewicht. Dane störte es nicht. Als Vampir waren seine Augen so geschärft, dass jedes Detail des Hauses klar und deutlich vor ihm stand. Er bewegte sich mit traumwandlerischer Sicherheit durch den düsteren Flur und stieß die Türen auf, um Andies Zimmer zu finden.

Da! Das musste es sein. Ihr Duft, dieser einzigartige Duft bestehend aus ihrem Kokosnussshampoo und etwas Frischem, Unverbrauchtem, das ganz allein ihr Eigen war, hing in der Luft und er atmete tief ein, bevor er den Kopf senkte, um ihn nicht an dem niedrigen Türstock anzuschlagen. Ein großer, bunter Quilt lag auf ihrem Bett und er zog ihn fort und enthüllte lavendelfarbene, sich seidig anfühlende Bettwäsche. Seine Kehle schnürte sich zu, wohl etwas, das ein Stöhnen hätte werden können, wäre er in der Lage dazu gewesen. Dane gestattete sich, Andie die weichen Locken aus dem Gesicht zu streichen, bevor er sie auf das Bett legte und ihr die Schuhe auszog. Alles andere ließ er ihr. Sie konnte sich nach dem Erwachen duschen und umziehen, jeder Mann hatte seine Grenzen der Selbstdisziplin. Er war sich nicht sicher, ob er tatsächlich aufhören konnte, wenn er erst einmal anfing sie gänzlich zu entkleiden.

Es kostete ihn viel Kraft und noch mehr Blut, sich von ihr loszureißen und leise die Tür hinter sich zu schließen. Seine Fangzähne hatten sich tief in seine Lippen und den Gaumen gebohrt und seine Fingernägel hinterließen wieder einmal blutige Male auf seiner Hand. Dane fühlte sich mental ausgelaugt, als er eine Couch aus dem Nebenzimmer aufhob und sie vor Andies Tür stellte. Kein Vampir musste nachts schlafen, doch jeder von ihnen war ab einem gewissen Alter dazu in der Lage, sämtliche Energiezufuhr herunterzufahren und sich zu entspannen. Er fragte sich, ob er es heute schaffen würde.

***

Andies Herz klopfte, als sie ihren Kopf hob und zu ihm aufsah. Fast war sie sich sicher, dass er es hörte, und er schien es mit einem feinen Lächeln zu bestätigen, das sie mehr anzog als alles andere. Nicht seine männliche Schönheit, nicht sein geschmeidiger Raubtiergang, nicht einmal diese unendlich erscheinenden, dunklen Tiefen seiner Augen. Es war sein Lächeln, das zu gleichen Teilen selbstbewusst, schüchtern, ein bisschen schief und einfach nur unwiderstehlich war. Nicht dass sie auch nur einen Gedanken an Widerstand verschwendete, nein, Andie wollte aufhören ein züchtiges, braves Mädchen zu sein und endlich das Leben genießen. Ohne sich zu bewegen, sah sie atemlos zu, wie Dane die oberen Knöpfe seines schwarzen Seidenhemdes öffnete, wie diese langen, eleganten Finger geschickt und zügig seinen Oberkörper von dem Stoff befreiten.

Im letzten Moment unterdrückte sie ein hingerissenes Seufzen, als sie endlich einen Blick auf seine breiten Schultern und die muskulöse Brust werfen durfte. Seine Haut schimmerte wie Alabaster – zumindest in dieser Hinsicht hatten die Romanschreiber etwas richtig gemacht. Als sich Dane bückte und aus der engen Hose wand, schloss sie einen Moment lang ihre Augen, doch sie lächelte. Dane war einfach ... zu schön, wie er in seiner glorreichen Natürlichkeit vor ihr stand und auf sie herabsah.

»Darf ich ...« Sie schluckte und kniete sich auf das Bett, um ihm näher zu sein. »Darf ich dich anfassen?«

Er zog ihre Hand an seine Lippen und küsste sie. Langsam. Zärtlich. Jedem einzelnen Finger widmete er sich ausgiebig, streichelte ihn mit seiner Zunge und kratzte sanft mit den Zähnen darüber. Deutlicher hätte er ein »Ja« nicht aussprechen können und Andie atmete tief aus, bevor sie endgültig zu ihm rutschte und sich an seinen nackten Körper presste. Er war warm, fast schon heiß. Keineswegs so kalt, wie sie sich Vampire vorgestellt hatte. Seine Haut bettelte mit ihrem glatten Samt regelrecht darum, gestreichelt zu werden. Unter der weichen Oberfläche berührte Andie blanken

Stahl. Alles an ihm war hart und muskulös, angefangen bei seinem nur wenig behaarten Oberkörper über die schmale Taille bis hin zu den langen, kräftigen Beinen.

Ein schwarzer Flaum führte von seinem Bauchnabel aus nach unten, genau dahin, wo sich etwas Heißes, Hartes, etwas jenseits ihrer Vorstellungen an ihre Seite drückte. Andie hatte noch nie einen Mann nackt gesehen, hatte noch nie einen Mann geküsst oder jemals etwas für einen Mann empfunden.

Doch Dane war anders. Er sah sie an, als sei sie das Wertvollste auf der Welt, und der Hunger in seinen Augen hatte nichts mit Blutgier zu tun. Er begehrte sie mit jeder Faser seines angespannten Körpers und Andie überwand ihre leise Furcht und drückte ihm Küsse auf seine Brust, kostete die dunklen Brustwarzen und landete schließlich wieder auf seinem Mund. Sie war berauscht von seinem Geschmack und mit einem Mut, von dem sie nicht einmal gewusst hatte, dass sie ihn besaß, ließ sie sich nach hinten fallen und zog ihn mit sich.

Er fing sich wie eine Raubkatze über ihr ab, hielt behutsam, aber unüberwindlich ihre Hände über ihrem Kopf fest und klemmte ihren Körper mit seinen Beinen ein. Sie war gefangen, aber das hatte sie ohnehin gewusst. Seine Lippen auf ihren Augen, ihrer Nase, ihren Wangen und ihrem Mund brannten, erhitzten etwas in ihr, das sie nie gekannt hatte. Während er sie mühelos mit einer Hand festhielt, entfernte er mit der anderen ihr Oberteil, indem er es in der Mitte zerriss und sie entblößte. Ihren BH zerbiss er mit den Zähnen und warf ihn achtlos hinter sich.

Dane war so still, wie sie laut war – ihr Atem ging heftig, fast schon schluchzend vor Begehren, während sich seine Brust kaum bewegte. Und doch erkannte sie, dass er nicht unberührt blieb. Kleine Schweißtropfen sammelten sich auf seiner Stirn und den Schläfen und als sich einer von ihnen vorwitzig einen Weg über seinen Oberkörper bahnte, glaubte sie von einem sinnlichen Overkill überwältigt zu werden. Zwischen ihren Beinen entstand Hitze und sie versuchte sich an ihn zu drücken, sich an ihm zu reiben. Dane lächelte nur, presste sie noch tiefer in das Bett und begann langsam und quälend ihren Hals zu küssen. Seine Zunge kostete von ihrer Haut, als sei sie die köstlichste Sünde. Ab und zu hielt er inne und schloss die Augen und Andie schien es, als müsste er selbst mit dem Ansturm der Gefühle in sich fertig werden.

Oh, sie wünschte sich so sehr, dass er endlich seine verdammte Kontrolle verlor. Er machte sie wahnsinnig mit seinen Berührungen, die mal so sanft und federleicht waren, dass sie sie kaum spürte, und manchmal fast schmerzhaft, wenn er sich einer Stelle besonders intensiv widmete und mit seinen Zähnen über ihre Haut kratzte. Er lächelte nur mit einem derart männlichen Besitzerstolz, dass sie zu atmen vergaß und kaum merkte, dass er ihre Hände aus seinem Stahlklammergriff entließ und an ihrem Körper hinunterglitt. Erst als er sich neben sie kniete und begann, ihre Hose auszuziehen, holte sie zitternd wieder Luft. Dane streichelte sanft ihre Arme und führte sie wieder nach oben, als sie ihn streichelte. Ihre Finger stießen an das Bettgestell und sie begriff. Er wollte sie ganz für sich allein haben. Sie sollte sich ihm überlassen, sich nicht bewegen, nichts tun, einfach ... genießen.

Es hätte erschreckend sein müssen, doch Andie hatte sich zu weit von ihrem schüchternen Selbst entfernt, um noch klar denken zu können. Sie umklammerte die metallene Umrandung des Kopfteils ihres Bettes und schloss die Augen.

Er hauchte ihr einen Kuss auf die Schulter und Andie erschauderte. Sein Atem war so ungewohnt, so kühl, so berauschend. Seine Hände in ihren Haaren ließen sie aufstöhnen und er verschluckte ihr lautes Seufzen in einem hingebungsvollen Kuss. Seine Zunge forderte ihre ganze Aufmerksamkeit, der kräftige Muskel verließ ihren Mund, kitzelte ihre Kehle und fuhr dann weiter nach unten, bis er sich um ihre Brust schlängelte. Ihre Brustwarzen standen aufrecht und bettelten förmlich darum, berührt zu werden. Sie spürte das Lächeln auf seinen Lippen, bevor er ihr schließlich gab, was sie begehrte.

***

Wie betäubt stand Dane an ihrer Tür. Er bemerkte nicht, dass er sich die Lippen zerbissen hatte, bis er Blut in seinem Mund schmeckte, doch Teufel noch eins! Er war doch auch nur ein Mann! Was dachte sich dieses begehrenswerte Kitz dabei, solche Laute von sich zu geben? Er konnte es einfach nicht fassen. Er war aus seiner Trance aufgeschreckt, als er Andies Stimme aus dem Inneren ihres Zimmers vernommen hatte. Er dachte, sie habe einen Albtraum, denn sie schien zu wimmern und zu weinen, doch als er die Couch vor ihrer Tür weggeräumt und vorsichtig hineingespäht hatte, war er wie erstarrt gewesen.

Andie hatte es im Schlaf fertiggebracht, die Decke von ihrem Körper zu strampeln und das T-Shirt nach oben zu schieben. Sie schlief tief und fest, doch ihre Hände umklammerten das Bettgestell, sie stöhnte und schluchzte wie eine Frau in den Fängen der größten Leidenschaft. Ihr Unterleib bewegte sich in eindeutiger Manier, doch was Dane völlig aus der Bahn warf, war, dass sie schließlich seinen Namen schrie und offensichtlich heftig und zitternd kam.

Vor seinen Augen! Nie hatte er etwas Erotischeres gesehen als diesen Anblick.

Bei allen Höllenhunden!, dachte er. *Was bist du für ein Idiot, Dane D. Lancaster? Du selbst hast ihr befohlen, etwas Schönes zu träumen!*

Es gab keinen Zweifel daran, dass Andressa Filippa Franklin genau das getan hatte.

Kapitel 07

Corona schäumte immer noch vor Wut, wenn sie an Andie dachte. Dieses verzogene, verweichlichte, rothaarige Miststück! Sie derartig bloßzustellen! Was fiel diesem missratenen Gör ein, gegen *sie* zu intrigieren? Erst nahm sie ihr den Job weg – nicht dass Corona wirklich viel an ihrer Arbeit lag, aber sie war zumindest eine gute Informationsquelle – und dann ließ sie sich auch noch von Dane, dem strahlenden Ritter, erretten, der ganz eindeutig auf *ihrer* Nachspeisenkarte stand.

Dagegen gab es nur ein Heilmittel: Sie musste zu Orf. Und bei passender Gelegenheit würde sie sich sowohl bei Andie als auch bei Dane und schlussendlich auch bei Bill revanchieren für die Schmach, die sie ihr angetan hatten. Direkt gegen Bill vorzugehen, wagte sie jedoch nicht, denn der uralte Schirmherr der New Yorker Suburbans war mächtig und hatte ein paar unerhört einflussreiche Freunde, mit dem legte sich niemand gerne an.

Auf ihrem Weg durch die Stadt wichen die vielen Passanten Corona weiträumig aus, niemand schien sich ihr nähern zu wollen. Sie wusste, dass es die Schuld ihrer Aura war, die manchmal auch ganz normale Sterbliche spürten und an Tagen wie diesen wohl für jeden beinahe greifbar war, aber sie konnte sich nicht zusammenreißen. Nicht solange sie diese kalte Wut gepackt hielt, die sie bei jedem Gedanken an Andie durchzuckte.

Keuchend erreichte sie schließlich Orfs Wohnort, einen Altbau auf der Nassau Street mit rötlichen Backsteinen. Der Werwolf lebte mittlerweile sehr zurückgezogen, was er den lieben langen Tag tat, wusste Corona nicht, aber er war in jedem Fall der Richtige, um mit dem rothaarigen Bambiverschnitt abzurechnen.

Sirenen ... Sie hasste sie alle inbrünstig. Dumme Hühner waren das, die sich jeden Mann krallten, der ihnen gefiel. Nichts als Sex hatten sie im Kopf, denn für etwas anderes waren Sirenen auch überhaupt nicht von Nutzen. Ihre Macht bezogen sie ausschließlich aus ihrer Stimme, nicht aber aus tierischen Instinkten und Formen wie die Gestaltwandler. Warum waren alle so blind dafür? Andie war eindeutig eine Sirene, sie hatte das zehn Meilen gegen den Wind gerochen! Einst hatten die Suburbans ihre Art beinahe ausgerottet. Was war nur aus den guten alten Zeiten geworden, als es Sirenenjäger gegeben hatte? Selbst damals war das ein riskanter Beruf gewesen, denn die Sirenenjäger zogen sich grundsätzlich den Zorn der Opfer zu, die die entsprechende Sirene verzaubert hatte. Nicht selten hatte sich der Jäger dann einer Übermacht an hypnotisierten Männern gegenübergesehen und daraufhin sein Leben verloren. Aber wenn es noch einen davon gab, dann kannte ihn Orf.

Sie atmete noch einmal tief durch, um Orf nicht derartig durcheinander unter die Augen zu treten, dann betätigte sie die Klingel am Hauseingang. Es knackte und knisterte, die Sprechanlage begann zu rauschen, dann sagte eine tiefe Stimme: »Ja?«

»Mach die Tür auf, du Kasper«, knurrte sie.

Orf – ein waschechter Südstaatler, der sich immer noch einen schwarzen Bediensteten hielt, wie er gern zu sagen pflegte, war natürlich nicht selbst zur Sprechanlage gegangen. Das tat sein Butler Samuel und den konnte sie überhaupt nicht leiden. Ständig diese affektierte Sprache, das Unterdrücken der eigenen Bedürfnisse, was für eine bemitleidenswerte Kreatur.

Nicht dass Corona für Gleichheit unter den Menschen wäre, so war Orfs Diener dennoch ein Wer und sie fand, dass er ruhig stolz auf seine durchaus noble Begabung sein könnte. Aber Samuel blieb, was er wohl immer gewesen war – Orfs treuer schwarzer Sklave. Und das seit mehr als zweihundert Jahren. Vermutlich besaß der Werwolf sogar noch die Besitzurkunde für Samuel ...

»Einen Moment, Miss«, klang der versnobte Slang des Dieners an ihr Ohr.

»Mach schnell. Hier draußen ist es kalt, verdammt noch mal«, fluchte sie ungehalten.

Als der Summer endlich erklang, schob Corona die Tür auf und hielt sich rechts, um den Aufzug zu benutzen. Orf bewohnte die obersten Etagen und es war ihr zu mühselig, die Treppen zu benutzen. Während sie im Lift nach oben sauste, überlegte sie, wie sie den Wer wohl dazu bringen könnte, ihr zu helfen. Natürlich, Orf besaß eine gewaltige Abneigung gegen Vampire, so wie alle seiner Gattung, aber er spielte das nicht gerne aus. Eigentlich war er sowieso die letzten Jahre sehr träge geworden, denn er verließ sein Penthouse kaum noch. Und wenn, dann nur, um zu jagen. Schließlich war Orf immer noch der Sire mit den meisten Nachkommen unter den Weren und darauf war er stolz.

Quietschend kam der Aufzug zum Stehen und Corona befand sich vor einer hohen vergitterten Tür. Das Gitter war voller Schnörkel und das Familienwappen der Fevres war darin eingelassen, ein silberner Halbmond gekreuzt mit einem Dolch. Es hätte sie nicht gewundert, wenn Orf sich das Ding selbst hätte einfallen lassen, denn Orfs Eltern waren beide schon eine ganze Ewigkeit tot und es gab Gerüchte darüber, dass er einst ein Waisenknabe gewesen war, nicht aber der Erbe einer langen Werwolfdynastie. Aber wen kümmerte das schon über die Jahrhunderte?

Das Gitter wurde zur Seite geschoben und Samuel stand vor ihr, das Haar grau, die Haut beinahe schwarz und die Zähne blitzten strahlend weiß, als er ihr ein falsches Lächeln schenkte, das irgendwie zu ihm gehörte.

»Hatten Sie eine angenehme Reise, Miss?«

»Ich bin mit dem Aufzug gefahren, du Spinner«, grollte sie und schob sich rasch an Samuel vorbei.

»Mr Fevre ist im Arbeitszimmer«, rief dieser ihr spöttisch hinterher.

Vielleicht ist der Schleimer doch nicht so unterwürfig, wie er sich gibt, schoss es Corona durch den Kopf. Eine gewisse Ironie lag nämlich immer in seinen Worten. Vielleicht betrachtete er das Ganze als eine Art kosmischen Witz.

»Orf?«, rief sie durch den Flur. Wer zum Teufel sollte denn wissen, welches dieser hundert Zimmer Orfs Arbeitszimmer war? Samuel hatte sich nicht die Mühe gemacht, sie zu begleiten, er war beinahe lautlos verschwunden, ganz wie es die Art seines Wers war.

Am Ende des langen holzgetäfelten Korridors brannte Licht, also wandte sich Corona dorthin. Orf saß im Wintergarten seines Penthouses, nicht im Arbeitszimmer, was ihren neuen Eindruck von Samuel verstärkte, und hatte sich über ein Buch gebeugt. Sein dichtes blondes Haar fiel ihm strähnig in die Stirn und obwohl Orf weiß Gott wie alt war, hatte er genau wie sie eben jene Alterslosigkeit, die den Weren zu eigen war. Seine Nase war schmal und aristokratisch, die Augen eisblau und sein Nacken war der eines Stiers, das mochte Corona am meisten an ihm. Seine Muskeln waren stählern und er mochte es zwar nicht mit ihr aufnehmen können, aber er war dennoch ein mächtiger Wer, darin bestand kein Zweifel.

»Du warst in letzter Zeit selten hier«, sagte er, ohne von seinem Buch aufzusehen. Sein Geruchssinn war so ausgezeichnet, dass er sie gewittert haben musste, als sie nur aus dem Aufzug gestiegen war.

»Du besuchst mich auch nicht gerade oft«, erwiderte sie ebenso vorwurfsvoll.

»Ich mag deine außergewöhnlich gewöhnliche Wohnung nicht.«

»Und ich mag deinen Butler nicht«, konterte Corona.

Orf sah von seinem Buch auf und lächelte, als wolle er sagen: Punkt für dich.

»Setz dich.« Corona zog einen Stuhl herbei und ließ sich darauf nieder. Orfs Wintergarten war ein prächtiger Ort, überall gab es Ranken und Palmen und Lilien, die dem Raum einen beinahe strengen Geruch verliehen, weil es so viele waren. Sie war sich sicher, dass der Werwolf nicht für diese Pracht verantwortlich war, aber sie mochte diesen Ort, man konnte annehmen im Dschungel zu sein.

»Was verschafft mir die Ehre?« Orfs Stimme klang streng und herrisch.

»Ich brauche deine Hilfe«, sagte sie unumwunden.

»Wobei?«

»Ich brauche einen Sirenenjäger.«

Orfs Augenbraue wölbte sich erstaunt. »Es gibt keine Sirenen mehr in New York.«

»In Bills Bar ist eine. Und noch ist sie nicht gefährlich, aber ich warte nicht darauf, dass sie es wird.«

Orfs Lachen war trocken. »Ich nehme an, sie hat dir das Mittagessen weggeschnappt?«

»Nein, die Nachspeise«, brummte sie.

»Und deswegen soll ich dir einen meiner Männer mitgeben?« Nun klang er eindeutig ungeduldig.

»Hast du nicht gehört? Eine Sirene! Diese Weiber sind Abschaum«, sprudelte es aus ihr heraus. »Und Dane hat sie beschützt!«

»Dane?«

»Du kennst ihn, tu nicht so.«

»Ich kenne ihn besser, als du ahnst«, knurrte Orf und seine Augen verengten sich zu Schlitzen, sodass er seinem Wer nun sehr ähnlich sah.

Corona wartete eine Weile. Sie wusste, dass Orf und Dane sich inbrünstig hassten, aber sie hatte die beiden niemals zusammen gesehen und keiner sprach je über den anderen, was bei Dane zwar kein Kunststück war, aber wenn sie ein wenig wartete, würde Orf ihr vielleicht etwas dazu sagen. Er tat es jedoch nicht, stattdessen griff er zu seinem Smartphone und tippte dort auf den Touchscreen. Ob er jemanden anrief? Oder nur seine E-Mails checkte? Bei dem Werwolf war es schwer zu erahnen, was er dachte, nicht zuletzt, weil Orf gewissermaßen geisteskrank war, wenn auch nicht in den Dimensionen, in denen menschliche Wesen dachten.

»Orf, er hat dieses rothaarige Miststück beschützt. Er hat mich zum Gespött gemacht. Mich! Einen mächtigen Wer! Die Leute lachen jetzt über mich … Das ertrage ich nicht!« Ohne es zu merken, war ihre Stimme immer höher geworden.

»Shhht«, machte Orf und legte ihr den Zeigefinger auf die Lippen, während er immer noch mit seinem Smartphone hantierte.

Corona lehnte sich im Sessel zurück und wartete ab. Der Werwolf schnalzte mit der Zunge, ehe er sich wieder ihr zuwandte. »In Ordnung. Du bekommst morgen Besuch. Sollte sich das lästige Problem damit nicht lösen lassen, werde ich mich selber darum kümmern.«

Sie war erstaunt. So einfach war das? Die Sache musste einen Haken haben.

»Aber«, sagte Orf. Aha, da war er.

»Aber?«, wollte sie wissen.

»Wie sieht es mit meiner Bezahlung aus?«

»Ich dachte, es läge in deinem ureigenen Interesse, Dane an der kurzen Leine zu halten.«

»Das ist quasi das Sahnehäubchen oben drauf«, stimmte er zu. »Und was hast du sonst noch anzubieten?« Laszív leckte er sich über die Lippen.

Corona schnaubte und schlug die Beine übereinander. Orf deutete die Geste richtig. »Das bekomme ich doch sowieso nachher, wenn wir mit dem Vorgeplänkel fertig sind. Ich meinte etwas anderes.«

»Und was?«

»Beiß mich.«

»Ich werde mich hüten.« Sie wusste, worauf er hinauswollte, er hatte sie mehr als einmal dazu aufgefordert. Aber Corona gefiel es, zu einer seltenen Gattung Were zu gehören. Sie hatte niemals einen anderen Werdrachen kennengelernt, vielleicht war sie sogar die

Einzige. Obwohl sie hin und wieder dazu neigte, aus der Haut zu fahren und ihren Wer offenzulegen, so hatte sie doch niemals der Versuchung nachgegeben, einen neuen Wer zu erzeugen. Jedenfalls war ihr bisher niemand begegnet, der es wert gewesen wäre.

»Bitte, wie du meinst«, Orf ließ das Smartphone sinken. »Dann wird deine kleine Sirenenhatz allerdings ins Wasser fallen. Liegt ganz bei dir.«

»Orf, du bist ein Werwolf. Keiner weiß, was passiert, wenn man zwei Were mischt.«

»Dann werden wir das herausfinden«, entgegnete er gut gelaunt.

»Du bist ja verrückt.«

»Das sagen viele über mich.«

Nachdenklich kratzte Corona sich das Kinn. Ihre langen Fingernägel machten ein quietschendes Geräusch auf ihrer bunt tätowierten Haut. Sie konnte sich immer noch weigern, wenn sie erst das rothaarige Miststück losgeworden war.

»Schön, meinetwegen. Aber sag nicht, ich hätte dich nicht gewarnt.«

Lächelnd erhob sich Orf und beugte sich zu ihr, als wolle er sie umarmen, doch stattdessen krallte er sich in ihre Lederjacke und zog sie unsanft über den kleinen Tisch zu sich heran.

»Und wehe, du versuchst mich zu bescheißen, Corona Soman. Ich finde dich. Und ich werde ganz und gar nicht zärtlich zu dir sein.«

Sie hielt seinem Blick stand. »Darauf stehe ich sowieso nicht.«

Orfs Lächeln kehrte zurück. »Siehst du, das mag ich so an dir. Kein Geheule, kein *Aua, aua, das tut mir weh,* nein, da bist du knallhart.«

Er ließ sie abrupt los und Corona musste mit den Armen rudern, um nicht auf den Tisch zu fallen.

»Damit hätten wir nun also den unangenehmen Teil hinter uns. Kommen wir zum angenehmen«, flüsterte er und strich ihr durch das schwarze Haar. Sie konnte seinen Atem auf ihrem Nacken spüren.

»Du bist ganz verspannt«, wisperte er ihr ins Ohr. »Hat das rothaarige Mädchen dich so sehr geärgert?«

»Wärst du dabei gewesen, dann wüsstest du, warum ich sie nicht so davonkommen lassen kann.«

Orf lachte leise. »Ich betrete Bills ekelhafte Bar nicht, wenn es nicht unbedingt notwendig ist.«

»Sie muss sterben«, beharrte Corona auf ihrem Wunsch. »Dieses kleine Miststück. Woher kommt sie überhaupt? Seit Jahrzehnten ist mir keine mehr untergekommen.«

Seine Finger glitten hinab zu ihrem Dekolleté, stoppten kurze davor und strichen wieder aufwärts zu ihrem Hals. Langsam ließ er die Hände sinken und widmete sich dem Verschluss ihres Korsetts, ehe seine Hände weiter hinabwanderten und seine Lippen feuchte Spuren an ihrem Hals hinterließen. Wohlig schnurrend wand sich Corona in seinem Griff, versuchte sich umzudrehen, um ihn endlich zu küssen, doch Orf hielt sie fest, dachte gar nicht daran, ihre Wünsche zu erhören. Sie ließ ihn gewähren. Diese kleine, dominante Geste war ein Zugeständnis, das sie ihm machen wollte. Auch wenn sie die Stärkere von beiden war.

Abrupt zog er die Hand weg, als habe er sich verbrannt. Als habe er ihre Gedanken gelesen.

»Nein«, sagte er nun.

»Was?« Corona musste an sich halten, ihn nicht augenblicklich anzuschreien. Er sollte gefälligst weitermachen!

»Nein«, erwiderte er nachdrücklicher. »Ich hole mir meine Belohnung, wenn ich sie mir verdient habe. So etwas tut ein Gentleman doch, oder? Erst die Arbeit, dann der Lohn …«

Corona knurrte. Kam er jetzt wieder mit seinen verqueren Südstaatenansichten?

»Ich hole mir das, was mir zusteht, wenn die Sirene aus dem Weg ist. Das macht die Sache gleich noch reizvoller.« Er spreizte die Finger und machte eine anzügliche Geste. »Morgen ist ein schöner Tag: Eine Demütigung für Dane, ein bisschen Blut und ein hübscher, kleiner ...« Er leckte sich die Lippen. »... Fick.«

Kapitel 08

Als Andie am nächsten Tag erwachte, schien die Sonne bereits durch die Fenster, was sie nur nachmittags tat. Hatte sie wirklich so lange geschlafen? Irgendetwas war befremdlich ... Ihr T-Shirt hing ihr am Hals und ihr Slip fühlte sich merkwürdig feucht an. Das Bett war zerwühlt und sie fühlte sich völlig verschwitzt.

Hastig sprang sie auf, rückte ihr Oberteil zurecht und versuchte das Puzzle von gestern Abend zusammenzusetzen. Sie hatte Dane geküsst! Und es hatte sich so verdammt gut angefühlt, dass ihr jetzt noch ganz schummerig davon wurde. Aber da war doch noch etwas gewesen ... Oder hatte sie sich das nur eingebildet? Hatte sie geträumt? Ihre Wangen brannten, als sie das Schlafzimmer verließ und sich aufmachte Dane zu suchen.

Doch der schien wie vom Erdboden verschluckt zu sein. Enttäuscht durchstöberte sie jeden Winkel ihres Hauses, aber Dane war fort und nichts kündete davon, dass er überhaupt hier gewesen war. Hatte sie sich gestern Nacht etwa nur eingebildet mit ihm heimgekommen zu sein? Im Licht des Nachmittags war sie sich nicht mehr sicher.

Seufzend stapfte sie die Treppe hinauf und verschwand im Badezimmer. Eine kalte Dusche würde Abhilfe schaffen. Auch wegen der merkwürdigen Wärme, die sie die ganze Zeit verspürte.

Natürlich brachte die Dusche überhaupt nichts. Sie tröpfelte lustlos vor sich hin und obwohl Andie fröstelnd und zähneklappernd länger unter ihr verbrachte als sonst, war sie lediglich munterer. Die innere Hitze blieb und ihre Gedanken kreisten wieder und wieder um diesen Mann ... diesen Vampir ... Dane.

Sie war sich sicher, dass sie ihn geküsst hatte. Oder hatte er sie geküsst? Egal! Der Kuss war eine Offenbarung gewesen, hatte sie mit weichen Knien und brennendem Verlangen zurückgelassen und dann? Was war passiert? War überhaupt etwas passiert? Mit ihrem Waschlappen fuhr sie sich über ihren Unterleib und erschauerte. Zwischen ihren Beinen brannte es regelrecht und sie sog scharf die Luft ein, als ihr Zeigefinger wie zufällig durch ihre Schamlippen glitt.

Fast hätte sie laut aufgestöhnt, als sie die warme Feuchtigkeit an ihrer Hand spürte. Von der Dusche kam sie nicht, das stand fest. Andie presste die Augen zusammen und versuchte sich abzulenken.

Tante Dru erwies sich wie immer als hilfreiche Vision. »Schamlos!«, würde sie kreischen. »Schamlos wie eine Straßennutte. Wirft sich dem erstbesten Kerl an den Hals, lässt sich schwängern und dann? Natürlich, sitzen gelassen. Wi-der-lich!«

Wi-der-lich war ihr bevorzugter Ausdruck gewesen, wenn es um das Thema Sex gegangen war. Nicht, dass Sex je ein Thema gewesen wäre in ihrem Haushalt, beileibe nicht. Aber Tante Dru hatte sich bereits aufgeregt, wenn in einem Film zwei Menschen mehr getan hatten, als sich einen keuschen Kuss auf die Wange zu geben.

Während sich ihr Atem beruhigte – dank Tante Dru, die wirklich jede Stimmung zerstören konnte, selbst über ihren Tod hinaus –, trocknete sich Andie ab und schlüpfte in die frischen Sachen, die sie sich bereitgelegt hatte. In einer Hinsicht hatte ihre Tante recht gehabt. Sie war allein. Ob das schon als sitzen gelassen zählte, wusste sie nicht, aber da sie in ihrer Brust einen leisen, bohrenden Schmerz verspürte, kam es der Sache wohl schon sehr nahe. Sie schüttelte über sich selbst den Kopf. Wie hatte sie innerhalb einer so kurzen Zeit so starke Gefühle für einen Mann entwickelt, den sie nicht einmal kannte? Und der zu allem Überfluss noch zu einer Spezies gehörte, die sie vor zwei Tagen noch dem Reich der Sagen und Legenden zugehörig eingeschätzt hätte.

Ob das so ein Vampirding war? Dass man sich von ihnen angezogen fühlte, sobald man in ihre Nähe kam? Sie verharrte vor dem Spiegel und grübelte. In Bills Kneipe gab es sicherlich noch mehr von ihnen und sie hatte bei keinem anderen so viel Zuneigung empfunden. Skeptisch betrachtete sie ihr Gesicht. Ob er Ähnliches verspürte? Konnte er es überhaupt? Er war so ... so perfekt und sie war nur ein einfacher Mensch. Ihre hellbraunen Augen konnte sie in keiner Form mit seinen wunderschönen, blauen Tiefen vergleichen und ihre Haut war blass und nahezu durchscheinend. Sie seufzte und beschloss, den schönen, stummen Mann zu vergessen.

Natürlich lachte das Schicksal sie aus. Als sie die Badezimmertür öffnete, sah sie aus den Augenwinkeln eine schnelle Bewegung und schrak zusammen, doch noch bevor sie schreien konnte, presste sie ein großer, schwerer Körper gegen die Wand und eine erstaunlich warme Hand verschloss ihren Mund. Sie erkannte die schlanken Finger sofort und ihr Herzschlag verdoppelte sich – dieses Mal nicht vor Angst. Er war es. Dane. Sein herber, männlicher Duft hüllte sie ein und ihr Vorsatz, nicht mehr an ihn zu denken, zerbarst in einer gewaltigen Supernova.

»Was ...«, versuchte sie zu sagen, doch nur ein gedämpfter Ton drang unter seiner Hand hervor.

Er sah ihr intensiv in die Augen und schüttelte den Kopf. Andie blinzelte. Was hatte er?

Seine Haltung kündete von innerer Anspannung und so gern sie das darauf geschoben hätte, dass er sich nach ihr verzehrte, so wenig glaubte sie daran. Er hatte sich zur Seite gedreht und wirkte, als würde er lauschen, daher schien es ihr das Beste, wenn sie stumm blieb.

Er lächelte sie an, doch in seinen Augen stand Sorge. Mit sanfter Gewalt zog er sie hinter sich her, in Richtung Dachboden. Andie stemmte sich gegen ihn wie ein Maulesel. Keinen Schritt würde sie weitergehen, bevor sie nicht wusste, was hier geschah! Ohne auch nur eine Sekunde zu zögern, bückte er sich und hob sie mühelos hoch, als wäre sie eine Braut, die über die Schwelle getragen werden musste. Wieder hielt er ihr den Mund zu, als sie protestieren wollte, und öffnete lautlos die schmale Tür, die zum höchsten Raum im Haus führte. Zwielicht begrüßte sie und Staubflocken tanzten zitternd in dem gleißenden Sonnenstrahl, der durch die Dachluke hereinfiel. Andie unterdrückte ein Niesen und atmete auf, als Dane sie wieder abstellte. Er legte seinen Finger auf seine Lippen, was ihren Blick sofort wieder darauf lenkte.

Sie waren anbetungswürdig und ihr Mund wurde trocken. Keinen Ton brachte sie hervor, was offensichtlich ganz im Sinne dieses Mannes lag. Er nickte zufrieden und zog aus seiner Innentasche das verkratzte Büchlein, über das er kommunizierte.

»*Jemand beobachtet dein Haus*«, schrieb er.

Andie fühlte, wie sich ihre Augen weiteten. »Was? Aber wer? Und warum?«, hauchte sie.

»*Er riecht nach Wolf.*«

»Es ist nicht Corona?« Sie war verwirrt. Dann durchfuhr es sie wie ein Blitz. Er redete von Werwölfen!

Er schüttelte den Kopf.

»Glaubst du, es besteht Gefahr für mich?«

Da er so hastig schrieb, wurde es schwieriger, seine kleine Schrift zu entziffern.

»*Wölfe verschwenden keine Energie darauf, vor jemandes Wohnung zu lungern, wenn sie nicht einen – meist aggressiven – Grund dafür haben. Außerdem –*«

An dieser Stelle brach er ab, als wäre ihm ein anderer Gedanke gekommen.

»Außerdem was?« Ihre Angst wurde jetzt von Ärger abgelöst. Vor wenigen Tagen noch war sie einfach Andie gewesen, die junge Frau, die ihre Ruhe haben und singen wollte. Und plötzlich hatte es sie in eine Art Unterwelt geworfen, in der es nur so wimmelte von mysteriösen Kreaturen, von denen ihr die meisten anscheinend äußerst unwohl gesonnen waren. Was hatte sie ihnen getan? Es war unfair und zutiefst frustrierend und der Einzige, an dem sie ihren Frust ablassen konnte, stand vor ihr und schien sie vergessen zu haben, so sehr brütete er vor sich hin. Trotzdem musste sie zugeben, dass er sie selbst in dieser Haltung atemlos machte.

Sie legte ihm ihre Hände an die Brust. Er war so groß, dass sie den Kopf zurücklegen musste, um ihn direkt ansehen zu können. »Dane, bitte. Erkläre es mir.«

Er holte tief Luft, als müsste er sich für eine schwere Aufgabe wappnen. Seine Hand schwebte einen Moment über ihrer Wange, als wolle er sie berühren, wagte es aber nicht. Dann strich seine Fingerkuppe so sanft über ihre Haut, dass Andie die Augen schloss und sich ihm entgegenbeugte.

Viel zu schnell zog er sich zurück.

»Es ist möglich, dass Corona dahintersteckt. Sie hat einen –« Er zögerte, als fiele es ihm schwer, die folgenden Worte zu schreiben. *»Einen mächtigen Freund. Einen Werwolf, einen der ältesten hier in NY. Und wenn er tatsächlich involviert ist –«*

Andie knirschte mit den Zähnen. Konnte er nicht einmal seinen Satz zu Ende bringen?

Er nickte, als hätte er ihre Gedanken gelesen. *»Dann wird es gefährlich. ER ist gefährlich. Mächtig. Ein Arschloch.«*

Sie musste lachen, sie konnte nicht anders, denn das letzte Wort passte so gar nicht zu dieser ernsten Stimmung, doch sofort verhinderte er jeden Laut von ihr. Effektiv. Anhaltend.

Er presste seine Lippen auf ihre und sie schmolz in seinen Armen. Ihr Wimmern wurde von seinem gierigen Kuss geschluckt und sie vergaß alles um sich herum. Den tristen Dachboden, ihren Zorn, ihre Verwirrung, die mögliche Gefahr – was zählte, war nur noch dieser Mann, der ihr allein mit seinem Mund die Sinne verwirrte. Bruchstücke ihres Traums stiegen in ihr auf und erhitzten sie, ohne zu zögern, folgte sie seiner Zunge in seinen heißen, sinnlichen Mund, um sich auf den uralten Tanz der Lust einzulassen.

Wieder war er es, der zuerst vernünftig wurde. Andie bedauerte, dass er seine Gedanken so schnell umlenken konnte, doch sie sah ein, dass wenigstens einer die Fassung bewahren musste. Sie konnte es offensichtlich nicht.

Dane war mit einem Schlag ernst und abgelenkt, tippte mit seinem Finger gegen ihre Lippen und schob Andie in ihr Versteck. Woher kannte er es? *Seine scharfen Sinne müssen ihn leiten,* vermutete sie. Und sie lag wohl auch nicht ganz falsch, wenn sie annahm, dass sie Mäuschen spielen und sich ja nicht rühren sollte. Sie starrte verblüfft Dane an, der unvermittelt aus dem Stand heraus auf den Trägerbalken sprang, der sich acht Fuß über ihm befand. Zum ersten Mal kam ihr der Gedanke, welche Vorteile es mit sich brachte, Vampir zu sein.

Die Tür zu ihrem Dachboden öffnete sich langsam und mit einem Quietschen, als stamme es aus Michael Jacksons *Thriller.* Ihr Herz schlug ihr bis in die Kehle. Wie hatte es der Eindringling fertiggebracht, in ihr Haus einzubrechen? Sie hatte nichts gehört – kein Klirren von Glasscherben, keinen Krach an der Tür beim Aufhebeln des Schlosses, nichts. Allerdings, so wie Dane sie eben geküsst hatte, hätte neben ihr auch der Christopher Street Day stattfinden können und sie hätte es nicht bemerkt.

Mit einem Mal schluckte sie. Was, wenn er genau das beabsichtigt hatte? Wenn er sie abgelenkt hatte, damit ...

Schluss, befahl sie sich energisch und beobachtete einen schlanken Mann, der durch die Tür schlüpfte und sich umsah. Hätte Dane ihr etwas antun wollen, wären unzählige Gelegenheiten vorhanden gewesen.

»Miez, miez, miez«, säuselte der Mann, hob die Nase in die Luft und ...

Er witterte! Zugleich abgestoßen und fasziniert beobachtete

Andie, wie er sich langsam in ihre Richtung drehte und lächelte. Es war ein Nicht-Lächeln, eines, das Angst verbreiten sollte und es auch tat. Der grausame, höhnische Zug um seinen Mund vertiefte sich dabei und die grauen Augen schienen unnatürlich in dem Dämmerlicht zu glühen. Die kupferfarbenen Haare, die ihm strähnig ins Gesicht fielen, halfen in keiner Weise, seine unangenehme, gefährliche Ausstrahlung zu mildern. »Wo ist die kleine Sirene?« Er sprach in einem hohen Singsang und Andie lief es kalt den Rücken hinunter. »Komm raus und lass uns spielen, miez, miez, miez, ich weiß doch, dass du hier bist.«

Lautlos wie ein Geist ließ sich Dane hinter ihm vom Balken fallen. Andie war nicht klar, wie er so geräuschlos landen konnte, doch sie war dankbar für seine Anwesenheit. Der Mann, der soeben einen Schritt in ihre Richtung machen wollte, blieb abrupt stehen und wirbelte herum.

Sein kaltes Grinsen wurde breiter.

»Sieh an, der stumme Bluttrinker. Man hat mir bereits gesagt, dass du da sein könntest, aber Respekt, alter Junge, Respekt. Du hast es hervorragend geschafft, deinen Vampirgestank zu unterdrücken – nicht einmal meine feine Nase konnte dich entdecken.« Er plauderte leichthin und Andie wollte glauben, dass er ein Schwätzer war, ein unangenehmer Eindringling, aber jemand, der bellte und nicht biss.

Sie würde noch viel lernen müssen.

Der Fremde hatte die Hände gehoben, als wolle er sagen: Und jetzt? Im selben Augenblick, als Andie blinzelte, hatte er sich mit gewandeltem Oberkörper auf Dane gestürzt und Andie schrie auf. Dane musste sich geirrt haben, denn auch wenn sie noch nie einen Werwolf in seiner ursprünglichen Form gesehen hatte, glaubte sie zu erkennen, dass dieser Mann keiner war. Seine Schnauze war breit und kräftig, sein felliger Kopf gestromt und getüpfelt, mit runden, eng anliegenden Ohren. Ein keckerndes Lachen brach aus seinem

Maul hervor, als Dane sich mit unmenschlicher Geschwindigkeit zur Seite warf, doch seiner Aggressivität tat es keinen Abbruch. Seine hervorquellenden Augen strikt auf den Vampir gerichtet, umschlich er ihn, kreiste ihn ein, knurrte und bleckte die Zähne. Sein Sprung kam unvermittelt und ansatzlos – in einem Moment tappte er noch geduckt auf Dane zu, im nächsten hing er ihm an der Kehle.

Andie hielt es nicht mehr an ihrem Platz. Das war ihr Kampf, sie sollte überfallen und möglicherweise getötet werden und um nichts in der Welt konnte sie zulassen, dass ihretwegen der Mann, den sie lie…

… der Mann, zu dem sie sich hingezogen fühlte, verletzt und geschunden wurde. Sie riss die Kiste auf, hinter der sie gekauert hatte, und wühlte sich durch die Sachen, bis sie fand, was sie gesucht hatte. Ein grob geschmiedetes, angerostetes Schwert. Sie hatte keine Ahnung, wie diese Waffe ihren Weg auf einen Dachboden gefunden hatte, aber als Kind hatte sie das Schwert geliebt und sich oft vorgestellt, sie sei die Nachfahrin einer mystischen Kriegerprinzessin.

Früher war sie kaum in der Lage gewesen, die schwere Waffe zu halten, doch jetzt pulsierten Angst und Wut in ihren Adern und sie stürzte aus ihrem Versteck hervor und auf die beiden Männer zu, die noch immer wütend aufeinander einprügelten. Der Wer, der ein bisschen wie eine Hyäne aussah, blutete aus zahllosen Wunden, während Dane so wirkte, als säße er bei einem Nachmittagstee. Trotzdem hielt das seinen Angreifer nicht davon ab, sich wieder und wieder auf ihn zu stürzen. Es schien, als würde er überhaupt nicht spüren, dass Dane ihn mit einem Tritt in den Magen empfing und zehn Fuß weiter gegen die Wand schleuderte. Das Knacken der Knochen bereitete Andie Übelkeit, doch sie schluckte die Wellen säuerlicher Flüssigkeit hinunter.

»Aufhören!«, schrie sie und hob das Schwert drohend über ihren Kopf. »Hör auf oder ich …«

Die mutmaßliche Werhyäne keckerte schrill. »Haste dich endlich entschlossen mitzuspielen, Süße?« Seine Stimme aus der verformten, blutigen Schnauze zu hören, war grauenvoll. Er entblößte seine Zähne. »Gut, dann können wir ja endlich richtig anfangen!« Das letzte Wort brüllte er mit einem donnernden Grollen und gleichzeitig brach das Dach über ihnen auseinander, weggesprengt durch die explosive Kraft zweier Kreaturen, die sich heulend zu ihnen fallen ließen.

Dane hatte sich nicht geirrt, er hatte Werwölfe wahrgenommen. Nie zuvor war Andie so sehr von Angst gebannt gewesen, als sie die zottligen, riesigen Gestalten erblickte, die knurrend und geifernd nach ihr schnappten. Wie ein Blitz war Dane bei ihr, hatte ihr das Schwert aus der Hand gezogen und sie hinter sich an die Wand gedrückt. Sein starker Körper schirmte sie von den Bestien ab und als er mit leicht gespreizten Beinen vor ihr stand, das Schwert mit beiden Händen umfasst, kaltblütig und drohend wie ein Held aus alten Geschichten, flog Andies Herz auf und davon und ihm entgegen.

Sie befanden sich in der Ecke, ein Platz, den Dane taktisch klug gewählt hatte, denn die Kreaturen, die auf sie losgingen, hatten keine Möglichkeit, ihre Stärke auszuspielen. Es konnte sie immer nur einer angreifen und Dane wehrte sie mit brutaler Effizienz ab. Die Were heulten, als sich das stumpfe Schwert, geführt von unmenschlicher Kraft, in ihre Körper bohrte, Blut spritzte an die Wände, Krallen scharrten über den Boden. Andie erkannte, dass auch Dane gehandicapt war, denn er konnte seinen Platz nicht verlassen, wenn er sie schützen wollte. Das gab den Kreaturen genügend Zeit, sich von ihren Verletzungen zu erholen und Luft zu schnappen, während der Vampir dem ständigen Ansturm eines Gegners ausgesetzt war. Selbst einen Suburban, der so alt und mächtig war wie er, musste das auf Dauer erschöpfen.

Andie biss sich auf die Unterlippe. Sie musste etwas tun, sie musste doch irgendwie eingreifen können. Aber wie nur? Wie? Sie war ein einfaches Mädchen, eine Waise, jemand, der nie zuvor physisch hatte kämpfen müssen, ohne besondere Fähigkeiten. Ihr Blick fiel auf das kleine Muttermal an ihrem Zeigefinger.

Kleine Schlange, dachte sie. Das Zeichen der Sirenen. Und Sirenen taten was? Tief aus ihrem Unterbewusstsein stieg die Erinnerung an eine Unterrichtsstunde auf, in der sie Mythen und Legenden behandelt hatten. Natürlich hatte sie damals nicht aufgepasst, welches Kind interessierte sich schon für solche Dinge? Doch eines hatte sich ihr tief eingeprägt: Sirenen hatten die Fähigkeit, Sinne zu betören. Besonders männliche Sinne und diese Raubtiere vor ihr waren in ihrer Quintessenz nichts anderes als Männer.

Sie holte tief Luft.

»Oh, say can you see by the dawn's early light ...«

Sie krümmte sich innerlich. Musste es denn ausgerechnet die Nationalhymne sein? Doch jetzt gab es kein Zurück mehr. Tapfer sang sie weiter, wurde sicherer, lauter und ihre Stimme gewann an Kraft, hallte auf dem Dachboden wider, drang durch die zerstörte Decke hinaus, schien sich geradezu mit dem Himmel darüber zu verbinden. Bereits bei *»... bright stars through the perilous fight«* wich die Werhyäne zurück und starrte sie mit aufgerissenen Augen an, unfähig den Blick von ihren Lippen zu wenden. Als sie bei *»O'er the land of the free and the home of the brave«* angekommen war, wälzten sich ihre Angreifer auf dem Boden, pressten die Hände auf die Ohren und schrien sich die Lunge aus dem Hals.

Dane atmete tief ein und aus, obwohl er Andies Meinung nach überhaupt keine Luft holen musste, dann schüttelte er den Kopf, als wolle er sich von etwas befreien, sprang vor und schlug weit ausholend mit dem Schwert zu.

Abrupt brach sie ab, zu geschockt, um noch einen Ton herauszubringen, und stopfte sich ihre Faust in den Mund, um sich nicht übergeben zu müssen, als der Kopf der Hyäne zu Boden polterte und auf sie zurollte.

Sie wollte es verhindern, ganz bestimmt wollte sie es und doch war sie wie gelähmt, als Dane zwei weitere Male das grausige Ritual vollzog.

»Nein«, wimmerte sie schließlich. »Nein, nein, nein.«

Der Vampir ließ das Schwert fallen, drehte sich zu ihr um und brach in die Knie. Sein Kopf lehnte an ihren Beinen, mit den Händen umklammerte er ihre Oberschenkel und Andie hatte das betäubende Gefühl, dass er ihre Vergebung suchte. Doch wie konnte sie ihm Absolution erteilen, wenn sich ihr die Luft zum Atmen verweigerte und sich schwarze Schatten vor ihren Augen sammelten? Es war nicht seine Schuld, dass diese Were gestorben waren, er war lediglich der ausführende Arm gewesen.

Nein.

Sie hatte es getan, sie ganz allein. Ohne ihre Stimme hätten sich die Wölfe und die Hyäne wehren können, so jedoch waren sie hilflos und Dane ausgeliefert gewesen. Alles in ihr drehte sich. Wie hatte das passieren können? Warum hatte es Dane nicht betroffen? Und all die Barbesucher des Wild Dog? Ihr Gehirn beschloss in diesem Moment, dass es eine gute Idee war, einfach Schluss zu machen. Haltlos sackte Andie zusammen und wäre schwer zu Boden gestürzt, wenn der Vampir sie nicht aufgefangen hätte.

***

Dane lehnte sich in dem bequemen Sessel zurück und betrachtete die zierliche Frau auf dem riesigen Diwan vor sich. Das, was heute passiert war, kannte er trotz seines Alters nur vom Hörensagen.

Die Macht der Sirene hatte sich offenbart und das Kitz, das nie zuvor seine Fähigkeiten hatte anwenden müssen oder gar von ihnen Kenntnis gehabt hatte, war zusammengebrochen. Sie schlief seit Stunden, aber der Arzt, den er hatte kommen lassen, war davon überzeugt gewesen, dass es ihr gut gehen würde, sobald sie aufwachte. Dane hoffte, dass es bald passierte. Er wollte … Nein. Er *musste* in ihre bernsteinfarbenen Augen sehen, um zu wissen, dass sie ihm verzeihen konnte. Sie würde ihm doch verzeihen, oder? Langsam nippte er an dem Getränk, das in dem kristallenen Weinglas dekadent funkelte. Obwohl dunkelrot, fast schwarz, war es kein edler Wein. Es war angewärmtes Hirschblut und er genoss es in vollen Zügen.

Er musste nicht ausatmen, aber er tat es dennoch vor Erleichterung, als ihre Augenlider zu flattern begannen. Wie ein Reh im Scheinwerferlicht starrte sie einige Sekunden lang blicklos vor sich hin, bevor sie auffuhr und sich umsah. Als sie ihn erkannte, ließ sie sich wieder ein Stück zurücksinken. Ihre Brust hob und senkte sich heftig und ihm schien, dass gerade alle Ereignisse der letzten Stunden auf ihre Sinne einprasselten. Die Unterlippe des Mädchens zitterte, doch sie weinte nicht, holte nur tief Luft und setzte sich gerade hin. »Wo ... Ich meine ... Sind wir bei dir?«

Dane nickte und zog sein Büchlein aus der Tasche. Er konnte sich nicht erinnern, jemals so viel darin geschrieben zu haben, aber hier ging es um Andie und sie hatte das Recht zu erfahren, was ihnen passiert war. Für den Bruchteil einer Sekunde schoss ihm der Gedanke durch den Kopf, es bei ihr mit der Geistverbindung zu versuchen, doch er verwarf den Einfall so schnell, wie er gekommen war. Menschliche Gehirne waren genauso zerbrechlich wie die Menschen selbst und er wollte nichts riskieren. Sie mochte eine Sirene sein, eine mächtige sogar, wie es schien, doch er war bereit, seinen gesamten Anteil von MidasDreamIndustries darauf zu verwetten, dass sie mindestens zur Hälfte menschlich war. Viel zu zierlich, viel zu hübsch war sie, um eine reinrassige Sirene zu sein.

Die vollblütigen Sirenen hatten einen Grund, mit ihrem Gesang die Männer zu betören. Ihr Aussehen wurde im Buch der Suburbans als mäßig bis kaum attraktiv beschrieben. Das einzige Mal, als Dane auf eine Sirene getroffen war – er konnte sich kaum erinnern, wann das war, aber er war noch blutjung gewesen –, hatte sie keine körperlichen Reize besessen, die ihn hätten fesseln können. Ganz im Gegensatz zu dem Kitz. Er hätte sich am liebsten an sie gepresst, sein Gesicht in ihren Haaren vergraben, seine Hände über ihren Körper wandern lassen.

Er erwachte aus seiner Tagträumerei.

»Sind sie ... Sind sie wirklich tot?«

Für die Antwort genügte ein Nicken. Kein Grund, ausführlicher zu werden. Dane hatte bereits veranlasst, die Leichen und die Schäden im Haus der Kleinen zu beseitigen, aber das musste sie nicht wissen.

»Wer waren sie? Und warum haben sie uns angegriffen?« In ihren Augen schimmerten Tränen, doch er war sich nicht sicher, ob es Angst oder Entsetzen war, was sich funkelnd in ihnen zeigte. Vielmehr schien sie ...

Er legte den Kopf zurück und dachte darüber nach. Mitleid? Sie empfand Mitleid mit angeheuerten Mördern? Sie war zu gut für diese Welt, das stand fest. Die Welt würde es ihr nicht danken, doch Dane war entschlossen dafür zu sorgen, dass niemand dieses zarte Wesen mit dem goldenen Herzen verletzte oder gar zerstörte. Er schrieb hastig in sein Notizbuch.

»Ich kann nur Vermutungen anstellen. Gewiss hat es etwas mit Corona zu tun, doch sie selbst hat nicht die Möglichkeiten, einen Assassinentrupp zu schicken. Ich habe dir von ihrem Freund erzählt, diesem Werwolf. Er ist ein –«

Das Kitz hatte sich nach vorn gebeugt und ihm beim Schreiben zugesehen. »Arschloch?«, schlug sie schüchtern vor und senkte verlegen den Kopf. Eine entzückende Röte färbte in Sekundenbruchteilen ihre Wangen und ihr Dekolleté.

Dane lachte lautlos und Wärme durchfuhr ihn, als sie ihn wieder ansah und in stillem Erstaunen gefangen schien.

»Ja«, schrieb er. *»Arschloch trifft es gut, aber eigentlich wollte ich sagen, dass er ein alter Feind von mir ist. Wir waren einmal Freunde, aber*

das ist lange her und er hasst mich jetzt. Orf würde alles tun, um mir zu schaden, und wenn er zwei Fliegen mit einer Klappe erschlagen kann, ergreift er die Gelegenheit.«

»Und dafür würde er Unschuldige umbringen lassen?« Jetzt war Furcht in ihrer Stimme, doch auch Zorn, heißer, weiß glühender Zorn. »Ich habe niemals jemandem etwas getan! Und dann kommt zuerst eine ... eine ... Was ist Corona? Eine Werechse?«

Lachen sprudelte in seinem Inneren. Sie war so unschuldig, so rein und so unwissend. Es würde eine Freude sein, sie zu lehren. Sie musste über die Suburbans Bescheid wissen, doch in Danes regem Geist formierten sich bereits wieder Bilder, die sich farbenfroh von dem Anblick nährten, den sie letzte Nacht im Schlaf geboten hatte. Wenn allein ihre Träume schon so intensiv waren, wie mochte sie erst auf das echte Ereignis reagieren? Innerlich aufstöhnend schlug er ein Bein über das andere. Sein Schaft war schon wieder dabei, heftiges Interesse zu bekunden, und er wollte das Mädchen nicht verschrecken.

»Sie ist ein weiblicher Werdrache. Eine sehr seltene Rasse oder zumindest in den Staaten ziemlich einzigartig. Früher hätte nicht einmal Orf zu solchen Mitteln gegriffen, aber mittlerweile ist er verrückt und blutrünstig.«

»Mir ist es egal, wie einzigartig sie ist!« Offensichtlich begann der Zorn die Überhand zu gewinnen. »Ich habe sie nie angegriffen, sie nie bedroht, ihr nichts getan! Und trotzdem versucht sie zuerst mich umzubringen und als du mich rettest, geht sie zu diesem ... diesem ... *Arschloch* und lässt ihn eine Killertruppe auf uns hetzen?« Sie schlug die Hände vor ihr Gesicht. »In was für einen komischen Film bin ich geraten? Kann ich nicht aufwachen und einfach wieder Andie sein?«

»Du bist Andie. Eine wunderschöne, starke und mächtige Sirene. Und das ist auch der einzige Grund, warum du – nein, warum wir beide noch leben. Du hast uns gerettet. Verstehst du das? Ohne dich und deine Stärke wären wir tot.«

»Ich dachte, Vampire wären ohnehin untot«, murmelte sie, doch er verstand sie trotzdem.

»Ich werde dir ein anderes Mal etwas über uns erzählen. Jetzt geht es darum, dass du annimmst, was du bist, was dich ausmacht, dass du dich nicht gegen deine Gabe wehrst.«

Sie presste die Hand auf ihren Magen. »Aber ich habe ... etwas Schreckliches getan«, hauchte sie. Verwirrt blinzelte sie und sah ihn an. »Was genau habe ich eigentlich getan?«

»Du hast sie gebannt. Deine Stimme hat ihnen befohlen, in ihrem schändlichen Treiben innezuhalten. Weil du so rein bist, konnten sie deinem Befehl nicht widerstehen und weil ihre Absicht dem entgegenstand, erlitten sie körperliche Qualen.«

»Das verstehe ich nicht. Warum hattest du keine Schmerzen? Warum konnten mir gestern so viele Leute in der Bar zuhören, ohne Schmerzen zu erleiden?«

Dane hatte lange darüber nachgedacht und schließlich in den alten Büchern nachgelesen. Die Erklärung war so simpel wie einleuchtend.

»Es kommt auf die Absicht an, Andie. Die Macht der Sirene ist deine Magie. Alle Suburbans verfügen über eine Magie in ihrem Inneren, die sie von den Menschen unterscheidet. Die Were können sich wandeln, die Furien werden zu Stürmen, die Sirenen haben ihre Stimme, die Trolle sind fast unverwundbar, die Vampire – du wirst das alles lernen, ich werde es dir beibringen. Wichtig für dich ist jedoch, dass alles, was wir tun, von der Absicht gelenkt wird, die unser Handeln bestimmt. Wenn du deine Magie einsetzt, und das hast du bei unserer Verteidigung getan, auch wenn du das nicht wissen konntest, ist es immer die Absicht dahinter, die zu Folgen führt. Als du im Wild Dog gesungen hast, wolltest du deine Zuhörer erfreuen und glaube mir, das hast du. Bis Corona kam, gab es keinen unter uns, der etwas anderes als Liebe und Wärme spürte.

Doch als uns die Were angriffen, wolltest du sie daran hindern, uns zu töten. Du hast die Macht deiner Stimme eingesetzt, sie zu stoppen. Diese kollidierte mit ihrer Macht, ihrer Absicht, ihrem Wollen. Sie hatten geplant uns zu töten, das war schwarze, böseste Magie. Als deine reine Magie sie traf, kam es in ihrem Innern zu einer Explosion. Du warst so viel stärker als sie, sie konnten dir nicht widerstehen – daher die Schmerzen. Meine Absicht war es, uns zu schützen, unsere Magie hatte dasselbe Ziel. Sie verschmolzen miteinander, zumindest so lange, bis ich unsere Angreifer tötete. Glaub mir, Andie, das hat mir Qualen bereitet, doch ich war bereit sie zu erdulden, um sicherzustellen, dass diese Bestien nie wieder gefährlich für dich werden konnten.«

Dane ließ den Stift fallen und griff nach der Hand des Kitzes. Sie musste ihn verstehen! Er war eher bereit seine eigene unsterbliche Seele zu verlieren als sie.

Sie ließ ihm ihre Hand, entzog sich ihm nicht. Ihre Augen forschten in den seinen, schienen tief auf den Grund seines Seins zu blicken, abzuwägen und zu richten. Wäre er ein Mensch gewesen, hätte er den Atem angehalten, so jedoch blieb ihm nichts anderes übrig, als geduldig ihren Blick zu erwidern, sich völlig zu öffnen und ihr alles von sich zu zeigen. Nie zuvor hatte er das Bedürfnis gehabt, so etwas zu tun, im Gegenteil. Wenn Midas und er im Geiste verbunden waren, fuhr er alle seine Schilde hoch, um zu verhindern, dass sein Vater etwas in ihm lesen konnte. Jetzt wünschte er sich nichts mehr, als mit Andie im Geistraum zu sein, doch er wagte es nicht. Noch nicht. Es war ein Akt tiefen Vertrauens, so etwas zu tun, und sie hatte schon genügend anderes, auf das sie sich einstellen musste.

Ein scheues Lächeln zog ihre Lippen langsam auseinander, ließ ihr Gesicht und die warmen, goldbraunen Augen leuchten. »Du warst sehr tapfer«, sagte sie und erteilte ihm damit Absolution. Dankbar zog Dane ihre Finger an seinen Mund und verharrte so einige Momente. Die weiche Haut ihrer Hand bettelte regelrecht darum, geküsst zu werden, und er widerstand nicht länger.

Seine Lippen fuhren über ihr Handgelenk, spürten ihren Puls, der sich von Sekunde zu Sekunde erhöhte. Sie blinzelte, rührte sich jedoch nicht. Ihre Unschuld brachte Dane um den Verstand. Seine Lippen tasteten sich über ihren Arm, glitten über das Stück Haut, das ihr heruntergerutschtes T-Shirt zeigte, und bahnten sich einen Weg über ihre Kehle, um dann nur Millimeter über ihrem vollen Mund innezuhalten.

Es war ganz allein ihre Entscheidung. Wenn sie ihn jetzt ablehnte, würde er sich zurückziehen. Zum ersten Mal in seinem Leben betete er.

Das Mädchen erfüllte seinen Wunsch. Behutsam, als wolle sie ein wildes Tier nicht verscheuchen, überbrückte sie die winzige Distanz und presste ihre Lippen auf die seinen. Sie tat nichts weiter, anscheinend unsicher, was von ihr erwartet wurde, doch alles in Dane stand in Flammen. Sie musste nichts tun, allein ihr süßer Duft war pure Verheißung. Er zog sie auf seinen Schoß, schlang die Arme um ihren zierlichen Körper und das Raubtier in ihm brüllte triumphierend, als sie sich weich gegen ihn sinken ließ, ihre Hände in seinem Nacken verschränkte und den Kopf an seine Schulter lehnte.

So viel Vertrauen, so viel Zuneigung.

In Danes Ohren rauschte es. Das war mehr als Lust, mehr als Leidenschaft, was er für dieses Kitz empfand. Er wollte sie nie wieder loslassen, er *würde* sie nie wieder loslassen!

Sanft vergrub er sein Gesicht in ihren Haaren und sog tief ein. Blüten ... Wie die magischen Blüten der Nacht dufteten ihre weichen Locken und er hatte Mühe, seine Reißzähne zu unterdrücken. Er wollte diese junge Frau verzehren, ganz und gar, doch er wollte ihr nicht wehtun, im Gegenteil. Er wollte ihr Freude schenken, für immer und ewig. Behutsam küsste er den weichen Schwung ihrer Lippen, zeichnete ihre volle Form nach, kitzelte mit der Zungenspitze über den Rand und tauchte ein winziges Stück in ihre verheißungsvolle, dunkle Mundhöhle ein, nur um im nächsten Moment wieder abzulassen und mit den Zähnen an ihrer Unterlippe zu knabbern. Ein Seufzen belohnte ihn und ihre glänzenden Augen flehten, flehten um etwas, von dem sie offenbar selbst nicht genau wusste, was es war, nur dass sie es brauchte.

Dane war mehr als bereit es ihr zu geben. Wieder tastete er sich mit seiner forschen Zunge vorwärts, verharrte und stupste ihre Zunge an. Sie erwiderte seine Zärtlichkeit und nach wenigen Sekunden wurde Dane fordernder, saugte und erkundete die weiche Köstlichkeit ihres Mundes.

Zufrieden vernahm er ihr sinnliches Stöhnen und protestierendes Wimmern, als er sich zurückzog. Sie sah ihn mit glasigen Augen an. Ihre Lippen waren geöffnet und von seinen Küssen geschwollen, ihr Atem ging tief und hastig. Seine Männlichkeit reagierte noch energischer auf ihren Anblick und schmerzte, begierig darauf, aus dem Gefängnis seiner engen Hose entlassen zu werden. Doch er musste sich Zeit nehmen, er durfte und wollte Andie nicht erschrecken. Dass sie keine Angst vor ihm hatte – vor ihm, dem gefährlichsten Raubtier, dem sie jemals begegnen konnte –, war bereits ein Geschenk. Doch ihr Vertrauen und ihre Hingabe waren mehr als das: Schicksal. In Danes Brust blühte etwas auf, eine Wärme, die er nie zuvor gespürt hatte.

Seine schlanken Finger wanderten unter Andies T-Shirt, schoben es langsam hoch, während er sie beobachtete, auf ein Zeichen wartete, dass es ihr unangenehm wurde, dass sie sich versteifte, vor ihm zurückschreckte. Er wollte brüllen vor Freude, als es nicht geschah. Sie lehnte sich sogar ein Stück zurück, um ihm besseren Zugang zu gewähren, und wagte es, ihm in die Augen zu sehen und ihn anzulächeln. Mehr Ermunterung brauchte Dane nicht. Sanft streichelte er über ihre Seiten, genoss das samtige Gefühl ihrer Haut in vollen Zügen, tastete sich immer ein Stückchen höher, bis er den seidigen Stoff ihres Bustiers erreichte und mit der Fingerspitze leichte Kreise über ihre Brustwarzen zog. Das Kitz richtete sich auf und drückte sich seiner Liebkosung entgegen. Dane ertrug es nicht länger. Während sich die kleine Sirene hilflos an ihn klammerte und leise in seinen Mund stöhnte, zerriss Dane ihr T-Shirt in zwei Hälften.

Sie schien es nicht einmal zu bemerken. Ihre Hüften ruckten über seinen Schoß und ihre Küsse wurden mutiger, intensiver. Mit ihren Lippen bedeckte sie seine Wangen, seine Augen, seine Nase, kitzelte mit der Zunge über sein Ohrläppchen, nur um wieder fiebrig zu seinem Mund zurückzukehren. Gekonnt öffnete Dane ihr Bustier und ließ es ihre Arme hinuntergleiten. Endlich konnte er die weiche Unterseite ihrer Brüste berühren, über ihre perfekten Rundungen streichen und dann gab er seine eiserne Kontrolle auf und senkte seinen Mund, um an einer kecken, rosigen Brustwarze zu saugen. Andies heiseres Stöhnen überraschte sie beide und beinahe wäre Dane allein durch den Klang ihrer erotischen Stimme gekommen. Oh, diese Sirenen!

Nie zuvor hatte er seine unmenschliche Geschwindigkeit eingesetzt, um so schnell wie möglich sein Schlafzimmer zu erreichen, doch dieses Mädchen hatte ohnehin schon so viele seiner Barrieren durchbrochen und würde es weiterhin tun. Sie hatte ihn dazu gebracht zu fühlen, Hitze in sich zu spüren, Leben in sich zu empfinden, und anstatt wütend darüber zu sein, wollte er es. Und ganz besonders wollte er sie. Er wirbelte in sein Gemach und ließ sie zärtlich auf sein Bett sinken. Ohne den Blick von ihr abzuwenden, zerr te er sich das Hemd vom Leib, ignorierte es, als der teure, seidene Stoff von seiner Heftigkeit zerstört wurde. Ebenso schnell entledigte er sich seiner anderen Sachen, um dann nackt und stolz vor ihr zu stehen, sich ihr zu zeigen, ihr die Wahl zu geben, ob sie tatsächlich bereit war sich auf ihn einzulassen.

Ihre Augen weiteten sich und Dane befürchtete bereits, dass es zu viel war, doch sie überraschte ihn, als sie sich hinkniete und ihre Hand um seine in Seide verpackte Härte schloss. Als wollte sie ihn um Erlaubnis bitten, sah sie zu ihm auf und er nickte. Wäre er dazu in der Lage gewesen, hätte er inbrünstig gestöhnt. *Hör nicht auf,* dachte er. *Hör bitte niemals auf, mich zu berühren.*

Dane biss die Zähne zusammen, um nicht schon jetzt über ihre Hand zu kommen, und löste sich sanft von ihr. Sie sah ihn wieder an, fragend, bittend, mit geröteten Wangen und leuchtenden Augen. Er kniete sich neben sie, drückte sie langsam auf das Bett zurück und ließ seine großen Hände zu ihrer Hose hinunterwandern, nur um innezuhalten. Sie drückte ihre Hüfte hoch und ihre wortlose Aufforderung ließ das Pochen in seinem Innern nur noch heftiger werden. Er musste die Zähne zusammenbeißen, als er sie entkleidete.

Ihr Körper war heiß und nachgiebig und ihre Samtigkeit machte ihn verrückt.

Dane drang mit dem vorderen Teil seiner harten, schmerzenden Männlichkeit in sie ein und bewegte sich sanft vor und zurück. Sie krallte ihre Finger in seinen schmalen Hintern, um ihre Hüften vorzustoßen. »Bitte, Dane, bitte!«, bat sie seufzend und warf ihren Kopf hin und her. Er bezweifelte, dass ihr überhaupt bewusst war, dass sie ihn anflehte, doch auf ihn wirkte der helle Klang ihrer Stimme wie ein zusätzliches Aphrodisiakum. Langsam ließ er sich tiefer in sie hineingleiten, bis er an ihre Barriere stieß. Er verharrte und sah sie an, hatte das Gefühl, dass seine Augen in einem unirdischen Feuer brannten, als er sie stumm um Erlaubnis bat, weitermachen zu dürfen.

Das Kitz nahm ihm die Entscheidung ab, als sie ihre Arme mit erstaunlicher Kraft um seinen Hals schlang, um ihn gänzlich an und in sich zu ziehen. Instinktiv stieß Dane zu, brach durch ihre Unschuld und versenkte sich tief in ihr.

Seine Zähne mahlten aufeinander, als er seine ganze Selbstbeherrschung aufbrachte, um nicht sinnlos in sie einzuhämmern. Er senkte seinen Kopf, küsste Andie zärtlich und seine Zunge kostete die einzelne Träne, die ihre Wange hinunterrann. Das Mädchen blieb einen Moment unbeweglich liegen und Dane liebkoste sie mit seinen Lippen, bis sie plötzlich ihre Augen, die sie vor Schmerzen geschlossen hatte, wieder aufschlug und sich ein winziges Lächeln in ihnen zeigte. Tief atmete sie ein und aus und bewegte sich behutsam unter ihm, als wollte sie ihn noch intensiver spüren und fühlen, was es in ihr auslöste. Wenn sie auch nur annähernd das empfand, was er erlebte, musste sie sich im siebten Himmel befinden.

Kapitel 09

Corona sah unbewegt zu, wie Orf sein Smartphone weglegte. Er hatte während des Telefonats vielleicht drei Worte gesprochen, doch aus seinem Gesichtsausdruck konnte sie schließen, dass sein Plan nicht von Erfolg gekrönt worden war.

»Ich hab dir ja gesagt, dass es kein Kinderspiel wird«, sagte sie mit einem süffisanten Grinsen.

»Sei verdammt noch mal still!«, zischte er ganz orf-untypisch. Es musste ihn mehr aus der Fassung gebracht haben, als er zugeben wollte.

Der Werwolf stand auf und begann in seinem Wintergarten auf und ab zu gehen wie ein Tier im Käfig. Corona bedachte ihn immer noch mit diesem gehässigen Grinsen.

Er hatte es versprochen und auf die leichte Schulter genommen. *Also dann: Zeig mal, was du kannst!* Sie musste dem Impuls widerstehen, sich gierig die Hände zu reiben. Ginge es ihr nicht vor allem darum, Dane zu demütigen und diese scheußliche Bambi-Karikatur aus dem Weg zu räumen, sie hätte ihre helle Freude an Orfs Niederlage gehabt. Jaja ... Der mächtigste Werwolf von New York. Ein Wolf blieb eben immer schwächer als ein Drache.

»Und was nun?«, fragte Corona herausfordernd.

Orf hob einen Finger. »Ich denke noch nach.«

»Ich lasse mich überraschen.« Lasziv schlug sie die Beine übereinander, wobei sie Orf einen tiefen Einblick unter ihren Rock gewährte. Er sollte ja nicht das Interesse verlieren, das wäre in ihrer Situation das Schlimmste, was passieren könnte.

Orf fuhr fort in seinem Refugium hin und her zu laufen. Seine

Designerschuhe klackerten auf den Mosaiken, die er für sein Heim hatte kopieren lassen. Einige Szenen kannte Corona sogar, sie stammten aus den minoischen Tempelanlagen von Knossos. Die hässlichen Suppenhühner mit dem blauen Hintergrund nervten sie besonders. Außerdem wusste Orf vermutlich gar nicht, was es mit diesen Grazien auf sich hatte. Und dann noch diese kitschigen Delfine. Wer pinselte sich so etwas freiwillig an die Wände? Nur jemand, der von Kunst keine Ahnung hatte, mochte er auch noch so alt sein.

Abrupt blieb er stehen und griff nach seinem Zigarettenetui.

»Na? Wo bleibt die Erleuchtung?«, fragte sie bissig.

Orf gab ihr keine Antwort, stattdessen zückte er erneut sein Handy und wählte eine Nummer. Eine ganze Weile hörte Corona den Freiton, bis endlich jemand abnahm. Mit knappen Worten forderte Orf jemanden auf herzukommen. Neugierig beugte Corona sich nach vorn, um mithören zu können, doch er verstaute das Smartphone bereits wieder.

»Also?«, fragte sie.

Er schüttelte den Kopf. »Warte doch einfach ab.«

»Orf, weißt du, es ist nicht mein Schaden, wenn dir dein hübscher Plan nicht gelingt.« Das sollte er ruhig so annehmen. Wenn sie jetzt einfach nach draußen marschierte, dann wäre für sie alles in Ordnung, bis auf den Knackpunkt, dass Dane und diese Sirene immer noch über sie lachen könnten.

Orf hatte sich mit seiner Tat allerdings Danes Zorn zugezogen und brachte sich im schlimmsten Fall auch noch um die einzigartige Gelegenheit, seinen Wer mit dem ihren zu vereinen.

Samuel erschien und deckte den kleinen Glastisch mit Teetassen ein. Für drei. Wen zauberte Orf denn jetzt aus dem Hut, nachdem sein toller Sirenenjäger gescheitert war? Und dann auch noch so schnell … Hoffentlich hatte er ein paar nützlichere Bekannte.

Orfs Blick ruhte auf ihrem Dekolleté, ein Grinsen breitete sich über seinem Gesicht aus. »Zu schade, dass ich an den schlechtesten Sirenenjäger von Brooklyn geraten bin. Ich hätte gerne ein wenig ... genascht.«

Hoheitsvoll richtete sich Corona auf und versperrte ihm somit jeden weiteren Einblick. »Solange du ein Mann bist, der sein Wort hält, habe ich ebenfalls keinen Grund, meins zu brechen.«

»Werden wir sehen«, erwiderte er spitz und winkte Samuel erneut herbei. »Für vier. Stell dich nicht so begriffsstutzig.«

Samuel stammelte ein paar entschuldigende Worte und huschte katzengleich aus dem Wintergarten. Corona sah ihm amüsiert nach, während Orf ein paar Grobheiten vor sich hin brabbelte. Seine Stimmungsschwankungen waren heute stärker als sonst.

Kurz darauf kehrte Samuel zurück, eine weitere Tasse in den Händen und zwei Gäste im Gepäck.

»Das ging schnell«, bemerkte Corona und ließ sich in ihrem Sessel zurücksinken, um die Neuankömmlinge zu mustern. Unwillkürlich kam ihr der Gedanke, ob es sich bei den beiden um ein Geschwisterpaar handelte, denn sie sahen sich mehr als nur ähnlich. Das Mädchen, zart und klein, als sei sie eine Porzellanfigur, mit milchig weißer Haut, der Kerl älter und größer, aber die Haut war die gleiche. Und nicht nur die. Die beinahe weißen Haare des Mädchens erschienen regelrecht schwerelos, sie waren lang und zu einem losen Zopf gebunden. Ihr mutmaßlicher Bruder trug eine ähnliche Frisur, wenn auch die Haare ein wenig dunkler waren. Die mandelförmigen Augen wirkten im Licht beinahe golden, doch Corona ließ sich von diesen engelsgleichen Erscheinungen nicht täuschen, die Kerben in den Lippen verrieten sie beide.

Das hier waren Vampire. Vermutlich aus einer uralten Familie.

»Ich darf dir Sagitario Basarab vorstellen?«, hob Orf an, der aufstand und sich so vornehm verbeugte, wie es nur alter Südstaatenadel konnte. »Und seine liebliche Schwester ... Wie hieß sie noch?«

Der Mann grinste schäbig und verlieh ihrem Namen einen anzüglichen Klang: »Sumaya.«

»Süß«, erwiderte Orf im gleichen Tonfall, sodass sich Corona unwillkürlich schütteln musste.

Der Vampir verbreitete seine schleimige Art im ganzen Wintergarten. Sogar die Grazien im Mosaik wirkten mit einem Mal schleimig und unehrlich.

»Setz dich schon mal, Sumaya«, sagte der Vampir mit dem schmierigen Unterton und das Mädchen gehorchte.

Das wogende weiße Kleid hinterließ den Geruch nach Sommer, der feine Tüll umschlang ihre Brüste nur notdürftig, sodass Corona die BH-Größe hätte schätzen können. Die beiden verhielten sich wie Nutte und Zuhälter, nicht wie ein Geschwisterpaar des ehrwürdigen Basarabclans.

Sagitario war stehen geblieben und tat sich nun an Orfs Zigarren gütlich. »Also? Was gibts? Du hast mir etwas Besonderes versprochen, was somit der einzige Grund dafür ist, dass ich einen Werwolf besuche.«

Orf lächelte kühl. »Ich möchte dir doch nur ein Geschäft anbieten. Das ist doch gar nichts Schlimmes. Wir Suburbans sind doch alle Geschäftsleute. Zumindest die, die was taugen.«

»Ich bin kein Suburban, Wolf. Ich bin ein Vampir und ein verdammt alter dazu.«

»Dass ihr aber auch immer mit eurem Alter angeben müsst. Wen kümmert es, ob einer hundert oder vierhundert Jahre alt ist und ob er ein bisschen Blut saugt? Hier geht es nur ums Geschäft.«

Corona legte amüsiert die Beine über die Lehne. Wenn Vampire und Werwölfe aufeinandertrafen, ging das selten gut.

»Komm zum Punkt, Orf. Ich lasse meine kostbare Schwester nicht ewig in deiner Bruchbude herumsitzen.«

»Man sagt, dass Dane dir eine Abfuhr erteilt hat«, begann Orf mit seiner Scharade.

»Wer sagt das?«, fragte Sagitario stirnrunzelnd, was dem Vampir einen lächerlich dümmlichen Gesichtsausdruck verpasste.

»Die Spatzen pfeifen es von den Dächern, mein Lieber. Du wolltest doch deine Schwester an Midas' kleine Nervensäge verscherbeln, ist das richtig?«

»Und wenn?«

»Dann wird es nicht klappen.«

»Ich habe sieben Schwestern. Wenn nicht sie, dann nimmt er eben eine andere für seinen Sohn. Unter uns, sie ist eh nicht die Hellste.«

Coronas Blick wanderte zu Sumaya, die ihren Kopf gesenkt hielt, während das beinahe weiße Haar einen Vorhang um ihr Gesicht bildete. Hätte jemand so geringschätzig über sie gesprochen, sie hätte ihm auf der Stelle gezeigt, was sie von solchen Kerlen hielt. Das Mädchen war ein mächtiger Vampir. Warum wehrte sie sich nicht gegen ihren Lackaffen von Bruder?

Für einen Moment bleckte der Werwolf die Zähne, als würde es ihm genauso gegen den Strich gehen, wie dieser Kerl seine Schwester behandelte. »Das wäre die schönste Möglichkeit, nicht wahr?«, spielte Orf sein Theater weiter, aber Corona konnte sich denken, worauf die Sache hinauslief. »Dumm nur, dass der Kleine schon eine Verlobte hat und die weder für Sumaya noch für eine andere deiner Schwestern sitzen lässt.«

»Du verschwendest deine Zeit mit Machtspielchen«, zischte der Vampir verächtlich. »Wenn du mich überzeugen willst, solltest du davon absehen, meine Familie zu beleidigen. Sumaya könnte dich töten, ohne mit der Wimper zu zucken. Sie hat manchmal so kleine Aussetzer.«

Orf schien eine Weile nachzudenken. »Schön, genug davon.«

Corona war erstaunt, dass er so schnell einlenkte. Orf hatte sein Ziel sehr klar vor Augen und sich an dieser Sache festgebissen, wie es die Natur seines Wers verlangte.

»Weißt du, uns drei ... Oder besser gesagt: Uns vier verbindet eine Gemeinsamkeit. Wir würden Midas gerne einen kleinen Stoß versetzen und weil er so unangreifbar ist wie das offene Meer, führt dieser Weg über seinen geschätzten Sohn.«

Das war geschickt, wie Corona zugeben musste.

»Ich meine, wer lehnt denn schon eine Prinzessin aus dem Geschlecht der Basarabs ab? Ich selbst wäre nicht abgeneigt, auch wenn ich deiner Rasse kaum etwas abgewinnen kann, denn seht sie euch nur an: Die vollendete Schönheit in Vampirgestalt!«

Orfs Blick war nun wohlwollend auf das Mädchen gerichtet, was Corona beunruhigte. Wenn er das Interesse an ihr verlor und stattdessen seine Begehrlichkeiten auf Sumaya richtete, dann würde er diesen Plan vielleicht nicht mehr mit dem nötigen Ernst verfolgen.

Sagitario sah bei diesen Worten eindeutig zufrieden aus, als hätte Orf ihm persönlich geschmeichelt. »Ich bin ganz Ohr.«

»Was hältst du davon, Danes Verlobten einmal klarzumachen, dass es sich nicht gehört, sich den Mann einer anderen zu schnappen? Zumal diese Verbindung nicht standesgemäß ist.«

»Ich habe kein Wort über seine Verlobte gehört«, warf Sagitario ein. »Nur, dass er angeblich eine habe und daher eine Verbindung nicht mehr möglich sei. Wie Midas das sieht ...«

»Verlobt mit einer Sirene!«, tobte Orf mit hervorquellenden Augen. »Abschaum! Widerliches Pack, das eigentlich ausgerottet gehört.«

Verächtlich schüttelte Sagitario den Kopf. »Ich kann mir kaum vorstellen, dass Midas einer solchen Verbindung sein Einverständnis gibt. Von Midas habe ich keine Absage erhalten. Ich glaube, du zürnst Dane, wie du es seit Jahrzehnten tust, und du willst mich dafür einspannen.«

»Ich versichere dir, er hat bereits eine Verlobte. Vielleicht verfolgt er einen höheren Plan. Was mag mit einem Kind dieser Verbindung geschehen? Halb Vampir, halb Sirene«, trumpfte Orf auf. »Welche Kräfte könnte es besitzen?«

Das war vermutlich an den Haaren herbeigezogen. Jener Midas Lancaster. Er war einer der mächtigsten Männer der Welt, aber kein machtbesessener Idiot. Ein Sirenenkind würde er nie in die Welt setzen. Zu gefährlich, da war sich Corona sicher, aber Sagitario schien das zu schlucken.

»Und für eine solche Abscheulichkeit haben sie die Ehre deiner liebreizenden Schwester beschmutzt«, fuhr Orf fort und sprang wie von der Tarantel gestochen auf. »Das geht nicht. Eine Sirene widerspricht allen Regeln, die es bei den Suburbans gibt. Sie müssen ausgerottet werden. Noch dazu solch unverschämte Weiber, die Männer betören, die von Rechts wegen an eine andere Frau gebunden sind!«

»Was schlägst du also vor?«, fragte Sagitario lauernd.

»Ich weiß, wo sich Danes Verlobte herumtreibt. Reicht dir das?«

»Was springt für dich dabei heraus? Du teilst mir das doch nicht aus reiner Nächstenliebe mit.«

»Ich habe durchaus noch einige Rechnungen mit Dane offen. Und ich sehe es als meine Pflicht an, Abschaum wie Sirenen zu vernichten. Keine Sorge, du wirst nicht allein mit ihr fertigwerden müssen. Ich weiß Mittel und Wege, um dir behilflich zu sein.«

Sagitario nahm einen tiefen Zug von seiner Zigarre. »Ich überlege es mir.«

Orf grinste schäbig. »Das habe ich erwartet.« Sein Blick huschte hinüber zu Sumaya und wurde weicher, als es Corona gefiel. »Ich würde gern ein paar ungestörte Worte mit deiner Schwester wechseln, wenn es erlaubt ist.«

Sagitario starrte ihn an. »Nur Worte, Werwolf. Solltest du ihr zu nahe kommen, hat sie meine ausdrückliche Erlaubnis, dich zu töten.«

Orfs Grinsen wich nicht, als er sich vor Sumaya verbeugte und ihr seinen Arm reichte. Er führte sie tiefer in den Wintergarten und die beiden verschwanden einfach, ohne sich weiter um Corona und den Bruder der Vampirin zu kümmern.

Sagitario musterte Corona abfällig. »Eifersüchtig?«

Diese grinste verächtlich. »O nein … Wirklich? Auf eine bessere Anmache kommst du nicht?« Sie brachte ein wenig Abstand zwischen sich und den Vampir, nicht weil sie sich vor ihm fürchtete, sondern weil er merkwürdig roch. Dieser Geruch bereitete ihr Übelkeit. Und überhaupt, wer hatte dem Spinner erlaubt, sie blöd von der Seite anzuquatschen? Sie ließ sich auf einem der großen Pflanzenkübel nieder und lehnte sich gegen den Olivenbaum, der darin wuchs. »Hast du nichts Besseres zu tun, als mir die Zeit zu stehlen?«

»Ich dachte, wir beide könnten uns währenddessen ganz ungestört unterhalten.« Sagitarios Lächeln war eindeutig dreckig.

Träum weiter, dachte Corona bei sich und schenkte ihm ein hochmütiges und desinteressiertes Hüsteln.

»Du denkst nicht im Traum daran, Orf deine Männer zur Verfügung zu stellen, habe ich recht?«, sagte Corona.

»Nein«, gab Sagitario zu. »1831 habe ich gesehen, wie er Haus und Hof verspielt hat. Sogar Samuel. Er musste alles zurückholen. Zähneknirschend. Sein Vater hat ihm geholfen. Und jetzt soll ich seine Probleme lösen? Nein danke. Ich lege mich doch nicht mit Midas an. Mein letzter Kontakt mit ihm war äußerst positiv. Seine Gemahlin hat mir versichert, dass die Hochzeit bald stattfinden wird.«

»Das habe ich mir fast gedacht«, antwortete Corona süßlich. »Und wann willst du es Orf sagen?«

»Wenn ich es für richtig halte«, antwortete Sagitario grinsend.

Kapitel 10

»Ich verstehe immer noch nicht ganz, was das soll«, maulte Andie.

Sie fühlte sich wie eine Puppe, die herumgezerrt wurde, als Dane sie an der Hand nahm und sie nicht aus seinem Haus lassen wollte.

»Du bist dort nicht mehr sicher«, stand auf einem seiner Zettel.

»Wohin soll ich denn bitte? Ich kann doch nicht ewig bei dir und von deiner Großzügigkeit leben«, entgegnete sie säuerlich.

Das war ja nicht zum Aushalten. Wo waren Leidenschaft und Liebe von gestern Abend hin? Einfach verpufft?

Er schien ihre Gedanken gelesen zu haben, denn abrupt veränderte sich sein Gesichtsausdruck. Dane fuhr ihr durch die Haare und küsste ihre weichen Lippen, sodass Andie schon wieder eine Gänsehaut bekam und ihr Ärger sich in Luft auflöste. Als hätte jemand eine Nadel in einen Ballon gestoßen.

Seine tiefblauen Augen schienen direkt in ihre Seele zu blicken und sie hörte förmlich, wie er sie mit seinen Gedanken liebkoste.

Viel zu schnell endete er damit, um in sein Büchlein zu schreiben. *»Es geht nicht anders. Bitte, bleib hier.«*

»Wie lange soll ich deine Freundlichkeit ausnutzen?«

Natürlich, sie hatten miteinander geschlafen, aber für so einen alten Vampir wie Dane konnte das kaum eine tiefere Bedeutung haben. In ihr verkrampfte sich etwas und sie erkannte, dass es ihr dummes, naives Herz war. Was hatte sie sich dabei gedacht? Die Wahrheit war: Sie hatte gestern Nacht überhaupt nicht mehr denken können, aber sie konnte unmöglich verlangen, dass Dane jetzt für immer ihr Beschützer blieb. Und das wollte sie auch gar nicht. Wer wollte denn schon sein Leben lang abhängig bleiben?

Bevor sie weiter argumentieren konnte, ertönte die melodische Anlage der Tür.

Erschrocken sah Andie zu Dane auf, bis ihr einfiel, dass ein Angreifer wohl kaum höflich die Klingel betätigen würde. Doch Dane schien ähnlich zu denken. Sie spürte, wie sich sein Körper anspannte, die stählernen Muskeln zuckten, dann, ganz abrupt, entspannte er sich wieder und lächelte sogar.

Er ließ sie los und ging gelassen zur Tür.

Ein junger Mann stand davor und erschrocken sprang Andie zurück. Beruhigend drückte Dane ihre Hand, ganz überzeugt war sie aber noch nicht.

»Hey, Dane«, sagte der Kerl.

Andie musterte ihn hinter Danes Rücken hervor. Ein ganz kleines bisschen erinnerte der Fremde sie an Dane, was aber mehr an seiner Aura lag als an seinem Äußeren. Er hatte braune Haare, die Andie unwillkürlich an einen sonnigen Herbsttag erinnerten, seine Augen waren ebenfalls braun, allerdings mehr ein Haselnussbraun, wohingegen seine Haut zwar blass, aber nicht ungesund wirkte. Ein paar Bartstoppeln verliehen ihm eine gewisse Männlichkeit und die leicht schrägen Augen und das kantige Kinn verpassten ihm einen exotischen Touch.

Dane nickte ihm zu und reichte ihm die Hand. Dabei umspielte ein breites Lächeln seine Lippen. Der Fremde reichte auch Andie die Hand, die sie ein wenig zaghafter schüttelte.

»Mein Name ist Gary Sturgins«, sagte er leise und zwinkerte ihr dabei zu.

»Andie ...«, murmelte sie.

»Dane hat mich gebeten euch zu helfen und ... voilà! Da bin ich.« Er grinste. Dann sagte er zu Dane gewandt: »Dein Mädchen? Hast mir gar nicht gesagt, dass sie so bezaubernd ist.«

Andie spürte, dass sie bei diesen Worten errötete. Sie konnte sich nicht so recht daran gewöhnen, dass plötzlich einige Männer mehr Notiz von ihr nahmen als noch vor ein paar Wochen.

»Nur kurz rein, ein paar Sachen holen und wieder weg?«, hakte Gary bei Dane nach, der nickte.

»Moment ... Wovon sprecht ihr?«, wollte Andie wissen.

»Dein Freund hier hat mich gebeten nachher einen Abstecher zu deiner Wohnung zu machen. Dir ein paar deiner Sachen holen und so«, er machte eine wegwerfende Geste. »Nur ein kleiner Gefallen, nichts Wildes.«

»Das hätte ich auch selber machen können«, murrte sie, weil sie sich übergangen fühlte.

»Das wissen wir«, versicherte Gary mit einem freundlichen Lächeln. »Aber Dane möchte nicht, dass den bösen Buben was passiert. Er hat keine Angst um dich, sondern um all die fehlgeleiteten Seelen, die sich mit dir anlegen möchten, schönes Kind.« Er zwinkerte ihr zu.

Mit Gary war es irgendwie anders. Natürlich hatte Andie noch keine Erfahrung, aber sie schien bereits dabei, einen Instinkt zu entwickeln. Und dieser sagte ihr, dass der nette, jung aussehende Mann ebenfalls eine alte Kreatur war – und trotzdem fühlte sie sich von ihm weder bedroht noch unangenehm angemacht wie bei manchen Gästen des Wild Dog.

»Das kann ich nicht annehmen, Mr Sturgins«, sagte sie leise.

Sein Lächeln vertiefte sich und ließ den Ansatz scharfer Zähne sehen.

»Meine Familie ist auch nicht ganz hilflos«, versicherte er. »Und bitte: Dane ist für mich wie ein Bruder – da du die Frau bist, der er sein Herz geschenkt hat, bist du im Prinzip meine Schwägerin. Nenn mich Gary, nur keine Scheu.«

Sie räusperte sich. Schon sehr bald würde sie Dane dazu bringen müssen, seine Freunde nicht das Falsche glauben zu lassen. Als ob dieser alte Vampir ihr sein Herz schenken könnte! Er war unfassbar gut aussehend, ein wunderbarer Liebhaber und hatte seine Leidenschaft sehr deutlich gezeigt, jedoch außer Sympathie und Großzügigkeit ihr gegenüber keine weiteren Gefühle erkennen lassen.

»Sehr gern. Aber Sie ... du ... weißt, was ich angeblich bin? Hast du keine Angst vor mir? Ich dachte, alle Suburbans hassen etwas wie mich.«

Er schüttelte den Kopf. »Nicht alle, Kleines. Es geht immer um Absicht und Willen.«

Mit einer plötzlichen Bewegung ritzte er sich mit seinen ebenso unvermittelt herausgeschossenen Reißzähnen den Handteller auf und machte eine ungeduldig wirkende Kopfbewegung zu Dane, der ihn nachahmte. Sie pressten ihre blutigen Hände kurz aufeinander, dann führte Gary Zeige- und Mittelfinger an Danes Schläfe. Die Männer verharrten so einige Zeit, starrten sich in die Augen und taten ... nichts.

Was war das jetzt schon wieder für eine Aktion? Andie wagte kaum zu atmen. Vielleicht irgendein seltsames Vampirritual? Bevor sie unruhig werden konnte, brummte Gary kurz und zog seinen Arm zurück.

»Also gut. Ich bin in ein, zwei Stunden wieder da und bringe alle Sachen mit, die ich finden kann. Irgendwelche Sonderwünsche, Kleines?«, wandte er sich an Andie. »Dein Lieblingssofa? Oder den Schlafzimmerschrank?«

Sie musste unwillkürlich lachen. »Nein danke. Der Inhalt des Schrankes ist völlig ausreichend.« Viel zu schleppen würde er dadurch trotzdem nicht haben, selbst wenn er über die unmenschliche Kraft verfügte, die in den Romanen Vampiren immer zugeschrieben wurde.

»Obwohl ... Zwei Sonderwünsche habe ich trotzdem«, fügte sie nach kurzem Nachdenken hinzu. »Hör auf mich Kleines zu nennen – ich heiße Andie. Und komm sicher und unbeschadet wieder zurück. Wenn es gefährlich werden sollte, lass lieber den ganzen alten Krempel dort.« In dem Fall würde sie ihr hart verdientes Geld aus der Bar für neue Sachen ausgeben müssen, aber das war ihr allemal lieber, als Danes Freund verletzt zu sehen.

Gary verbeugte sich in einer so fließenden Bewegung, dass man sofort den Eindruck erhielt, er habe das schon viele, viele Male gemacht. Wenn vielleicht auch nicht in den letzten einhundert Jahren oder so.

»Es ist mir eine Ehre, Andie.« Er warf seinem Freund einen Blick zu, den sie nicht lesen konnte. »Dieser Bursche dort sollte dich mit in den Geistraum nehmen, um dir wenigstens die Basics des Lebens einer Suburban beizubringen. Diese alberne Zettelschreiberei führt doch zu nichts.« In seinen Augen tanzte der Schalk. »Wenn er wenigstens auf dem Laptop schreiben würde, aber das ist dem alten Mann wohl zu modern. Man möchte kaum glauben, dass Midas-DreamIndustries eine der hoch entwickeltsten Branchen der Welt verkörpert, was?«

Mit diesen Worten glitt er aus der Tür und verschwand.

Andie drehte sich herum und betrachtete ihren Gastgeber. Sie musste zweimal tief durchatmen, weil sein Blick wieder einmal so intensiv auf ihr lag, dass sie weiche Knie bekam, doch davon würde sie sich jetzt nicht ablenken lassen.

»Geistraum?«, fragte sie. »Ist es das, was du und Gary gerade getan habt?«

***

Innerlich knurrte Dane. Dass der Kerl nie den Mund halten konnte! Natürlich hatte er recht, im Geistraum zu kommunizieren, erwies sich normalerweise als schnellerer Weg. Schneller sogar als ein gesprochener Dialog. Aber er wurde nicht umsonst fast ausschließlich in der Familie oder zwischen engen Freunden benutzt. Zu schnell konnte es passieren, dass man mehr von sich preisgab als beabsichtigt, und in so einem Fall war es gut, wenn man seinem Gegenüber tiefstes Vertrauen entgegenbrachte. Oder eine Art geistige Abschirmung benutzte, wie er es sich gegenüber Midas angewöhnt hatte. Es war ja nicht so, dass er Andie nicht vertraute, ganz im Gegenteil. Vielmehr befürchtete er, sie mit seinen Gefühlen und all dem, was er mit ihr vorhatte, zu überschwemmen und ...

Ja. Vor sich selbst konnte er es ruhig zugeben: Er hatte Angst, dass sie sich von ihm abwenden würde. Sie, die bis gestern nicht einmal gewusst hatte, dass sie eine Suburban war, würde andere Sorgen haben als einen Vampir, der sich auf den ersten Blick in sie verliebt hatte.

Uh. Wie peinlich. Er klang schon wie ein Typ aus einem dieser romantischen Fantasyromane, die seine Mutter in Massen las, um sie anschließend mit ihrem Buchclub zu zerfetzen. Unrealistisch, lächerlich.

Nicht dass sie das jemals zugeben würde.

Obwohl er versuchte, seine Gedanken beiseitezuschieben, war ihm bewusst, dass sie stimmten. Kitschig, unwahrscheinlich und abrupt erschienen – seine Gefühle erwiesen sich als durchaus echt.

Er rieb sich die Stirn und entschied, dass Gary zumindest gewissermaßen recht gehabt hatte. Er würde Andie einiges erzählen müssen. Unschlüssig zog er sein zerfleddertes Notizbuch hervor und schlug eine neue Seite auf.

»*Vertraust du mir?*«, schrieb er.

Sie nickte, ohne auch nur einen Moment zu zögern, was ein Zeichen ihrer Naivität war. Bluttrinker waren dafür bekannt, nichts höher zu schätzen als ihr eigenes Wohl. Vertrauen ihnen gegenüber konnte sich schnell als ein Fehler erweisen.

Zumeist der letzte.

Trotzdem durchflutete Dane ungewohnte Wärme. »*Für den Geistraum müssen wir Blut teilen*«, erklärte er schriftlich. »*Und sobald wir uns in ihm befinden, ist es schwer, irgendetwas voreinander zu verheimlichen.«*

Das Kitz biss sich unsicher auf die Unterlippe und kaute darauf herum, während sie offensichtlich überlegte. Sie starrte angestrengt auf das blank gebohnerte Mahagoniparkett, bevor sie abrupt den Kopf hob.

»Ich ... Ich mache es. Für jemanden wie dich, der sicherlich schon Hunderte Jahre alt ist, ist doch nichts Menschliches mehr fremd, nicht wahr?« Eine sanfte Röte erschien auf ihren hellen Wangen.

Dane widerstand nicht länger und strich mit seinen Lippen kurz über ihre, bevor er die Wunde wieder öffnete, die er sich für Gary zugefügt hatte. Sie hatte sich in der kurzen Zeit nahezu geschlossen und er pumpte seine Faust, um den Blutfluss wieder anzuregen.

»Hast du ein Messer oder so was?«

Ihre Frage erwischte ihn kalt. Himmel, er war vielleicht abgelenkt. Natürlich besaß sie keine Reißzähne, um sich selbst zu verletzen. Er griff nach ihrer Hand und sah sie bittend an. Sie verstand sofort, schloss kurz die Augen, nickte aber dann.

Tapferes Mädchen.

Ohne den Blick von ihr abzuwenden, ließ Dane die scharfen Spitzen seiner Zähne vorschießen. Sie beobachtete ihn mit einer Mischung aus Neugier, Faszination und – dem Klopfen ihres Pulses unter seinen Fingern nach zu urteilen – wachsender Furcht. Schnell zerteilte er die zarte Haut ihrer Handfläche. Der Geschmack ihres Blutes ließ ihn nahezu schwindeln. So mussten sich die griechischen Götter gefühlt haben, als sie das erste Mal Ambrosia gekostet hatten!

Nur mühsam widerstand er der Versuchung, noch etwas zu trinken. Nur ein Schluck mehr, so fürchtete er, und er hätte nie wieder aufhören können. Stattdessen führte er ihre blutigen Hände zusammen und ließ zu, dass sich ihre Suburban-Magie miteinander verband. Bei Midas waren all diese Vorbereitungen natürlich unnötig, da Dane sein direkter Nachkomme war, doch alle anderen, die nicht verwandt waren, mussten sich diesem Ritual unterziehen. Kein Wunder, dass Andies Herzschlag heftiger wurde und sie einen Augenblick lang den Atem anhielt.

Behutsam zog Dane sie hinüber zu der weichen Couch und bedeutete ihr sich neben ihn zu setzen. Sie kam seiner Aufforderung mit einem unsicheren Lächeln nach. Er berührte sie mit dem Zeigefinger an der Schläfe und befand sich so plötzlich im Geistraum, als hätten sie beide das schon viele Male getan.

Er blinzelte verwirrt. Nicht einmal mit Gary, der sein bester Freund war, seit er denken konnte, hatte es bei der ersten Geistraumkommunikation so schnell geklappt.

»Geht es dir gut?«, fragte er sanft.

»Ich kann dich hören!«, rief sie so überrascht, dass er lachen musste. Ihr Puls raste, so aufgeregt war sie.

»Das ist ja auch Sinn und Zweck einer solchen Verbindung. Und nur damit das klar ist – ich bin gerade mal siebzig Jahre älter als Gary. Vielleicht auch achtzig. Von wegen alter Mann!« Er schnaubte verächtlich.

»Oh.« Sie nagte schon wieder an ihrer Unterlippe, was ihre gleichmäßig schönen Zähne erscheinen ließ. »Ich weiß leider nicht, was unter euch Suburbans …«

»Unter uns«, unterbrach er sie kurz.

Sie holte tief Luft. »Stimmt, da war was«, gab sie zu. »Leider weiß ich trotzdem gar nichts. Nicht einmal, ab wann ein Vampir als alt gilt. Oder wann du geboren wurdest. Wurdest du überhaupt geboren? In den Büchern wird man meist gebissen und dann kommt es zu einer Wiederauferstehung und überhaupt … dürfen Vampire auch nicht ins Sonnenlicht oder sie fangen an zu glitzern und sie haben auch eine Knoblauchallergie und …«

Sie verstummte abrupt, weil sich Dane nach vorne gebeugt und sie geküsst hatte. Mit etwas mehr Erfahrung wäre ihr klar gewesen, dass das, was hier im physischen Raum passierte, keine Auswirkung auf ihre Kommunikation im Geistraum hatte, aber Dane hatte richtig vermutet, dass seine Tat sie verwirren würde. Zumindest lange genug, um mit dem Plappern aufzuhören.

Und, so dachte er, *kann es eine bessere Möglichkeit geben, jemanden am Weitersprechen zu hindern?*

Er grinste sie an und fühlte sich wie ein Schuljunge bei seinem ersten Date.

»Eins nach dem anderen«, sagte er, wobei ihm auffiel, dass seine Stimme einen dunklen, schnurrenden Klang angenommen hatte, was selbst für Geistraumverhältnisse ungewöhnlich war. »Vergiss alles, was die Menschen über unsereins geschrieben haben oder im Fernsehen zeigen. Es ist genau das, was wir ihnen im Laufe unseres Zusammenlebens in Häppchen fütterten. Klar ist, dass in Tausenden Jahren immer mal wieder Menschen über Suburbans stolpern, und genauso logisch ist es, dass wir nicht zulassen dürfen, dass sie begreifen, wer unter ihnen lebt. Wir mögen ihnen zwar in vielerlei Hinsicht überlegen sein, aber sie haben uns eines voraus: ihre schiere Masse. Kämen sie auf den Gedanken, uns gäbe es wirklich, und ihre Angst vor dem, was wir zu tun imstande sind, nähme überhand, würden sie alles daran setzen, uns zu vernichten, und das könnte ihnen gelingen. Ähnliches hatten wir schließlich schon mit den Hexenjagden, diese Zeit wünscht sich niemand mit Verstand zurück.«

Andie hatte den Kopf schiefgelegt und betrachtete ihn mit ihren ausdrucksvollen Augen. Sie schien geradezu an seinen Lippen zu hängen und jedes Wort aufzusaugen – nicht dass er überhaupt die Lippen bewegte. Dane versuchte das Richtige zu tun und nicht nur seine Gefühle abzuschirmen, sondern sich auch den ihren zu verschließen, aber ihm entging dennoch nicht, dass sich Zuneigung und Zweifel in ihr die Waage hielten.

»Natürlich, da gibt es noch die Einundfünfziger, aber die nehmen die Regierungen zum Glück genauso wenig ernst wie andere Verschwörungstheoretiker. Also, leider sind die nicht nur in der Theorie zu Hause, aber wir lassen diese Leute jetzt mal außen vor, es ist schon verwirrend genug für dich.«

Das Kitz nickte. »Also keine Sonnen- oder Knoblauchallergie?«

Sein Mundwinkel zuckte. »Und kein Glitzern. Meine Bauchmuskeln sind übrigens echt, nicht aufgemalt wie bei gewissen Schauspielern.«

Eigentlich hatte er sie zum Lachen bringen wollen, stattdessen schluckte sie und wandte kurz den Kopf ab, sodass er den Kontakt zu ihrer Schläfe verlor und damit auch zu ihren Gedanken und Gefühlen. »Davon habe ich mich selbst überzeugen können«, versicherte sie leise.

Nicht daran denken, jetzt nur nicht daran denken, wie gern er wieder mit ihr ins Bett ginge! Oder sie gleich hier auf der Couch ausziehen würde, wenn er es genau betrachtete. Er zwang sich, an etwas anderes zu denken.

Corona.

Ja, Corona war gut. Nichts wirkte besser als der Gedanke an den weiblichen Werdrachen, um die aufmüpfige Libido wieder zur Vernunft zu bringen. Außer vielleicht Eiswasser.

Seine Finger fanden wieder den Platz an ihrer Schläfe. »Wo waren wir stehen geblieben?«, fragte er. »Ah, genau. Vampire sind nicht untot, wir leben wie jedes andere Wesen auf dieser Welt. Wir – wie fast alle Suburbans – sind eine Unterart des Menschen, eine vielleicht nicht höher, aber zumindest körperlich weiterentwickelte. Wir werden also genauso geboren wie sie und die meisten von uns sterben auch wie sie. Wenn auch nicht unbedingt so leicht oder nach einer so kurzen Zeitspanne. Ich bin …«

Verdammt. Es war lange her, dass irgendetwas sein Alter betreffend eine Rolle gespielt hatte. Und jetzt saß diese blutjunge Sirene vor ihm und er überlegte tatsächlich einen Augenblick lang, ihr sein Alter zu verschweigen. Wie peinlich.

»Ich wurde im Jahre des Großen Brandes von London, zum Glück etwa zwanzig Meilen südlich des stinkenden Molochs, auf einer wirklich hässlichen und zugigen Burg namens Lotenfeár geboren.«

Ihre Augen wurden groß wie Suppenteller. »1666?«, quiekte sie.

»Oh, ich sehe, du hast deine Geschichtskenntnisse im Griff«, neckte Dane.

»Wenigstens nicht tausend Jahre früher«, scherzte sie schwach.

»Nein, das wäre dann Midas, mein Vater ... Wenn du ihn je getroffen hättest, wüsstest du, dass er der wahre Teufel ist.« Er hielt inne und überprüfte seine geistigen Schutzschilde. Jetzt kam der schwierige Teil. Wie konnte er sie dazu überreden, sich als seine Verlobte auszugeben? Zumindest für die nächsten paar Wochen? Und nicht nur das, sondern auch mit ihm seine Eltern in ihrem Am-Arsch-der-Welt-Schloss zu besuchen? Dane unterdrückte ein Stöhnen.

»Dein Dad ist wirklich tausend Jahre älter als du?«, fragte sie mit weit aufgerissenen Augen. »Wie viele Geschwister hast du noch?«

Seine Mundwinkel zuckten. »Ich weiß nicht genau. Hunderte, wenn nicht sogar mehr«, behauptete er mit todernstem Gesicht.

Doch sie kannte ihn bereits besser, als er vermutet hatte. »Oh, das meinst du gar nicht ernst!« Andie hieb ihm mit ihrer kleinen, doch erstaunlich festen Faust gegen den Brustkorb. Mehrmals.

Um zu verhindern, dass sie sich die Finger brach, hielt er ihre Hand fest und drückte sie an seinen Körper. »Gnade!«, bat er. »Du hast mich durchschaut. Ich bin der einzige Sohn, den meine Eltern hervorgebracht haben.« Schnell wurde er wieder ernst. »Du musst wissen, das ist der Fluch der Suburbans. Egal wie lange wir leben, wie oft wir uns vereinigen – wir haben nur selten Nachkommen, im Vergleich zu den Menschen nahezu gar keine. Vielleicht hat die Natur das als Ausgleich für unsere körperliche Überlegenheit so eingerichtet. Stell dir vor, wir wären genauso zahlreich wie die Menschen – vermutlich wären sie dann schon ausgerottet. Suburbans sind oft barbarisch und alles, was uns manchmal im Zaum hält, sind hauchdünne Fäden der Vernunft.«

Andie senkte den Kopf, sodass ihr die Haare vor das Gesicht fielen und ihre Miene verbargen. Vermutlich war es ganz schön viel auf einmal, was sie so aufnehmen musste. »Anscheinend können nicht alle von uns sich beherrschen«, sagte sie schließlich. Dane hatte ruhig dagesessen und ihr die Zeit gegeben zu grübeln.

»Nein«, bestätigte er. »Falls du an Corona denkst ...«

»Und an den ... das Arschloch«, fügte sie hinzu. Ihr Lächeln erreichte ihre Augen nicht. Er konnte spüren, wie sehr sie sich vor den beiden fürchtete, und musste gegen die Wut in sich ankämpfen, die daraufhin in ihm hochstieg.

»Womit wir beim Thema wären«, sagte er langsam. »Gary und ich sind ziemlich sicher, dass Orf hinter dem Anschlag auf dich steckt. Er ist verrückt, weißt du? Völlig unberechenbar. Sehr wahrscheinlich hat ihn Corona aufgehetzt, aber sie hat weder die finanziellen Mittel noch die entsprechenden Verbindungen, um so schnell einen Sirenenjäger anzuheuern. Orf hingegen schon und Corona und er haben hin und wieder etwas miteinander am Laufen.«

Das wusste er so genau, weil Corona nie müde wurde ihm von ihren gelegentlichen Affären zu erzählen. Ob sie ihn damit eifersüchtig machen wollte? Wer wusste schon, was in dem Kopf des Werdrachen vor sich ging? Auf ihre Art war Corona geistig nicht gesünder als der Südstaatenwolf.

In diesem Moment ging ihm auf, dass er die perfekte Lösung für sein Problem gefunden hatte. Er könnte Andie beschützen und seinen Vater besänftigen und hätte außerdem noch Zeit, dieses wunderbare Wesen vor sich zu umwerben, um sie von der Ernsthaftigkeit seiner Gefühle überzeugen zu können.

»Andie«, wiederholte Dane deshalb seine Frage vom Beginn dieser Konversation, »vertraust du mir?«

»Immer noch. Glaubst du, ich sei so wankelmütig, dass ich innerhalb so kurzer Zeit meine Meinung ändere?«

Er musste sich nicht räuspern und tat es trotzdem.

Er musste auch nicht tief Luft holen und tat es trotzdem.

Ja, verdammt, er war so nervös wie ein Jungvampir vor seiner ersten Jagd, aber das war ja wohl verständlich, oder?

Tief sah er ihr in die bernsteinfarbenen Augen. »Ich habe dir von Midas erzählt, meinem Vater. Du musst wissen, dass er der mächtigste Bluttrinker von ganz Nordamerika ist und dass niemand – wahrhaftig niemand – es wagt, sich mit ihm anzulegen.«

Es sei denn, er hätte eine Armee von Untoten, aber das war seit Jahrhunderten nicht mehr vorgekommen. Dane verscheuchte diesen Gedanken auf der Stelle.

»Ich möchte dich in Sicherheit bringen, weit weg von New York.« Sie schnappte nach Luft und öffnete den Mund, um zu widersprechen, doch Dane legte ihr sanft den Zeigefinger auf die anbetungswürdigen Lippen. »Midas und meine Mom leben in einer uneinnehmbaren Festung, in der du sicher wärst. Dorthin könnten wir uns eine Zeit lang zurückziehen, bis meine Leute zu einhundert Prozent geklärt haben, wer hinter dem Attentat steckt, und wir diese Person zur Verantwortung gezogen haben. Allerdings sind meine Eltern ... Nun ja, sie gehen davon aus, dass wir verlobt sind.«

Andie starrte ihn verwirrt an. »Warum zum Teufel denken sie das?«

Dane hasste die Worte, die er jetzt aussprechen musste. »Vielleicht habe ich es behauptet. Um der Verlobung zu entgehen, die sie für mich arrangieren wollten ...«

Andies ungläubiges Lachen war ihm unangenehm. Aber er musste wohl oder übel auf ihre Mithilfe hoffen. War das nicht lächerlich? Da musste erst ein Kitz daherkommen, um ihm, dem uralten Vampir, Schützenhilfe gegen seine Eltern zu leisten ...

Kapitel 11

Andie war unwohl, als sie die lange Auffahrt zu Danes Elternhaus hinauffuhren. Eine Allee mit uralten Bäumen und Laternen, die bereits ansprangen, als sie das erste Tor passierten.

Sie saß neben Dane auf dem Beifahrersitz eines teuren Sportwagens und wusste nicht so recht, was sie erwartete. Wieso hatte sie nur zugesagt? Vor einem uralten Vampir sollte sie Danes Verlobte spielen? *Nichts einfacher als das!*, dachte sie ironisch. Wahrscheinlich konnte Danes Vater Gedanken lesen oder so. Sie war nervös, vor allem weil Dane natürlich kein Wort sprach und scheinbar seinen düsteren Erinnerungen an seinen Vater nachhing. Was er im Gedankenraum über seinen Erzeuger gesagt hatte, klang jedenfalls nicht nach einer gesunden Beziehung.

Andie rutschte unruhig auf ihrem Sitz herum. Ihre Beine klebten am Lederpolster des Sportwagens und Dane griff nach ihrer Hand, während sie langsam den Kiesweg entlangfuhren.

»Er wird mich hassen, oder?«, murmelte sie.

Dane nickte.

»Und deine Mutter?«

Er legte den Kopf schräg, hob eine Hand und machte eine vage Geste.

In der Ferne türmte sich ein Gebäude auf, das die Dämmerung beinahe schon verschluckt hatte. Andie hatte keine Ahnung, was sie dort in der Dunkelheit erwartete. Es konnte alles sein. Ein paar Lichter drangen aus der Ferne zu ihr durch.

Manchmal war es schwer, mit Dane zu kommunizieren. Vor allem dann, wenn er nicht schreiben konnte. Wieso hatte sie sich nicht in einen netten, normalen Kerl verliebt, der nach der Arbeit mit ihr ausging, sie Honey nannte und ihr hübsche Geschenke machte, während er ihr dies und das erzählte. *Weil ich selber nicht normal bin,* schoss es ihr durch den Kopf. *Und normal ist sowieso langweilig.* Wobei sie ihr momentanes Leben ein bisschen zu aufregend fand – auf der Flucht vor einem verrückten Werwolf, einer Werdrachin und wer weiß wie vielen Sirenenjägern.

Müde lehnte sie sich im Sitz zurück, schloss für ein paar Sekunden die Augen und wartete auf das, was nun kommen würde. Eine ganze Weile geschah jedoch überhaupt nichts. Dane hielt mit seiner stets ein wenig kühlen Hand die ihre und ihr Herzschlag beruhigte sich. Vielleicht kam alles gar nicht so schlimm, wie sie es sich ausmalte. Immerhin war zuletzt in ihrem Leben nichts so gelaufen, wie sie es geplant hatte. Falls dies nun zur Regel würde, hätte Andie gute Karten.

Mit einem Mal gab die Allee sie frei und sie erreichten eine Einfahrt, die so pompös und protzig war, als hätte man sie direkt aus Las Vegas geholt und hier wieder aufgestellt. Dunkle Statuen mit Flügeln säumten ihren Weg und ein Springbrunnen plätscherte in einem Rund munter vor sich hin, während Dane den Wagen einmal darum herumlenkte und vor einer riesigen Treppe stehen blieb. Das Anwesen von Danes Eltern lag auf einem Hügel und alles wirkte riesig. *Damit der Betrachter sich direkt eingeschüchtert fühlt,* kam es Andie in den Sinn.

Der turmähnliche Vorbau wurde von Säulen gestützt, Gargoyles saßen auf dem Dach und starrten mit ihren finsteren Gesichtern in die Ferne.

Dane zog die Handbremse, bevor er ihr einen langen Blick zuwarf, als wollte er sagen: Nur Mut. Aber Andie hatte keinen Mut mehr. Wieso war sie nur so dumm? Dieser uralte Vampir wollte sie jetzt seinen noch urälteren Eltern vorstellen und sie zudem als seine Verlobte ausgeben. Das konnte ja nur schiefgehen.

Mit einem mulmigen Gefühl stieg sie aus dem Auto aus und fühlte sich sehr klein, als sie den Kopf in den Nacken legte, um das düstere Gemäuer in seiner ganzen Pracht zu erfassen.

»Das ist doch Wahnsinn«, murmelte sie, während Dane ebenfalls ausstieg und die Zentralverriegelung aktivierte.

Gerne hätte sie nach seiner Hand gegriffen, aber das hätte noch lächerlicher gewirkt. Wie führten Vampire überhaupt Beziehungen? Bestimmt nicht mit Händchenhalten und Frühstück im Bett. Es waren Monster. Doch Andie musste sich eingestehen, dass sie selbst auch eins war. Sie gehörte dazu. Ob es ihr passte oder nicht.

Die riesige Haustür, eher ein Tor als eine klassische Tür, öffnete sich quietschend wie in einem schlechten Horrorfilm. Heraus trat eine Frau mit blassem Gesicht und rabenschwarzem Haar, das ihr bis zu den Kniekehlen reichte, obwohl der größte Teil davon schon geflochten war. Ein streng geschnittener Mantel verhüllte ihre Figur und die dunklen Augen penetrierten Andie regelrecht, sodass sie dem Blick der Fremden auswich.

Doch Dane ging entschlossen die Treppe hinauf und ergriff die Hand dieser Frau, bevor sie ihn in den Arm zog. Ein schmales Lächeln umspielte ihre Lippen und Andie musste zugeben, dass die Ähnlichkeit verblüffend war. Das hier musste Danes Mutter sein.

Sie blieb stehen, wo sie war, und wartete, bis die Frau sich schließlich ihr zuwandte. Mit einem entschlossenen Gesichtsausdruck.

»Du musst Andie sein«, sagte sie mit tiefer Stimme.

»Ja«, antwortete Andie nur.

Die Vampirin hielt ihr die Hand hin, sodass Andie die Treppen hinaufsteigen musste, um sie zu schütteln. Die kühle Haut war wie Danes, aber die Berührung eher einschüchternd und distanziert.

»Ich bin Erzsébet.«

Andie hatte einen solchen Namen noch nie gehört.

»Ich hörte, du warst in Europa. Wie hat es dir dort gefallen?«, plauderte Danes Mutter prompt weiter.

»War ich das?«, entfuhr es ihr, was ihr einen flehenden Blick von Dane einbrachte.

»Ach, ich hatte es schon beinahe wieder vergessen, hier war so viel los«, plapperte sie. »Anschließend war ich in Australien. Sehr schönes Land. Aber die Tiere dort – unheimlich. Alles kann einen töten.«

Das hatte sie in einer National-Geographics-Dokumentation gesehen. Ob es stimmte, konnte Andie nicht sagen, aber Danes Mutter sicher auch nicht, schließlich war sie ein Vampir. Und was kratzten die irgendwelche giftigen Schlangen oder Haie?

Erzsébet warf ihr einen prüfenden Blick zu und trat dann zur Seite. »Kommt nur herein. Dein Vater ist ganz verrückt danach, deine Verlobte kennenzulernen, Dane.«

Andie war sich nicht sicher, ob sie glauben wollte, dass Danes Vater »verrückt« nach ihr war. Schließlich hatte sie von Dane eine Menge über ihn gehört. Und nichts davon war gut.

Erzsébet begann in einer fremden Sprache auf Dane einzureden, während Andie wie ein unnötiges Anhängsel hinterherstapfte. Ihr Koffer befand sich immer noch im Auto, sie trug nur die Handtasche und ihre Absätze klapperten auf dem Marmorboden des Flurs.

Wie in einem Schloss, dachte sie bei sich. Statuen, Gemälde, Gobelins – alles so, wie man es aus dem Fernsehen kannte. Hin und wieder huschten Bedienstete in diesem düsteren Gemäuer an ihr vorbei und Andie hatte alle Mühe, den Weg zum Eingang zu rekonstruieren, nachdem sie ungefähr tausendmal abgebogen waren.

Manchmal, wenn seine Mutter für einen kurzen Moment verstummte, warf Dane ihr einen flehenden Blick zu, als wollte er sagen: Benimm dich bitte. Pff ... All das hier war doch nicht ihr Fehler! Sondern seiner. Er log seinen Eltern vor, dass sie seine Verlobte war. Ja, das war geradezu lächerlich. Dieser uralte Vampir hier konnte seinen Eltern nicht verklickern, dass er die Frau, die sie für ihn ausgesucht hatten, nicht wollte. Stattdessen nahm er ein Mädchen wie sie mit, das er kaum kannte. Unfassbar. Zum ersten Mal fühlte sie sich ein bisschen überlegen, weswegen sie beinahe losgeprustet hätte. Sie kaschierte es mit einem Hüsteln, verstummte aber, als sie eine verschlossene Tür erreichten und Erzsébet wieder ins Amerikanische wechselte.

»Dein Vater ist im Salon. Ich lasse uns ein paar Erfrischungen bringen, ihr könnt ihn ja schon einmal begrüßen.«

Und damit machte Erzsébet auf dem Absatz kehrt und eilte den Flur hinunter, bis die Dunkelheit sie verschluckte.

Andie stand ratlos vor der Tür und auch Dane wirkte nicht so, als wolle er besonders gerne wissen, was sich dahinter befand. Er griff nach ihrer Hand, schüttelte den Kopf, konnte ihr aber nicht in die Augen sehen.

Andie lächelte ihm aufmunternd zu und flüsterte: »Ist schon okay. Ich versuchs. Ich versuche es wirklich.«

Und sie meinte es auch so. Wäre Dane nicht, wäre sie vermutlich eh schon tot. Es war also das Mindeste, dass sie seine Scharade mitspielte. Außerdem fand sie es auch ein bisschen ... nun ja, nicht lustig, aber doch unterhaltsam. Hätte man ihr vor ein paar Monaten erzählt, dass sie heute so tun müsse, als wäre sie die Verlobte eines Vampirs, hätte sie demjenigen den Vogel gezeigt.

Dane nickte und stieß die Türflügel auf.

Dahinter befand sich ein Raum, der jedem Vampirfilm Konkurrenz gemacht hätte. Vermutlich von Dracula persönlich eingerichtet. Kronleuchter über dem Esstisch, ein Kamin, in dem Feuer prasselte, ein Bärenfell auf dem Boden und ein Hausherr, der düsterer nicht sein konnte.

Er stand vor dem Kamin, sodass sein Gesicht kaum sichtbar war. Midas war größer als Dane und seine Frau, aber auch feingliedriger und furchteinflößender. Wie ein Raubtier. Andie musste an einen

Gepard denken, dessen zierliche Statur nicht verbarg, dass man es mit einem gefährlichen Raubtier zu tun hatte.

»Wie ich sehe, hast du deine Verlobte tatsächlich mitgebracht.«

Andie blieb stehen. War Erzsébets Begrüßung schon kühl gewesen, so war Midas ein Eisblock.

»Guten Tag«, sagte sie leise.

Er machte einen Schritt auf Andie und Dane zu, sodass sie nun auch sein wie in Stein gemeißeltes Gesicht erkennen konnte. Dunkle Schatten unter den Augen, schmale Lippen, spitzes Kinn, die Haare nach hinten geglättet. Danes Vater hätte einen wunderbaren Dracula abgegeben. Im Remake vielleicht, aber die Rolle hätte ihm jeder abgekauft.

»Mein Name ist Andie. Es freut mich, Sie kennenzulernen«, riss sie sich zusammen und hielt Midas die Hand hin, die er allerdings nicht ergriff.

Er starrte lediglich seinen Sohn an. Ob sie beide über eine telepathische Ebene miteinander sprachen, konnte sie nicht sagen.

Was tat sie noch gleich hier?

Schließlich nickte Midas kaum merklich und Dane griff nach Andies Arm und zog sie hinüber zum Esstisch, wo er ihr bedeutete sich hinzusetzen. Dort waren bereits vier Sitzplätze eingedeckt. *Wie in einem Sterne-Restaurant,* dachte Andie. Ob sie diese Show nur für sie abzogen, damit sie sich unwohl fühlte? Oder aß man bei Dane zu Hause tatsächlich so? Sie tippte auf Ersteres.

»Deine Mutter kommt sicher gleich wieder«, erklärte Midas und musterte dann wieder Andie.

»Wo haben Sie einander denn kennengelernt?«

»Ähm«, machte Andie nicht besonders geistreich. »In einer Bar für Suburbans.«

Wenn Midas das überraschte, ließ er es sich nicht anmerken. Er nahm lediglich gegenüber Platz und legte die Hände auf das Besteck.

»Ein Wer? Oder was sind Sie?«

Das war sie vorher mit Dane durchgegangen. Als Sirene war sie eine der gefürchtetsten Suburbans und er hatte durchblicken lassen, dass sein Vater sie auf der Stelle töten würde, wenn er herausfand, dass sie eine war.

Daher antwortete Andie: »Ja. Werfuchs.«

Die Tür öffnete sich und herein trat Danes Mutter mit einem ganzen Gefolge von Dienern, die scheinbar endlos Speisen und Getränke hereintrugen. Es folgte das schlimmste Abendessen, das Andie je erlebt hatte. An Genießen war jedenfalls nicht zu denken.

»Die beiden haben sich in einer Bar für Suburbans kennengelernt,« plauderte Midas munter mit seiner Frau, als wäre Andie gar nicht im Raum.

»Ach, wie gewöhnlich«, erwiderte Erzsébet und legte affektiert die Hand auf seine.

Anschließend musste Andie sich einen ganzen Sermon darüber anhören, wie schmuddelig Suburban-Bars waren und was sie denn dort zu suchen hatte. Noch während dieses Monologs von Danes Vater beschloss Andie, ihnen nicht zu sagen, dass sie dort arbeitete. Auch wenn Bill Watling und Midas sich vielleicht kannten, so hielt sie es für klüger, Danes Vater nicht mit ihrer »gewöhnlichen« Art zu belästigen.

Zur Suppe wurde es unangenehmer, als Erzsébet sie nach Europa ausfragte. Andie versuchte ihre Schulbildung zu bemühen, allerdings beschränkte sich diese auf England und die Kolonien. So ungefähr fünfhundert Jahre früher. Allerdings waren die beiden garantiert bei sämtlichen Großereignissen dabei gewesen. Sie hießen sicher nicht umsonst Lancaster und führten eine rote Rose auf sämtlichen Porzellanteilen ihres Geschirrs oder den Servietten. Oder auf dem Tor. Oder dem Kronleuchter.

Allerdings gab es da auch noch den Ritter mit dem rot-weißen Schild und dem Helmbusch, der meist die Rose umschlang. Hin und wieder sah sie ihn auch allein. Allerdings konnte Andie ihn nicht zuordnen und nahm sich vor, das nachher mal zu googeln. Ihr

Smartphone hatte sie noch in der Tasche. Oder sie fragte Dane, wofür es stand.

»Als Wer sind Sie sicherlich hungrig nach frischem Fleisch. Greifen Sie zu«, sagte Erzsébet gerade freundlich (auch wenn Andie sich sicher war, dass keiner der beiden ernsthaft freundlich sein konnte), ehe ein Diener ein Tablett mit rotem rohem Fleisch vor Andies Nase stellte.

Ein halbes Kaninchen. Noch mit Ohren. Zähnen. Sie warf Dane einen flehenden Blick zu, doch der sah mit einem Mal vollends hilflos aus.

Wie sollte sie sich dort herauslavieren? Danes Eltern würden misstrauisch werden, falls sie das Kaninchen verschmähte – aber sie selbst würde vermutlich auf der Stelle sterben müssen, wenn sie an dem rohen, toten Tier knabbern würde.

»Vielen Dank«, erwiderte Andie bemüht und griff mit der Hand nach dem Kaninchen.

Komm schon, sagte sie sich. *Er hat dir das Leben gerettet. Das bist du ihm schuldig. Was ist schon so eine blöde Salmonellenvergiftung gegen die Tatsache, dass du ohne ihn nicht mehr auf dieser Welt wärst?*

Midas sah aus, als wäre er mit seinem Weinglas beschäftigt, doch Andie registrierte genau, dass er sie beobachtete. Also führte sie das Kaninchen zum Mund, versuchte ein Stück, das nicht so sehnig war, in Richtung Lippen zu drehen und biss einfach hinein. Ihr Magen hüpfte ihr prompt auf die Zunge. Die Konsistenz von rohem Fleisch war geradezu ekelerregend glibberig und kein bisschen angenehm. Auch nicht vom Geschmack her. Ihr Kopf spielte ihr dazu noch Streiche und rief ihr noch einmal die kleinen Ohren und die Zähnchen ins Gedächtnis.

»Frisch gehäutet«, erklärte Erzsébet.

»Mhmmm«, machte Andie, während sie ein Stück aus dem Kaninchen biss und es auf der Zunge behielt, bis ihre Übelkeit ein wenig abgeflaut war.

Unterdessen riss Dane einen Zettel aus seinem Notizbuch und schob ihn hinüber zu seiner Mutter.

Andie konnte mit tränenden Augen seine Handschrift entziffern. *»Sie ist sehr müde, Andie leidet unter Jetlag. Wir möchten uns gleich zurückziehen.«*

Dankbar sah sie zu ihm, während sie mit dem Fleisch in ihrem Mund kämpfte. Verflucht sollten sie alle sein. Hätte sie nicht behaupten können, sie sei eine Fee oder so etwas Blödes? Gab es Feen? Ach, zum Teufel, sie wusste eh zu wenig über die Suburbans.

»Aber Dane, wir wollen sie doch nur ein wenig kennenlernen.«

Wieder der Zettel. *»Das könnt ihr doch auch morgen noch. Wir sind einen weiten Weg gefahren.«*

Andie sah Midas' starren Blick auf sich ruhen. Er wusste genau, dass sie immer noch nicht geschluckt hatte. Eine ungeheure Wut ergriff Andie. Was nahm sich dieser blöde alte Vampir eigentlich heraus, sie den ganzen Abend schon als gewöhnlich und vulgär zu betiteln, obwohl sie einfach nur da war? Er kannte sie doch gar nicht.

Andie schluckte das Fleischstück ungekaut hinunter, bereute es bitterlich, als sie merkte, wie es langsam und klumpig ihre Speiseröhre entlangrutschte, aber sie biss sofort noch ein zweites Stück heraus. *So, du alte Fledermaus. Der Trick war schlecht und beweist gar nichts. Sieht man ja an mir.*

Dane stand auf und erlöste sie, indem er ihr die Hand auf die Schulter legte.

»Entschuldigen Sie«, sagte Andie mit vollem Mund. »Ich bin wirklich müde. Aber ihr Kaninchen ist ganz vorzüglich.«

Bittere Galle bahnte sich ihren Weg durch Andies Speiseröhre und sie hatte das Gefühl, sich jeden Moment übergeben zu müssen. *Bäh! Nur nicht würgen,* mahnte sie sich selbst. *Durchhalten.*

Im Vorbeigehen griff sie nach einer Serviette, winkte affektiert den Lancasters zu und eilte Dane hinterher, die Handtasche kokett unter den Arm geklemmt, während sie mit dem rohen Fleisch in ihrem Mund kämpfte. Quälend langsam öffnete Dane die Tür und dann endlich war sie mit ihm allein.

Gegenüber erspähte Andie eine Vase und ohne auf Dane zu achten, spuckte sie das rohe Kaninchen hinein, würgte und fing sich dann wieder. *Bloß nicht laut sein.* Vermutlich lauschten Danes Eltern an der Tür. Oder sie hatten Fledermausohren und hörten sowieso alles.

Aber nichts geschah. Ihr Magen beruhigte sich und als sie sich mit tränenden Augen umwandte, stand Dane da und hielt ihr sein Buch vor die Nase. »*Ich kenne niemanden, der so viel Mumm hat.*«

Sie lächelte matt.

»O doch. Du kennst eine Menge solcher Leute.«

Er griff nach ihrer Hand und führte sie durch den langen Flur. Vorbei an ein paar offenen Türen, hinter denen Bedienstete sich beschäftigt gaben, aber Andie war sich sicher, dass sie lauschten. Auf jedes Wort und jedes Geräusch. Mit einem Mal fühlte sie sich müde und erschlagen. Die lange Reise, die Geschehnisse der letzten Tage, alles prasselte nun ungefiltert auf sie ein und sie fühlte sich so unendlich schwach, dass sie sich am liebsten auf dem Boden zusammengerollt hätte.

Dane führte sie eine Treppe hinauf und dann in ein weitläufiges Zimmer. Vielleicht ein Gästezimmer? Ein großes Himmelbett befand sich darin und Andie steuerte sehnsüchtig darauf zu. Achtlos warf sie ihre Handtasche daneben und ließ sich anschließend einfach fallen. Sie hörte, wie Dane die Tür schloss und zu ihr kam, sich neben sie sinken ließ und ihr über das feuchte Haar strich.

Seine Finger umschlossen für einen Moment ihr Handgelenk, auf dem sich immer noch die Kruste befand, die sein Biss hervorgerufen hatte. Mit einem sachten Kratzen seines Fingernagels war sie fort und er führte ihre Hand zum Mund, auf dem ein wenig Blut glänzte, hervorgerufen durch seine scharfen Zähne. Nur schwach konnte Andie dieses Mal seine Stimme hören. »Ich bin so stolz auf dich. Du hast so viel Mut.«

Sie seufzte leise. »Ich sagte schon, ich bin gar nicht so mutig. Das liegt an dir …«

Er lächelte sie an, ließ ihre Hand wieder los und schloss sie in seine Arme, bis Andie schließlich einschlief.

***

Andie hatte keine Ahnung, wie spät es war, als sie wieder erwachte. Aber Dane war nicht bei ihr. Vorsichtig setzte sie sich auf und machte Licht. Kein Zettel in ihrer Nähe. Wohin war er gegangen? Sicher sprach er allein mit seinen Eltern. Schließlich war er genau deswegen hier. Um sich von ihnen loszusagen. Von ihnen und der erzwungenen Heirat. Wer hätte gedacht, dass auch uralte Vampire ihren Eltern in solchen Fragen zu gehorchen hatten?

Andie schlüpfte aus ihrem Bett. Sie hatte immer noch die Klamotten vom Abend an, offensichtlich war sie einfach eingeschlafen. Nur ihre Schuhe lagen neben dem Bett. Jemand hatte ihren Koffer aus dem Auto geholt, er stand fein säuberlich neben dem Kleiderschrank.

Neugierig öffnete sie die Zimmertür. Was es wohl so des Nachts im Haus eines Vampirclans zu entdecken gab? Sie tastete sich im dunklen Flur vorwärts und fand schließlich auch die Treppe. Unten brannte Licht, denn dort wurde es heller. Als sie am Fuß der Treppe ankam, entdeckte sie, dass eine der Türen offen stand und der Lichtschein von dort herrührte.

Im selben Moment hörte sie Stimmen.

»Es ist mir vollkommen gleich, dass sie nett ist. Deine Ehe sollte vorteilhaft sein. Nicht dir gefallen. Teufel noch mal, du bist über dreihundert Jahre alt. Was kümmert dich deine Gemahlin? Such dir zehn Frauen für nebenher. Aber du beleidigst nicht die Basarabs, indem du so ein gewöhnliches Suburban-Mädchen heiratest.«

Midas hatte nicht sonderlich laut gesprochen, doch die Autorität in seiner Stimme machte Andie Angst. So klang jemand, der es gewohnt war zu befehlen.

»Schau doch, wie alt du bist. Wie alt du werden wirst«, klang nun auch die Stimme von Danes Mutter durch den Flur. »An Liebe denkt man doch nach ein paar hundert Jahren nicht mehr.« Sie sagte das so geringschätzig, dass Andie dachte, Midas würde böse werden. Doch der schien das ganz normal zu finden.

»Wie lang kannst du sie überhaupt kennen? Ein paar überschwängliche Gefühle – wie es bei Jungspunden wie dir eben hin und wieder passiert. Also? Wie lang kennt ihr euch?«

Nicht lang, beantwortete Andie die Frage im Geiste. *Gar nicht lang. Wir haben uns gesehen und das wars. Danach bin ich nie wieder von ihm weggekommen. Aber wie er fühlt, das weiß ich nicht. Vielleicht ist es so, wie sein Vater sagt. Jemand, der so alt ist wie er … was will er mit jemandem wie mir? Einer armen Kirchenmaus, die nichts als Ärger mit sich bringt durch das, was sie ist.*

»Ein Werfuchs«, versetzte Erzsébet wütend. »Geht es noch etwas vulgärer? Willst du deine Eltern einfach nur beschämen? Wie hast du dir das gedacht? Die Basarabs haben Einfluss. Weltweit. Was denkst du, was mit dem Geschäft deines Vaters geschieht, wenn sie sich gegen uns wenden? Mit uns? Mit dir? Mit deinem vulgären Mädchen, hm?«

Andie wusste nicht, was Dane ihnen antwortete, aber Erzsébet begann schallend zu lachen.

»Ich, mein Lieber, wusste wenigstens, wo die Grenze war. Mit wem man sich gut stellt und was man tunlichst vermeidet. Dass sie mich eingekerkert haben, war ein bedauerlicher Zwischenfall aufgrund meines jugendlichen Leichtsinns. Zum Glück kannte ich die richtigen Leute. Du hingegen kennst niemanden und legst auch keinen Wert auf gute Verbindungen oder die richtigen Freunde, du störrisches Biest.«

»Apropos Biest. Deine Verlobte sitzt draußen auf der Treppe. Komm doch rein, Füchschen.«

Midas erschien in der Tür. Sein hübsches Gesicht war zu einem Lächeln verzogen, das seine Augen nicht erreichte. Obwohl sie fast dieselbe Farbe besaßen wie Danes, fehlte ihnen deren Wärme. Ein Hai würde sein Opfer mit mehr Zuneigung und Menschlichkeit betrachten, als es Midas gerade tat.

Andies Herz raste. In diesem Moment bereute sie, sich auf dieses gefährliche Spiel eingelassen zu haben. Wäre es nicht besser gewesen, sich irgendwo anders zu verstecken und zu hoffen, dass sich Corona irgendwann beruhigte oder dieser verrückte Werwolf von ihr abließ?

Sie konnte nicht weiter hier herumlungern. Danes Eltern hassten sie, obwohl sie sie nicht kannten. Das war in Ordnung, die meisten Eltern reagierten ja so auf die ersten Freunde oder Freundinnen ihrer Töchter und Söhne. Fast wollte ein hysterisches Glucksen in ihr aufsteigen – der jahrhundertealte Sohn einer Vampirfamilie konnte doch wohl kaum mit normalen Jugendlichen oder jungen Leuten verglichen werden. Bestimmt hatte er auch schon mindestens genauso viele Freundinnen mit nach Hause gebracht, wie er alt war. Woran sich Midas und Erzsébet stießen, war ihre angebliche Verlobung.

Sie erhob sich mit so viel Eleganz wie möglich. Was nicht sonderlich viel war, da ihre Beine zitterten. Entsetzt bemerkte sie, dass das Oberhaupt der Lancasters ihr galant den Arm hinhielt. Machten das Vampire so, bevor sie sich auf ihre Beute stürzten und ihr die Kehle aufrissen?

Sie hob das Kinn und sah ihn direkt an, während sie ihre Hand auf seinen Bizeps legte. »Ich …« Sie schluckte. »Ich wollte nicht stören.«

»Nur lauschen, Füchschen? Ich verstehe.« Er übte keinen Druck auf sie aus und dennoch führte er sie in einer derart dominanten

Art in den Raum, dass Andie wusste, er wies sie auf ihren Platz. Fehlte nur noch, dass er ihr gebot, sich auf dem kostbaren Teppich zu seinen Füßen niederzulassen. Stattdessen hielt er vor einem zierlichen Stuhl ohne Armlehnen, der jedoch mit so fein verziertem Stoff bezogen war, dass sie sich kaum traute sich zu setzen. Natürlich tat sie es trotzdem. Ihr Blick suchte Dane, der vor dem glimmenden Kamin stand und den Ellenbogen auf dem Sims abgestützt hatte. Er wirkte nachdenklich, doch auf seinen Lippen kräuselte sich ein Lächeln. Ein echtes. Nur für sie.

Andie atmete tief ein und aus, verschränkte die Hände in ihrem Schoß und beschloss, den weiteren Verlauf dieses offensichtlich mehr als unangenehmen Gesprächs abzuwarten.

Kapitel 12

Dane seufzte innerlich. Von all den schiefgelaufenen Plänen in seinem Leben war dieser hier drauf und dran, sich in die Top drei zu schieben. Er hatte natürlich gewusst, dass Midas und seine Mutter nicht erfreut sein würden, wenn er mit einer Verlobten auftauchte, die weder zu irgendeinem Hochadel noch zu einer Berühmtheit gehörte. Dennoch … Sie waren der stärkste Vampirclan in ganz Nordamerika, sie mussten keine archaischen Verbindungen eingehen, um noch mächtiger zu werden. Hätten sie sich nicht einfach mal für ihn freuen können? Sie lebten mittlerweile im einundzwanzigsten Jahrhundert, verdammt noch mal!

Trotz ihres ungünstigen Timings stieg Wärme in ihm hoch, als Andie erschien. Dieses Mädchen hatte etwas an sich, das ihn beruhigte, obwohl er sich zusammenreißen musste, Midas nicht von ihr wegzustoßen.

Das Kitz gehörte ihm! Er unterdrückte ein Grollen, das sich wahrscheinlich bis auf die Geistverbindung mit seinen Eltern ausgedehnt hätte. Er wollte keinen Kampf. Keinen Streit. Keine Machtspiele.

Wenn es nach ihm ginge, würde er sich auf der Stelle Andie schnappen und in ihr Zimmer zurückziehen, um sich die nächsten drei Tage allein ihr und ihrem Körper zu widmen. Ihre Bedürfnisse, ihre Leidenschaften herauszufinden, wäre eine Aufgabe, die all sein Tun und Denken in Anspruch nehmen würde, doch nein.

Er durfte sich hier im Arbeitszimmer seines Vaters wie ein ungezogener Junge abkanzeln lassen. Es wurde schwieriger, seine Wut im Zaum zu halten. Dieses verdammte Temperament hatte er von Erzsébet geerbt.

Ein Erbe, auf das er durchaus hätte verzichten können.

»Gefällt dir, was du siehst, Füchschen?«

Provozierte Midas ihn mit Absicht? Wieso wagte er es, *seine* Sirene mit einem Kosenamen zu bedenken, diesen aber so abschätzig klingen zu lassen? Dane ballte die Fäuste, rührte sich jedoch nicht.

»Es ist unglaublich schön hier, Mr Lancaster«, versicherte Andie mit ehrlicher Bewunderung in der Stimme.

»Daher weht also der Wind.« Erzsébet schlich auf Katzenpfoten näher. »Du dachtest, du suchst dir einen reichen Sprössling aus guter Familie, bezirzt ihn ein bisschen mit deinen mageren Reizen und setzt dich ins gemachte und teure Nest?« Beim Lächeln zeigte sie ihre scharfen Reißzähne, die länger und länger wurden.

»Mutter!«, fuhr Dane sie über die Geistverbindung an, doch sie drehte sich nicht einmal nach ihm um. Er war drauf und dran dazwischenzugehen, als etwas Überraschendes geschah.

Andie erhob sich und trat seiner Mutter entgegen. Erzsébet war keine große Frau, doch ihr herrisches Auftreten ließ das viele vergessen. Jetzt standen sich die beiden Frauen gegenüber und maßen sich mit Blicken, die Medusa neidisch gemacht hätten.

Selbst Midas wich ein paar Schritte zurück, um sich auf der anderen Seite des Kamins in der gleichen Haltung abzustützen, wie es Dane tat. Seine Augen funkelten – er erwartete einen interessanten Schlagabtausch. Nichts liebte er mehr als einen Kampf auf Leben und Tod, mochte er verbal oder tatsächlich mit Waffen ausgeführt werden.

»Mrs Lancaster, ich bin Ihnen Respekt schuldig, weil sie die Mutter meines … Verlobten sind. Doch um Respekt für Ihre Person zu empfinden, müssten Sie jemand sein, den ich achten kann.« Dane blinzelte. Hatte das wirklich gerade sein schüchternes Kitz gesagt?

Midas schnaubte, als würde er ein Lachen unterdrücken, doch

natürlich vernahm Erzsébets scharfes Gehör auch das. Ihre alabasterfarbene Haut färbte sich in einem sanften Rot – nie ein gutes Zeichen, denn es deutete auf Blutdurst. Je dunkler, desto unstillbarer ihre Gier.

Dane stieß sich von seinem Platz ab, nur um von der stählernen Hand seines Vaters zurückgehalten zu werden. »Bleib!«, befahl Midas in seinem Kopf. »Ich gebe dir mein Wort, dass ihr nichts passiert. Nicht jetzt und hier jedenfalls.« Sein Wort war Midas mehr wert als alles Gold der Erde, weshalb Dane gehorchte, wenn auch widerwillig.

»Wie bitte?« Erzsébets Stimme war leise und sehr deutlich. Jeder mit auch nur einem Hauch Verstand spürte die Gefahr, die in ihr mitschwang, und ihr unausgesprochenes »Lauf! Lauf jetzt und so weit, wie du kannst, bevor ich dich zerreiße!«

Doch ausgerechnet Andie, diese junge, zurückhaltende Frau, ließ sich von ihr nicht mehr einschüchtern. Die Art, wie seine Eltern sie behandelt hatten, musste ein Feuer geweckt haben, das jetzt in ihren Augen loderte. Wäre Dane ein normaler Mensch gewesen, es hätte ihm den Atem stocken lassen, doch auch so hatte er das Gefühl, sein Brustkorb verenge sich.

Die Kleine hob stolz den Kopf. »Sie haben mich genau verstanden. Sie haben keine Ahnung, wer ich bin. Sie kennen mich nicht. Aber das ist Ihnen egal. Anstatt sich für Ihren Sohn zu freuen oder wenigstens zu warten, bis Sie Beweise für Ihre absurde Behauptung finden, halten Sie und ja, auch Sie, Mr Midas Lancaster« – sie wirbelte auf dem Absatz herum und funkelte Danes Vater an, bevor sie sich wieder Erzsébet zuwandte – »es schon allein bei meinem Anblick für erwiesen, dass ich nur auf das Geld Ihres Sohnes aus bin. Aber wissen Sie was?« Ihre Stimme gewann an Kraft, wurde nicht lauter, aber erhielt eine unbeschreibliche Intensität, die jeden in diesem Raum zwang, sich ihr zu stellen.

Ihrer Wut, erkannte Dane. Sein Kitz war wütend und sie ließ sie heraus. Und dann war er es, der schnaubte, denn Andie war nicht wütend, weil sie beleidigt wurde. Ihr Zorn speiste sich aus der Ungerechtigkeit, mit der sie ihn behandelt glaubte.

»Das ist so eine dermaßen unverschämte Dummheit und Gemeinheit Dane gegenüber, und das ausgerechnet von seiner eigenen Mutter! Sehen Sie ihn doch an. Das ist *Ihr* Sohn. Wissen Sie eigentlich, wie wunderbar er ist? Haben Sie auch nur eine Vorstellung davon, wie er fühlt, denkt oder leben möchte? Sie …« Andie rang nach Luft, war aber noch lange nicht fertig. »Er hat sich einer rasenden Werdrachin in den Weg gestellt, um mich zu beschützen! Er hat ein Lächeln für jedermann, er wird von denen, die ihn kennen, geachtet und respektiert. Und wissen Sie auch warum? Nicht, weil er so schön ist, dass man ihn einfach nur ansehen möchte. Nicht, weil er Geld hat oder einer reichen und mächtigen Familie angehört. Nicht, weil er den Namen Lancaster trägt oder ein Vampir ist. Nein! Weil er gut ist. Weil er seine Umgebung wahrnimmt und freundlich ist, weil er sich eben nichts darauf einbildet, ausgerechnet von Ihnen abzustammen. Und Sie fragen sich, warum ich mich in ihn verliebt habe?«

Nach den letzten Worten presste sie mit aufgerissenen Augen ihre Finger vor den Mund, als hätte sie etwas preisgegeben, das ein Geheimnis hätte bleiben sollen.

In Danes Adern rauschte das Blut. Sie liebte ihn? Konnte das wahr sein? Nach dieser kurzen Zeit? Spürte sie die gleiche tiefe Verbindung zu ihm wie er zu ihr?

Erzsébet war die älteste Vampirin, die Dane kannte, und doch war ihr mit Sicherheit noch nie jemand so begegnet. Sie öffnete den Mund – nicht um eine scharfe Erwiderung anzubringen, sondern um ihren ohnehin bereits scharfen, langen Zähnen mehr Platz zu bieten. Ihre helle Haut glänzte jetzt in einem tiefen Rot.

Andie warf den Kopf zurück, dass ihr mahagonifarbenes Haar über ihre Schultern glitt. »O bitte. Sie wollen mich mit Ihren überragenden Vampirkräften angreifen, weil ich es wage, Ihnen die Wahrheit zu sagen? Sie müssen bei all Ihrer Macht und Ihrem Alter ein wirklich armseliges Leben geführt haben, wenn Sie auf Argumente, auf die Sie keine Worte mehr finden, mit Gewalt reagieren.« Sie machte eine Handbewegung, als wollte sie eine Fliege verscheuchen. »Nur zu. Tun Sie, was Sie nicht lassen können. Bestimmt fühlen Sie sich danach viel besser.« Sie wagte es tatsächlich, den Kopf zu neigen und ihren Hals zu entblößen.

Sie musste wahnsinnig geworden sein.

Sie *war* wahnsinnig.

Sie war atemberaubend. Selbst ohne Atem.

Etwas hielt Erzsébet wie gebannt an Ort und Stelle. Es war, als könnte sie nicht fassen, wie ihr so ein hübsches Rehkitz gegenübertrat. Je länger sie Andie mit diesem ungläubigen Ausdruck anstarrte, desto mehr veränderte sich ihr Gesichtsausdruck.

Dane spannte sich an, das Wort seines Vaters hin oder her.

Midas zeigte ihm ein jungenhaftes Grinsen und hielt die geballte Faust hoch, aus der er plötzlich erst den Zeigefinger, dann den Mittelfinger und schließlich den Ringfinger emporschießen ließ.

»Drei, zwei, eins …«, formulierten seine Lippen lautlos.

Dann passierten mehrere Dinge gleichzeitig. Dane stürzte los, um seine Mutter davon abzuhalten, das Kitz in der Luft zu zerreißen, wurde jedoch im selben Moment gepackt und mit der gesamten Kraft, die Midas aufbieten konnte, zurück an den Kaminsims geschleudert. Seine Rippen knackten, doch er ignorierte den Schmerz, weil jetzt er derjenige war, der nur ungläubig starren konnte.

Erzsébet legte den Kopf in den Nacken und lachte. Ihre Hautfarbe hatte innerhalb der letzten Sekunden ihre Reinheit zurückgewonnen, die langen Zähne waren verschwunden.

»Bei Hera!«, rief Erzsébet und kicherte wie ein junges Mädchen. »So viel Spaß hatte ich nicht mehr, seit ich mit Ptolemaios nackt im Nil baden war. Und da war ich dreizehn.« Sie prustete.

»Nackt baden? Maaaaaaaaaa!«, stöhnte Dane über ihre Geistverbindung.

Noch immer ignorierte ihn seine Mutter. Sie beruhigte sich und sah Andie mit einem berechnenden Gesichtsausdruck an.

»Mir scheint, ich habe dich unterschätzt, Mädchen.«

»Mein Name ist Andressa, falls Ihnen Andie zu informell ist«, entgegnete das Kitz leise, aber deutlich.

»Oder so.« Erzsébet kehrte zu ihrem Diwan zurück und ließ sich grazil darauf nieder. Erst jetzt wandte sie sich ihren Männern wieder zu. »Würdet ihr euch setzen? Dieses Herumlungern könnt ihr in New York praktizieren, nicht hier.«

Midas und Dane beeilten sich ihren Worten Folge zu leisten. Wie eine Raubkatze ließ sich sein Vater neben Erzsébet nieder, zog ihre Hand an seine Lippen und murmelte: »Wie du wünschst, meine Königin.« Dane zog sich einen Sessel neben Andie. Er würde nicht mehr zulassen, dass seine Mutter sie unter Druck setzte. Obwohl er den Eindruck hatte, dass sie seine Unterstützung nicht mehr brauchte. Sie hatte sich wunderbar geschlagen, viel besser, als er es gekonnt hätte. Er musste zugeben, ohne sie wäre es wahrscheinlich früher oder später zu einem Ausbruch von Gewalt gekommen. Vampire mochten ihren Anschein von Aristokratie und Contenance lieben, doch im Endeffekt waren sie das, was die Natur aus ihnen gemacht hatte: Raubtiere.

Erzsébet wartete huldvoll, bis er sie wieder losließ. »Nun«, sagte sie dann in bedeutend gemäßigterem Ton als vorher. »Die Sache ist die, Andressa …« Sie legte den Kopf schief. »Franklin, richtig? Irgendeine Chance, dass du wenigstens mit Benjamin verwandt bist?«

Andie runzelte die Stirn. »Reden wir gerade von dem Gründervater und Politiker?«

»*Wir* vielleicht nicht. Aber ich.« Die Arroganz kehrte in Erzsébets Stimme und Haltung zurück. Jetzt war sie ganz die Herrscherin, die mit ihren Untertanen sprach.

»Ich fürchte nicht«, gab Andie zu. »Meine Familie stammt eigentlich aus Europa, England, um genau zu sein.«

Danes Mutter rollte mit den Augen. »Kindchen, alle Amerikaner stammen ursprünglich aus Europa, vorausgesetzt sie laufen nicht in Felle gehüllt herum und erledigen ihre Feinde mit Pfeil und Bogen.«

Dane konnte ein Lächeln nicht unterdrücken, als sich Andie straffte. »Verzeihen Sie vielmals, aber ich fürchte, ich kann nicht mit einem großartigen Stammbaum aufwarten. Es tut mir auch leid, dass ich nicht fähig bin, genau wie Sie Namedropping zu betreiben und damit zu prahlen, dass ich schon mit Jefferson und Lincoln am Tisch gesessen habe. Ich bin, wer ich bin, und das ohne eine mächtige Familie hinter mir.«

»Du meine Güte«, murmelte Midas. »Abraham war ein Kretin. Ein Holzfäller durch und durch. Ich mochte Benjamin lieber, der war zumindest in der Lage, ein vernünftiges Schachspiel in Gang zu halten.«

Andie sah zu Dane herüber. Ihre Mundwinkel zuckten. Er hob eine Augenbraue. »Siehst du, was ich meine?« Sie schüttelte lachend den Kopf. »Wahrscheinlich nicht. Bestimmt findest du es völlig normal, berühmte oder berüchtigte Leute zu kennen, von denen man ansonsten nur in Geschichtsbüchern liest.«

Midas verschränkte die Arme vor der Brust. »Natürlich findet er das. Seine Eltern sind schließlich selbst der Stoff von Legenden.« Sein Gesicht wurde wieder hart. »Sieh mal, Andressa ohne mächtige Familie. Bei allem, was du für unseren Sohn empfindest oder auch nicht: Dir muss doch klar sein, dass du nicht die Richtige für ihn bist. Wie alt werdet ihr Füchschen? Einhundert Jahre? Zweihundert? Wandler sind nicht dafür bekannt, Methusalems zu sein. In wenigen Jahrzehnten wirst du grau, alt und hässlich sein, während Dane einfach so aussieht, wie er eben jetzt aussieht. Und dann stirbst du. Willst du ihn wirklich zwingen, unter diesen Umständen ein Eheversprechen einzuhalten, das er dir gegeben hat? Davon hat niemand etwas. Du nicht. Er nicht. Die Familie nicht.«

In Dane brodelte es. In gewisser Weise stimmte, was Midas sagte – Wandler wurden nicht so uralt wie Vampire oder andere Rassen. Es hatte etwas mit ihrem überschäumenden Metabolismus zu tun, sie verbrannten einfach schneller. Das galt allerdings nicht für Sirenen. Wenn es eine Suburban-Art gab, deren Lebenszeit der von Vampiren Konkurrenz machen konnte, dann waren das abgesehen von Furien auch die Sirenen.

Andie griff nach Danes Hand, sah jedoch nur seinen Vater an. »Midas von der mächtigen Lancaster-Familie. Vorhin beim Abendessen hatte ich zu viel Angst vor Ihnen beiden, um wirklich die Augen aufzumachen, doch jetzt weiß ich, was ich sehe. Was ich zwischen Ihnen beiden sehe.«

»Das wäre?« Dane stellte unbehaglich fest, dass er diese dumme Angewohnheit mit der hochgezogenen Augenbraue wohl von Midas hatte.

»Ich sehe Liebe. Tiefe Zuneigung, Vertrauen, Wärme und Sympathie, wie es nur zwischen einem Paar existieren kann, dass seit einer langen Zeit alles miteinander teilt. Warum wollen Sie Dane Selbiges verweigern, selbst wenn er es nur für ein paar Jahrzehnte oder Jahrhunderte haben könnte?«

Sie hob die Hand, bevor Midas oder Erzsébet in der Lage waren, etwas zu erwidern. »Verzeihen Sie mir, aber ich möchte es wirklich verstehen. Soweit mir bekannt ist, wollen Sie Dane verschachern. An eine europäische Vampirfamilie, die – so das Allgemeinwissen – den Mythos von Dracula stellte. Bin ich so weit richtig informiert?«

Danes Mutter seufzte. Er hatte mal gezählt, sie verfügte über zweihundertdreiundvierzig Arten zu seufzen und jeder dieser Seufzer bedeutete etwas anderes. Dieser hier vermittelte: Ach herrje, wie vulgär ausgedrückt.

»Es ist zumindest sachlich nicht ganz falsch.« Midas lehnte sich zurück.

»Dieser berühmte Vorfahr, Vlad Tepes, glaube ich. Lebt der noch?«

»Nein, die Familie wird von seinem Sohn geführt, Mihlead. Er ist das Oberhaupt der modernen Basarabs. Sein Sohn Sagitario ist in Danes Alter. Und ein paar Töchter hat er.« Dane kniff die Augen zusammen. Sein Vater war erstaunlich entgegenkommend mit Informationen, und das war ungewöhnlich. Midas neigte nicht dazu, etwas preiszugeben, es sei denn, er versprach sich etwas davon.

Andie holte tief Luft. Ihm schien, als hätte sie sich schon einige Zeit mit diesen Gedanken beschäftigt, möglicherweise war das der Grund, warum sie ihn während ihrer letzten Geistverbindung so über die europäischen Vampire ausgefragt hatte. »Also … ich bin natürlich keine Historikerin, aber dieser berühmte Vlad wurde wann geboren? Irgendwann im fünfzehnten Jahrhundert? Das muss doch auf Sie beide und selbst auf Dane wirken, als wäre die Basarab-Familie kaum älter als ich. Warum lassen Sie sich von einer so jungen Familie so unter Druck setzen?«

»Mädchen, wir lassen uns nicht unter Druck setzen«, knurrte Midas. Seine Reißzähne zeigten sich. Dane zog demonstrativ Andies Hand an seine Lippen. Es war schlimm genug, dass er mit seinen Eltern nur im Geistraum kommunizieren konnte, aber er würde den Teufel tun und Andie dieses Gefecht allein bestehen lassen.

Ihm kam ein Gedanke und er erhob sich abrupt, um auf Midas und Erzsébet zuzugehen und ihre Schläfen mit seinen Fingern zu berühren. Es war die einzige Möglichkeit, mit ihnen eine Art Gruppenchat zu bilden und nicht jedem Einzeln zeigen zu müssen, was geschehen war. Er konzentrierte sich und rief die Situation im Wild Dog auf, sorgfältig darauf bedacht, sie nicht Coronas Worte hören zu lassen, die Andie als Sirene enttarnten.

Was er aber laut und deutlich in ihre Köpfe hämmerte, war der Moment, als er sich vor Andie gestellt und gesprochen hatte. »Rühr sie nicht an! Rühr sie nie wieder an! Sie gehört mir!«

Erzsébet riss sich aus dem Geistraum. Ihr Kopf fuhr herum und sie starrte Andie an, als sähe sie das Monster von Loch Ness.

»Das ist unmöglich«, hauchte sie. »Du konntest sprechen!« Unbewusst suchte ihre Hand seine Wange. »Und der Fluch? Der Fluch!«

Er suchte ihren Blick. »Er besteht weiterhin«, verkündete er über ihre Verbindung. »Aber irgendwie gelang es mir, ihn für einen Augenblick zu brechen, und das habe ich Andie zu verdanken.«

Midas blieb erstaunlich still. Er starrte in die Ferne, ohne etwas zu sehen.

Schließlich sprang er auf. »Junge!«, knurrte er. »Einen Fluch dieses Ausmaßes kann man nicht einfach brechen. Mir sind nur zwei Möglichkeiten bekannt: Entweder man zerstört das Objekt, das den Fluch ausgelöst hat, oder …«

Seine Augen verengten sich, sein Kiefer mahlte. »Du hast mich angelogen. Dieses Füchschen ist gar keines, nicht wahr? Sie ist eine verdammte Sirene!«

Kapitel 13

Andies Herz hämmerte so heftig, dass sie das Gefühl hatte, es würde bald aus ihrem Brustkorb ausbrechen. Alles in ihr vibrierte, ihr Kopf dröhnte. Es war zu viel, viel zu viel. Sie war abgrundtief erschöpft und diese Konfrontation mit Danes Eltern drohte sie zusammenbrechen zu lassen. Trotzdem hatte sie bis zuletzt gehofft, sie würden zumindest mit der Wandlergeschichte nicht auffliegen. Sie hatte völlig umsonst das rohe Kaninchen hinuntergewürgt!

Ihr wurde wieder schlecht.

Midas und Erzsébet wirkten, als wären sie einem Gemälde von Hieronymus Bosch entstiegen. Sie hatten ihre Zähne vollends entblößt, sie fauchten, hatten blutunterlaufene Augen und ihre zu Krallen verformten Finger krümmten sich vor purer Angriffslust.

Dane stellte sich vor sie und schirmte Andie von ihnen ab. Sein Körper strahlte eine ungeheure Hitze ab, nichts war von der Kühle des Vampirs geblieben. War das ein Vampir im Kampfmodus? Wollte sie das überhaupt wissen?

Er würde sich ihretwegen mit seinen Eltern überwerfen, vielleicht sogar kämpfen. Das konnte sie nicht zulassen.

Andie schlang ihre Arme von hinten um seine Taille. »Bitte nicht. Greift euch nicht an, verletzt euch nicht meinetwegen«, wisperte sie. Sie schluckte, denn sein Körper fühlte sich an wie eine Marmorstatue, so hart und unbeweglich verharrte er vor ihr.

Eine Idee schoss ihr durch den Kopf. Ein verzweifelter Versuch, das Schlimmste zu verhindern.

Sie erhob ihre Stimme. »*Turn around, look at what you see …*« Es wurde still, so still. Natürlich atmeten Vampire nicht zwingend, aber eine Lautlosigkeit dieses Ausmaßes hatte sie bei ihnen auch noch nicht erlebt. Doch wenn sie nicht nur er-, sondern auch *über*leben wollte, durfte sie jetzt nicht zweifeln und zögern.

Es kommt auf die Absicht an, hatte Dane ihr erklärt, damals, als die furchtbaren Sirenenjäger sie hatten töten wollen. Es war ihr nicht bewusst gewesen, aber tief in ihrem Innern hatte sie nur gewollt, dass sie aufhörten – mit Kämpfen, mit Bewegen, mit einfach allem!

Jetzt wollte sie, dass sich Dane und seine Eltern entspannten, vertrugen, sich liebten, wie sie es normalerweise taten, auch wenn sie alle drei zu stolz waren es zuzugeben.

»*In her face the mirror of your dreams* …« Sie schloss die Augen und während sie sang, während sie sich von ihrer eigenen Musik und der Überzeugung, dass alles gut werden würde, nein, *musste,* treiben ließ, gewannen ihre Töne an Kraft, an Volumen, an Leidenschaft.

Als sie »And *there upon a rainbow is the answer to a never ending story*« erreichte, drehte sich Dane zu ihr um, umschlang sie mit beiden Armen und dann …

Dann konnte sie ihn hören, in genau dem Augenblick, als sie verstummte. »Sie gehört mir. Tötet sie, aber dann tötet auch mich.«

Es war dieselbe raue, gequälte Stimme wie im Wild Dog und doch ließ der dunkle Bariton den Samt darunter erahnen, den er besitzen musste, wenn kein Fluch seine Stimme stahl. Sie ließ ihren Kopf an seine Brust sinken und wartete auf das Unvermeidliche.

Das Unvermeidliche entpuppte sich als Midas, der seinen Sohn von ihr fort- und in seine Arme riss. »Du hast gesprochen. Dieses Mädchen hat gesungen und du hast gesprochen. Sie …« Er brach ab. Danes Mutter beendete seinen Satz. »Sie kann den Fluch brechen«, murmelte sie tonlos. »Wenn es eine Möglichkeit gibt, das Artefakt zu zerstören, dann ist sie die Einzige, die es schaffen kann!«

***

Andie hielt die aktuelle Entwicklung immer noch für einen Fiebertraum. Oder mindestens für ein Wunder. Erst hatten Danes Eltern sie gehasst, dann hatten sie sie töten wollen und nun herrschte plötzlich so etwas wie Frieden zwischen ihnen, obwohl sie ihr gegenüber immer noch sehr kühl auftraten. Doch das machte ihr nichts. Sie hatte nicht erwartet, dass ausgerechnet Midas Lancaster sie künftig in die Arme nehmen und sie bitten würde ihn Daddy zu nennen. Oder sie ab jetzt Kochrezepte mit Erzsébet tauschen würde. Nichts davon erschien ihr erstrebenswert oder realistisch, von daher war sie sogar ganz zufrieden mit dem Ergebnis. Wenn man mal davon absah, dass die beiden immer noch dachten, sie sei mit Dane verlobt. Andie hatte sich nicht getraut ihnen die Wahrheit zu sagen. Genauer betrachtet war es auch unsinnig, eine Verlobung war nichts, nicht mehr als ein Facebookstatus.

Aber sie schienen es in Kauf zu nehmen. Dafür, dass es eine Möglichkeit gab, Dane seine Stimme zurückzugeben. Erst hatte Andie eine gewisse Bewunderung für Danes Eltern verspürt – sie taten alles, um ihrem Sohn seine Stimme wiederzugeben. Dann erst fiel ihr auf, dass sie es aus egoistischen Gründen taten – welcher Vampirclan wollte schon einen Sonderling zum Sohn? Vor allem wenn man so alt und mächtig war und einen Ruf zu verlieren hatte. Ein stummer Vampir? Selbst für Andie klang das lächerlich und so jemanden hatte sie – mit Ausnahme von Dane – auch noch nie getroffen. Wobei, mittlerweile hatte sie gefühlt alles getroffen. Werdrachen, Werwölfe, Seher, Wandler, Vampire – kurzum alles.

So verbrachte Andie tatsächlich einen ruhigen Tag im merkwürdigen Gruselanwesen der Lancasters. Danes Eltern ließen sie nach dem Frühstück allein und zu ihrem Erstaunen führte Dane sie durch die zahllosen Räume, zeigte ihr die Bibliothek und verschwand anschließend mit ihr in den Wintergarten des Anwesens, wo er sie auf eine Picknickdecke bettete.

Andie hatte nicht für möglich gehalten, dass es noch besser werden konnte zwischen ihnen. Die Nächte, die sie mit Dane verbracht hatte, waren ein heller Lichtpunkt in ihrem Herzen, hin und wieder von der Scham über sich selbst verdrängt, aber an diesem Tag fegte Dane sie einfach weg. Was gab es da, dessen man sich schämen musste? Dane war die pure Lust. Er war wie ein Raubtier und sie gab sich ihm hin. Nicht weil er es so wollte. Weil sie es wollte. Er küsste ihren sich aufbäumenden Körper. Immer und immer wieder. Als Dane von ihren Brüsten abließ, schob er sich langsam an ihrem Körper hinunter. Andie riss die Augen auf und starrte ihn erschrocken an. Er würde doch nicht?

Seine blauen Augen trafen auf die ihren, als er den Kopf hob und sie ansah. Das schiefe Grinsen in seinen Mundwinkeln zeigte nichts als Freude. Und dann ... tat er das Unglaubliche. Er presste sein Gesicht gegen ihre Weiblichkeit. Andie wusste nicht mehr ein noch aus. Sie selbst hatte sich dort unten höchstens im Schutze der Nacht zu berühren getraut und jetzt betrachtete es dieser Mann, als hätte er soeben die Wunder dieser Welt entdeckt. Jeglicher Gedanke verließ sie, als seine Zunge mit ihr zu spielen begann und sich unvermittelt in ihrer feuchten Hitze versenkte. Er liebkoste sie langsam, bedächtig, züngelte um ihre Perle, trank wie ein Verdurstender von ihrem kostbaren Nektar. Ein Finger, der in sie eindrang, unterstützte diese sündhafte Zunge und Andie bäumte sich auf, als ein zweiter schlanker Finger folgte. Etwas in ihr zog sich zusammen, wurde warm, nein, heiß, immer heißer und intensiver und verlangte danach, freigelassen zu werden. Alles konzentrierte sich auf ihren Unterleib. Andie schrie, als eine Welle sie überspülte, und sie wurde von der nächsten und übernächsten und noch mehr Wellen überrollt, die sich auftürmten und über ihr brachen. Nichts in ihrem Leben hatte sie so viel Atemlosigkeit und Ekstase empfinden lassen, niemals hätte sie geglaubt, zu solchen Empfindungen fähig zu sein. Sie trieb in einem Strom flüssigen Glücks, schwebte weit über allem

Irdischen und wünschte, niemals wieder zur Erde zurückkommen zu müssen.

Wie es schien, musste sie das auch nicht. Dane war offensichtlich der Meinung, er sei noch lange nicht fertig mit ihr. Wieder bewegte er seine Zunge und innerhalb weniger Augenblicke befand sich Andie zurück in diesem Zustand der Euphorie. Nur noch wenige Zungenschläge und sie würde …

Fast hätte sie aufgestöhnt, als er abrupt von ihr abließ, doch sie hatte keine Zeit, sich zu beschweren. Sein fiebrig heißer Körper schob sich wie in Samt verpackter Stahl über sie. Ihre Erregung steigerte sich noch einmal, obwohl sie geschworen hätte, dass das unmöglich der Fall sein konnte, als sich Dane nach vorne beugte und mit seiner Zunge in ihren Mund eindrang. Sie schmeckte sich selbst an dem beweglichen, starken Muskel und konnte ein weiteres Stöhnen nicht unterdrücken.

Er streichelte sie weiter, zärtlich, ohne Hast, an ihrem feuchten Eingang und hob den Kopf, als wolle er sie um Erlaubnis bitten.

Erlaubnis? Er musste verrückt sein, wenn er dachte, dass sie ihn jetzt noch gehen ließ. Auffordernd bewegte sie ihr Becken, rieb sich an seiner glühenden Männlichkeit. Andie warf den Kopf zurück und presste sich stärker an ihn. Erleichterung durchflutete sie, als er endlich aufhörte sie zu quälen und in sie eindrang.

Sie fühlte sich eins mit ihm, nicht nur durch ihre Körper, auch ihr Geist, ihre Seele drängte sich zu ihm, wollten ihm gehören, sich mit ihm verbinden, für jetzt und alle Ewigkeit. Der Gedanke erschreckte sie nicht, brachte sie nur dazu, sich seinem Rhythmus hinzugeben. Die Hitze, die Reibung, sein wundervoller Körper, der wundervolle Dinge mit ihr anstellte, trieben sie höher und immer höher und wiederum verspürte sie, dass sich alles in ihr zusammenzog, bis es in ihr pulsierte, sie seine Männlichkeit wie mit einem samtenen Handschuh packte und alles von ihm verlangte, alles.

Und er hielt nichts vor ihr zurück. Ein Strom heißer Flüssigkeit schoss aus ihm hervor, als der Orgasmus ihn überwältigte und sie beide mit sich riss. Andies zweiter Höhepunkt war noch gewaltiger als der erste und er dauerte an, schien immer wieder von vorn zu beginnen, bis die Lust sie schließlich völlig ihre Hemmungen verlieren ließ. Sie keuchte und rang nach Luft, doch sie musste es ihm sagen, musste ihm zeigen, wie sehr es ihr gefiel.

»Dane!«, keuchte sie. »Dane!«

Sterne tanzten vor ihren Augen, wurden geboren und verglühten und schließlich stürzte sie sich kopfüber hinein in diese unendlich tiefe Schwärze.

Als Andie irgendwann (sie wusste nicht, wie viel Zeit vergangen war) in Danes Armen durch die Kronen der Bäume blinzelte, weil die Sonne sie blendete, hatte sie beinahe vergessen, wo sie war und was im Inneren des Anwesens auf sie lauerte.

Dane hielt sie fest, strich hin und wieder über ihre nackte Haut, was Andie eine Gänsehaut bescherte. Wenn es doch nur immer so sein könnte. Aber das konnte es nicht. So einfach war nichts im Leben, davon war Andie mittlerweile überzeugt. Ihr Leben hatte es sie gelehrt. Kurz erwog sie Dane damit zu konfrontieren, aber sie wagte es nicht, den Moment zu zerstören. Der Vampir, der sie in seinen Armen hielt, wirkte mit einem Mal so entspannt. So wenig wild. Nicht gezähmt, sondern in sich ruhend. Als täte es ihm gut, hier mit ihr zu liegen.

Andie lauschte den zwitschernden Vögeln, denn die Dachluken des Wintergartens waren geöffnet, und summte ein Lied ohne Namen. Die Tiere verstummten, sie konnte regelrecht spüren, wie die Erde schwieg und ihr lauschte. Bisher hatte sie nicht mit ihrer Kraft experimentieren können und das hier war so neu, dass sie gegen ihren Willen lachen musste, als ein Kaninchen durch eine der geöffneten Flügeltüren hervorkroch, um ihr neugierig zu lauschen.

Dann fiel ihr wieder ein, wann sie sich das letzte Mal mit einem Kaninchen konfrontiert gesehen hatte, und sie verstummte abrupt, weil sie gegen die erneute Übelkeit kämpfen musste. Uärghs. Kaninchen wäre mindestens für die nächsten dreihundert Jahre tabu.

Die plötzliche Stille, die ihre Stimme hervorgerufen hatte, verflog. Vögel pfiffen ihr Lied und das Kaninchen kehrte zurück in den Park. Dane regte sich. Ob Vampiren eigentlich der Arm einschlief?

Lachend setzte Andie sich auf und beugte sich zu Dane, um ihn zu küssen. Tatsächlich konnte sie sich gar nicht erinnern das je von selbst getan zu haben. Sie war immer diejenige, die darauf wartete, dass Dane zu ihr kam. Warum eigentlich? Sie wollte es doch auch.

»Meinst du, deine Eltern sagen deine eigentliche Verlobung jetzt ab?«, fragte sie ihn.

Er zuckte die Schultern, machte eine Geste, die sowohl Ja als auch Nein bedeuten konnte.

»Wir müssen diesen Fluch unbedingt brechen«, neckte sie ihn. »Man bekommt ja so schon von Männern keine klare Antwort, aber das hier ist noch viel schlimmer.«

Sie sah, wie er den Mund öffnete. Wirkte er etwa empört? Andie musste noch mehr lachen als zuvor schon. Vielleicht war sie ein bisschen verrückt geworden, seitdem sie bei Danes Eltern residierten. Sie lachte viel zu häufig. In den unpassendsten Situationen. Aber was konnte sie dafür? Sie war glücklich in Danes Nähe. Durfte sie da nicht hin und wieder mal lachen?

Dane sah verwirrt aus. Ein über dreihundert Jahre alter Vampir, der verwirrt auf ein Mädchen schaute, das er kaum kannte. Ha – wenn die aus dem Wild Dog wüssten, wie es jetzt um sie stand. So als Sirene und richtige Suburban, die sich mit Danes Eltern messen konnte.

Andie schob Danes gierigen Hände beiseite und griff nach ihrem Kleid.

»Jetzt nicht. Ich bin trotz allem ziemlich menschlich, schon vergessen? Mir tut alles weh.« Sie lächelte ihn an.

Sein Gesichtsausdruck wirkte ein wenig gequält. Unangenehm

berührt. Als vergesse er manchmal, dass sie eben nicht wie er war. Suburban hin oder her. Mochte sie auch nicht viel über Sirenen wissen, so wusste sie dennoch, dass sie beide sich tief in ihrem Inneren unterschieden. So wie sie wusste, dass Dane sie nicht so lieben konnte, wie sie war. Den Gedanken verscheuchte sie wie eine dumme Gans. *Darüber mache ich mir später Sorgen* – das sagte Andie sich immer wieder.

»Oh, schau nicht so. Ich ... Ich möchte nach Hause, Dane. Das musst du verstehen. Ich habe jetzt lange genug deine Freundlichkeit und deinen Schutz ausgenutzt. Aber ich muss mein Leben auch alleine leben können. Nicht nur an deiner Hand. Ich meine, ich habe es auch aus eigener Kraft geschafft, nachdem Tante Dru tot war. Nicht gut – aber ich wurde nicht aus meinem Haus geworfen und ich habe mir Arbeit gesucht. Kannst du verstehen, dass ich nicht immer nur ein Anhängsel sein will, das dir hinterherläuft?«

Dane sah aus, als verstünde er. Andie konnte es fühlen, als er über ihre Wange strich und leicht nickte. Doch gleich darauf zückte er sein Buch, kritzelte hastig darin und reichte es ihr.

»Ich verstehe. Aber ich werde nicht zulassen, dass sie dir ein Haar krümmen. Ich gehe mit dir.«

Andie lächelte. »Das ist aber nicht unbedingt ein selbstständiges ...« Weiter kam sie nicht, denn Dane küsste sie. Als sie erneut ansetzen wollte, schüttelte er energisch den Kopf.

»Okay, okay«, meinte sie und hob die Hände. »Hab ich verstanden. Ich möchte trotzdem, dass du verstehst, dass ich mein eigenes Leben auch irgendwie in den Griff kriegen muss. Ohne dass mir Mr Lancaster Geld, Schutz oder sonst was gibt. Ich mag dich nämlich aus anderen Gründen. Nicht, weil du mich aushältst oder weil du nur ein Fingerschnippen brauchst, um mir eine ganze Armee mitzugeben, wenn ich einkaufen gehe.«

Danes Blick war warm, als sie nach seiner Hand griff und ihm aufhalf.

»Komm. Wir eisen dich jetzt von deiner Verlobten los.«

Sein ratloser Gesichtsausdruck brachte sie nur noch mehr zum Lachen. »Na ist doch ganz einfach. Ich sage ihnen, dass ich dich nur von dem Fluch befreie, wenn sie deine Verlobung mit dieser Prinzessin lösen. Sonst kann die Sirene, die bei euch im Haus wohnt, leider keinen Fluch brechen. Schade aber auch.«

Danes Blick verriet eine gewisse Anerkennung.

»Hey, nicht nur alte Vampire beherrschen Intrigen. Sirenen können das ganz bestimmt auch.«

Kapitel 14

Corona war nicht gerne zu Gast bei Orf. Sie hasste dieses düstere Gemäuer. Drachen flogen durch die Lüfte, sie ließen sich nicht in einer Festung einsperren. Entsprechend gereizt und düster war sie an diesem Morgen, während sie durch ihr Smartphone scrollte und auf Nachrichten von außerhalb lauschte. Sie mochte keine Gefangene sein, allerdings hatte sie eine Jagd angestoßen, an der sie sich nicht beteiligen würde. Dementsprechend blieb ihr gar nichts anderes übrig, als sich im Hintergrund zu halten. Die Sache würde dann auf Orf zurückfallen – nicht auf sie. Zwar rangierten Sirenen in der Hackordnung der Suburbans schon sehr weit unten und beinahe alle Suburbans hassten diese Kreaturen inbrünstig, aber Corona wollte nicht damit in Verbindung gebracht werden. Was kratzte einen Drachen eine Sirene? Sie ließ sich ja nicht einmal von ihr betören. Sirenensingsang prallte an Drachenschuppen ab. Und Corona trug sie in sich.

Eine persönliche Rache hatte nichts auf den Straßen von New York zu suchen. Es hätte ihr nicht gut gestanden, dass sie das dumme Kind nur deswegen zerstören wollte, um sich zu rächen. Viel besser sah es aus, wenn sie sich vornehm im Hintergrund hielt und wartete, bis der Werwolf die Sirene erlegt hatte.

Der stampfende Schritt verriet Orfs schlechte Laune. Er war sehr leicht reizbar und Corona bekam ihn selten zu Gesicht, aber jetzt spürte sie seine Präsenz sofort, als er die Türschwelle zum Wintergarten übertrat, wo Corona sich bevorzugt aufhielt. Drachen mochten es warm.

»Midas steht hinter der Sirene«, fauchte er ohne Gruß und warf sich auf den Stuhl vor Corona.

»Tut er?« Sie konnte sich so ziemlich alles vorstellen, aber nicht, dass Midas Lancaster das lächerliche Kitz protegierte. Er war ein Snob, ein Rassist durch und durch. Ein Vampir musste es für seinen kostbaren Sohn sein. Nicht irgendeiner, nein, eine Vampirprinzessin. Titel – Schall und Rauch für Corona. Nicht für Midas.

Dass er gemeinsame Sache mit der Sirene machte, beunruhigte sie.

»Das heißt, wir müssen uns wirklich mit Midas herumärgern? Was ist mit seiner Frau? Erzsébet lässt doch so etwas nicht zu.«

Die als Blutgräfin berühmt gewordene Erzsébet war so ziemlich der monströseste Vampir, der Corona je vor die Flinte geraten war. Sie beide hatten eine unschöne Vergangenheit, die zwar mit einem Unentschieden geendet, aber eine alte Feindschaft hinterlassen hatte.

Erzsébet hasste alles, was kein Vampir war. Sie tötete aus Freude, aus Vergnügen. Man munkelte zwar, dass Midas sie hatte zähmen können, aber das dumme, rothaarige Mädchen? Nein. Corona konnte sich beim besten Willen nicht vorstellen, dass ausgerechnet die Erzsébet für sich einnehmen konnte. Als Sirene. Allerdings war Coronas letztes Zusammentreffen mit Erzsébet auch dreihundert Jahre her. Vielleicht war sie ruhiger geworden.

»Weiß ich nicht. Wenn Midas den Basarabs eine Absage erteilt, dann muss diese Sirenensache ernst sein. Und er hat! Sagitario ist mit seiner Schwester auf dem Weg hierher«, blaffte Orf. »Ich hätte mir denken können, dass es nur Ärger gibt. Was denkst du wohl, was passiert, wenn die Sirene nun ausplaudert, dass ein paar Jäger hinter ihr her waren? Und Dane – der kann zwar nicht quatschen, aber er wird Daddy schon irgendwie mitteilen, dass es meine Jäger waren. Der ist doch nicht blöd. In was hast du mich nur reingeritten, Corona? Ich sollte dich ...«

Coronas Augen funkelten bedrohlich, als sie den Blick hob. »Solltest was? Vorsicht, Orf, du bist nur ein Werwolf. Nichts weiter.

Wolf gegen Drache – was für ein unfairer Kampf. Und so schnell vorbei.«

»Ich pfeife auf deine Drohungen, du Biest«, zischte Orf. »Ich bin nicht umsonst so alt geworden, wie ich es mittlerweile bin.«

»Ach, ich bitte dich, Orf. Die alte Leier zieht bei mir nicht. Wichtig für dich ist nur, zu wissen, dass du unseren Deal einhalten solltest. Dann bekommst du deine Belohnung.«

»Und was denkst du, was ich gegen Midas' Armeen tun soll? Falls es dir nicht entgangen ist, er entstammt dem größten Vampirgeschlecht dieser Hemisphäre. Der wird nicht klein beigeben, weil Corona mit den Füßen aufstampft.«

Manchmal war Orf bedauerlich schwer von Begriff. Corona jedenfalls hatte bereits eine Strategie vor sich.

»Ist doch ganz einfach. Jetzt, wo die Basarabs so beleidigt wurden, verbünden sie sich sicher auch mit einem Werwolf.«

Orf griff nach der Wasserkaraffe vor sich auf dem Tisch und trank daraus. Wölfische Manieren waren etwas, das Corona schon seit Urzeiten ekelhaft fand.

»Er hat gesagt, er paktiert nicht mit mir«, grollte Orf.

»Klar. Deswegen war er auch hier und kommt jetzt wieder. Wahrscheinlich liebt er einfach nur deine Einrichtung und muss sie sich noch mal ansehen.«

»Ich warne dich ein letztes Mal …«

»Oh, ich fürchte mich ja so, Hilfe, Hilfe«, ätzte Corona.

Vielleicht wurde es Zeit, dass Orf lernte, dass er sich ihrem Willen nicht widersetzen konnte und er sich nicht in der Position befand, sich mit einem Drachen zu messen.

Orfs Temperament war erwacht. Mit einer raschen Bewegung war er auf den Beinen. Die Karaffe und die Gläser stürzten auf den Boden, als sich sein Gesicht verformte, das Fell wuchs und die langen, spitzen Ohren sich bildeten.

Doch noch in der Verwandlung sprang er – halb Mensch, halb

Wolf – auf sie zu und griff nach Coronas Hals. Abrupt spürte sie den Schmerz. Was zum Teufel war hier los? Seit wann drangen seine Klauen durch die schweren Drachenschuppen? Corona regte sich nicht, um keine Schwäche zu zeigen, während Orfs Gesicht mehr und mehr Wolf zeigte.

»Du denkst wirklich, du hättest hier das Sagen, Missy?«, grollte er. Sie konnte sehen, wie das Fell an seinem Hals hervorplatzte.

Hatte Corona sich vorhin nur aus taktischen Gründen nicht bewegen wollen, so konnte sie es nun schlichtweg nicht mehr. Orf hielt sie in seinem Bann, er war mächtig. Mächtiger als je zuvor. Kein Wandler konnte sich mit einem Drachen messen. Welche schwarze Magie hatte Orf konsultiert, dass er ihr die Stirn bieten konnte?

Der verhasste Diener Samuel war es schließlich, der Corona aus dieser Situation befreite.

»Master Orf, die Basarabs sind da.«

Ein Schauer ging durch Orfs halb gewandelten Körper und das Fell zog sich zurück, die Klauen schrumpften und Corona konnte wieder atmen. Sie widerstand dem Impuls, sich den geschundenen Hals zu reiben, und fuhr damit fort, Orf hochmütig anzufunkeln.

Orf schien aus einem Traum zu erwachen, als er sich durch das Haar strich und sagte: »Lass sie herein.«

Seine menschliche Gestalt hatte er nun vollständig zurück. Nur das Wölfische in seinen Augen blieb. Corona versuchte so leise wie möglich zu atmen. Keine Regung zu zeigen. Keine Genugtuung. Keine Furcht. Er durfte nicht merken, wie sehr er sie erschreckt hatte. Oder dass er Oberwasser bekam. Andernfalls hätte Corona nichts mehr in der Hand, um ihn zu kontrollieren.

Abermals Schritte und als Corona sich umwandte, erkannte sie Sagitario und Sumaya.

»Eine Unverschämtheit«, tobte Sagitario sogleich ohne Begrüßung los. »Du hast gesagt, Midas wäre gegen diese Verbindung. Und jetzt? Jetzt hat er mir eine Absage erteilt. Mir!«

Corona stand von ihrem Platz auf und nutzte die Gelegenheit, ein bisschen Abstand zwischen sich und Orf zu bringen.

»Aber Sagitario, das hätte ich doch nicht wissen können. Ich sagte ja, wir müssen die Sirene loswerden. Vielleicht bist du jetzt dabei. Deine ›Kapazitäten‹ wären äußerst willkommen«, sagte Orf nun glatt.

Corona konnte der Unterhaltung immer noch keine rechte Aufmerksamkeit schenken. Fieberhaft zermarterte sie sich das Hirn darüber, woher Orf seine Kräfte hatte. Er war ein schnöder Wandler. Ein dummer Werwolf. Sehr alt. Ja. Seine Familie ebenfalls. Aber das machte niemanden mächtiger als einen Drachenwandler. In keinem Universum dieser Welt. Wie auch? Soweit ihr bekannt war, gab es keine Drachen mehr. Corona vereinte die Kräfte Tausender Ahnen als letzte Überlebende ihrer eigenen Linie. Und sie hütete diese Kräfte eifersüchtig. Wofür brauchte Orf noch sie, wenn seine Klauen Drachenschuppen durchdringen konnten? Hatte er seinen Wer erweitert? Bereits andere Kräfte aufgenommen? Unzählige Fragen nagten an ihr, aber eine Antwort bekam sie nicht.

»Ich will nicht mit dir zusammenarbeiten, Werwolf«, knurrte Sagitario gerade.

Sumaya stand da und sprach nicht. Abermals. Wieso war das Mädchen so passiv und dumm? Konnte oder wollte sie nicht für sich selbst sprechen?

»Es wäre aber klüger. Das ist eine Beleidigung deiner Familie. Und eine Beleidigung deiner Schwester. Willst du es Midas heimzahlen? Dann verbünden wir uns. Willst du einfach nur ein bisschen mit dem Fuß aufstampfen und mit dem Säbel rasseln? Nun, dann mach das draußen. Ich gehe doch recht in der Annahme, dass du mir einfach nur deinen Widerwillen mitteilen willst? Jaja … der blöde Werwolf, eigentlich willst du ja nicht mit ihm arbeiten. Aber die Umstände nötigen dich. Du machst es nicht gern. Fürs Protokoll. Damit die anderen Vampire nicht über dich sprechen. Doch am Ende bist du hier. Das nimmt deine Entscheidung vorweg. Du wärst nicht gekommen, wenn du nicht nach einer Verbrüderung streben würdest. Und natürlich halte ich es so geheim, wie es nur geht.«

»Ich bin nicht hier, weil ich es will«, knurrte Sagitario und deutete auf seine Schwester.

»Ich bin hier, weil *sie* es will.«

»Ach«, machte Orf mit gespieltem Erstaunen.

»Was hast du mit ihr gemacht, dass sie deine Nähe sucht?«

»Meine charmante Art? Mein gutes Aussehen? Ich habe viele Vorzüge.«

Sumaya hob den Kopf und ihr Blick fiel auf Corona. Tatsächlich umspielte ein Lächeln ihre blassen Lippen. Irgendetwas musste geschehen sein, als Sagitario die beiden das letzte Mal alleine gelassen hatte. Corona hatte dem Ganzen nur eine untergeordnete Rolle beigemessen. Ein Mann – eine Frau. Wolf und Vampir zwar, doch beide mit animalisch-menschlichen Trieben. Sie hatte angenommen, dass Orf die Frau begehrte. Aber da schien etwas ganz anderes vorgefallen zu sein. Und es verunsicherte sie. Hatte die Prinzessin Orf irgendwie hörig gemacht? Ihn gar zum Hybriden gemacht? Das würde zumindest seine unbändige Kraft erklären, die ihm eigentlich nicht zustand.

»Ich möchte Orf helfen die Sirene zu vernichten.«

Corona war sich nicht sicher, ob sie Sumayas Stimme bisher je gehört hatte. Aber sie klang, wie das Mädchen aussah. Weich. Wohlgestalt. Eine nahezu himmlische Erfahrung, die Corona einen Schauder über den Rücken jagte.

»Da hast du es«, knurrte Sagitario.

»Ich dachte, deine Schwester wäre dir gleichgültig und du hättest noch sechs weitere«, sagte Orf betont langsam.

»Und? Diese hier wurde beleidigt. Und sie will Dane und seine grässlichen Eltern vom Antlitz dieser Erde tilgen. Was soll ich dagegen sagen?«

»Sie muss seine Eltern verhext haben«, erklärte Orf nun geschäftsmäßig.

Sagitario nickte. »Vermutlich.«

»Also müssen wir unsere Kräfte bündeln.«

»Ja.«

»Dann komm mal mit. Ladys, das ist nichts für eure Ohren. Männerkram. Daran habt ihr sicher keinen Spaß.«

Corona schnaubte verächtlich, als Sagitario und Orf den Wintergarten verließen und sie ausgerechnet mit der ach so tollen Vampirprinzessin allein zurückblieb. Die Chance, etwas herauszubekommen.

»Was hat Orf mit dir angestellt?«, fragte Corona rundheraus.

Sumaya sah sie ratlos an. »Wie bitte?«

»Du hast das schon verstanden, Süße. Was hat Orf mit dir angestellt, dass du ausgerechnet ihm hörig bist? Dein Bruder hat gesagt, du könntest ihn töten, ohne mit der Wimper zu zucken. Und jetzt ergreifst du Partei für Orf gegen deines Bruders Willen? Da stimmt doch etwas nicht.«

»Hast du es nicht gemerkt?«, fragte die Prinzessin mit abwesendem Blick.

»Hä?«, machte Corona.

Gott, was war diese Kreatur anstrengend. Am liebsten hätte sie ihren Wer ausgepackt und dem Weib den Kopf abgebissen.

»Das ist nur ein blöder Werwolf. Nicht dass ich es nicht begrüßen würde, wenn er und dein Bruder ihre Häscher in Richtung Lancasters schicken, aber ich frage mich, welche Rolle du dabei spielst.«

Das Mädchen schlug die Augen nieder. Ihre Wimpern kräuselten sich schon nach oben, so lang waren sie.

Corona fühlte den Zorn in sich aufsteigen, konnte ihn aber kontrollieren.

»Los, verrats mir. Ich sage es auch nicht weiter.«

»Kannst du es nicht sehen?«

»Nein.«

»Dann bist du blind.«

»Jetzt sag bloß, dass du ihn toll findest und nur deswegen zu allem, was Orf will, Ja und Amen sagst.«

»Es ist wie ein Bann. Ich kann nichts dagegen tun.«

Corona schwieg und begann im Wintergarten auf und ab zu laufen. Die großen Palmen spendeten Schatten, denn die Sonne stand hoch am Horizont und keine Wolke war zu sehen. Trotzdem war der Garten angenehm kühl und ließ keine Wünsche offen.

»Es ist wie ein Bann ...«, wiederholte sie.

Kapitel 15

Dane wusste, dass er träumte, doch obwohl er normalerweise in der Lage war, seine Träume zu steuern, gelang es ihm bei diesem nicht. Er probierte es auch gar nicht erst – zu oft hatte er sich bereits in diesem Traum wiedergefunden, ohne etwas ausrichten zu können, also ließ er es geschehen. Anscheinend gefiel es seinem Unterbewusstsein, ihn regelmäßig zu quälen.

Seine Umgebung war dunkel, Kunststück: Sie waren in tiefster Nacht unterwegs. Sogar das Jahr wusste er noch genau: 1874. Von den schwarzen Massen der Bäume tropfte es nass herunter, bis vor wenigen Minuten hatte es noch heftig geregnet. Doch weder die Schwärze der Nacht noch das Wetter störte seinen Freund, der völlig aufgedreht war. Orf Fevre feierte seinen 121. Geburtstag und er wusste genau, wo und wie er ihn begehen wollte. Dane und Orf kannten sich seit einigen Jahrzehnten, hatten sich ausgerechnet bei einer Aktion der Underground Railroad kennengelernt, die Dane unterstützte. Er wusste damals nicht, dass der Werwolf selbst aus einer der reichsten Sklavenhalterfamilien stammte – als er es zufällig herausfand, hätten sie sich beinahe gegenseitig umgebracht, weil er vermutete, dass Orf die Fluchtlinie der Sklaven ausspionieren und auffliegen lassen wollte. Doch Orf hatte ihn von seinen liberalen Ansichten überzeugen können und sich als vertrauenswürdig erwiesen. Er besaß den typischen Südstaatencharme gepaart mit dem guten Aussehen aller Fevres und der männlichen, dominanten Arroganz eines Wers, die ihn für die meisten Frauen unwiderstehlich werden ließ. Seit vor knapp zehn Jahren der Bürgerkrieg zu Ende gegangen war, schien auch sein Interesse an den

Sklaven verloren zu sein und Dane erkannte, dass Orf zwar durchaus ein Mann von Ehre, jedoch in erster Linie jemand war, der sich nur vor einer Sache fürchtete: Langeweile. Er konnte weder den unendlichen Tabakplantagen noch der Pferdezucht seiner Familie etwas abgewinnen und leider hielten seine Eltern nichts davon, ihm die Geldzufuhr zu kappen, um ihm den Wert desselben zu lehren. Er reiste durch die Welt, stellte sich alle paar Jahre neuen Herausforderungen und schaffte es dank seiner Überredungskunst auch immer wieder, Dane mit in seine Abenteuer zu ziehen.

Er liebte Kriege und kämpferische Auseinandersetzungen. Vor einiger Zeit hatte er auf Seiten Russlands im Krimkrieg gefochten, war später wieder in seine Heimat zurückgekehrt, um bei den Sezessionskriegen mitzumischen – wobei er tatsächlich den Nordstaaten diente.

»Ich bin schließlich einer von den Guten«, pflegte er stets mit seinem weichen Südstaatenakzent zu sagen.

Danach trieb er sich herum, erst in Asien, dann wieder in Russland, schließlich hatte es ihn nach Skandinavien verschlagen. Und dort musste er irgendwo und irgendwann über sein neuestes Hobby gestolpert sein: die mythischen Gegenstände der Asen, die ihnen ihre Macht verliehen hatten.

»Du musst das verstehen, Bluttrinker«, waren seine Worte gewesen. »Es gibt keinen einzelnen Gott, der das Universum schuf. Aber es gab und gibt diese übermächtigen Wesen, ich meine – sieh uns an. Selbst wir sind diesen menschlichen Ameisen so hoch überlegen wie Götter – verdammt! Deine Eltern haben sogar einen gottgleichen Status, na ja, wenigstens Erzsébet. Deine Maman war in einem früheren Leben Pharaonin, näher kann man an einen Gott nicht herankommen – es sei denn …

»Es sei denn was?« Dane fläzte zu diesem Zeitpunkt in dem bequemen roten Plüschsessel im Londoner Diogenes Club, wo er sich bis zu Orfs unverhofften Eintreffen mit dem fetten, grauen

Regierungsmann unterhalten hatte, der sich zwar durch äußersten Scharfsinn, aber auch quälende Langeweile in Bezug auf seine Themen auszeichnete. Dankbar hatte er die Ablenkung, die sein amerikanischer Freund bot, angenommen und war mit ihm in eines der Hinterzimmer umgezogen, damit sie ungestört und vor allem in einer ihnen genehmen Lautstärke miteinander sprechen konnten.

»Es sei denn, man besitzt gewisse Hilfsmittel.« Orf lachte, als wäre er betrunken, was er allerdings nie war. Bereits ganz zu Beginn ihrer Freundschaft hatte er Dane einmal anvertraut, dass er den Kontrollverlust dabei hasste. Und es war ohnehin schwer, einen Suburban richtig betrunken zu machen.

»Als da wären?«

Der Südstaatler machte eine abwertende Handbewegung. »Sagen wir ... Artefakte. Gewisse Dinge mit Macht. Thors Hammer. Odins Speer oder Heimdalls Horn. So was.«

Dane konnte nur starren, bis er begriff. »Du nimmst mich auf den Arm, oder? Hättest mich beinahe erwischt!« Er prostete ihm anerkennend mit seinem Glas zu.

Doch Orf lachte nicht mit.

»Warte.« Dane setzte sein Glas ab, ohne von dem qualitativ hochwertigen Brandy genippt zu haben. »Du meinst das ernst. Du meinst das wirklich ernst?«

Orf nickte. »Aber so was von!« Er rutschte auf seinem Sessel so weit nach vorn, dass sich ihre Knie berührten. »Und ich habe auch herausgefunden, wo sich eines dieser Artefakte befinden könnte. Ich will dahin und es ausgraben, Dane. Und ich will, dass du dabei bist. Diese Sachen haben Macht, große Macht. Ich brauche jemanden an meiner Seite, dem ich traue, dass er notfalls das Richtige tut.«

»Das Richtige tut«, echote Dane.

»Genau. Du kennst mich und weißt, dass ich auf so eine Mission nicht unvorbereitet gehe. Ich habe recherchiert. Menschen könnten echte Artefakte meistens nicht mal berühren, ohne draufzugehen. Aber besondere Individuen – vermutlich Suburbans – können auserwählt werden. Wenn sie sich als würdig erweisen. Wenn sie sich im Angesicht des Artefakts bewähren.«

Dane runzelte die Stirn. »Und falls nicht?«

Orf zuckte nonchalant mit den Schultern. »Da sind die von mir eingesehenen Dokumente nicht ganz eindeutig. Scheint das Äquivalent eines göttlichen Klapses auf den Hinterkopf zu sein. Nichts, was solche wie uns umbringen könnte.« Er grinste wie ein kleiner Junge, der zu Weihnachten die von ihm heiß ersehnte Spielzeugeisenbahn bekommen hatte. »Komm schon, gib dir einen Ruck. Deine angeblichen Studien hier sind doch nichts weiter als dein Versuch, so weit wie möglich aus Midas' und Erzsébets Reichweite zu gelangen. Ich wette, du langweilst dich. Komm mit. Ich versichere dir, es wird ein großer Spaß!«

Berühmte letzte Worte, dachte Dane jetzt, als er zusammen mit Orf einen Berg im Deutschen Reich hinauftrottete. Der Werwolf trug ein blaues Hexenlicht bei sich, das in einer gläsernen Kugel leuchtete. Sie brauchten es nicht, um den Ästen und Zweigen der Bäume auszuweichen, denn sowohl Werwölfe als auch Vampire sahen hervorragend im Dunkeln. Doch mit dieser Kugel hatte es angeblich eine besondere Bewandtnis.

»Erhielt ich von einer Lady aus La Nouvelle-Orléans. Madame Laveau hat ein Händchen für Nekromantie und alles, was damit zu tun hat, wie zum Beispiel das Finden von totgesagten Gegenständen.«

»Und du glaubst, dieses billige Ein-Dollar-Lichtchen führt uns wirklich zu einem göttlichen Artefakt? Eine Voodoo-Lady, was sie zweifellos war, mit der Fähigkeit, nordische Artefakte aufzuspüren?« Dane schnaubte amüsiert.

»Du wirst schon sehen, Ungläubiger!«, versetzte Orf hoheitsvoll, bevor sich ein Grinsen Bahn brach, das selbst die Fähigkeit besaß, ihre Umgebung zu erhellen. »Und eine Lady war sie keineswegs.« Er zwinkerte.

Nun, welche geheimnisvollen Kräfte dieses Licht auch in sich trug, es führte sie zielstrebig aus dem Wald hinaus, wofür Dane dankbar war, denn mittlerweile hatte sich die Nässe einen Weg unter seinen Kragen gebahnt. Natürlich fror er nicht, schließlich hatte er sichergestellt, ordentlich gestärkt zu ihrer kleinen Nachtwanderung aufzubrechen. Das Schankmädchen, das ihm schöne Augen gemacht hatte, seitdem er und Orf die Kneipe betreten hatten, würde wohl immer noch schlafen, erschöpft von mehreren Orgasmen und dem Blutverlust, den ihre Spende an ihn bedeutete.

Allerdings standen sie jetzt knietief im Matsch, was die Situation nicht wirklich verbesserte.

Orfs Enthusiasmus tat das keinen Abbruch. »Perfekt!«, verkündete er. »Das muss der Mariengrund sein.«

Dane stöhnte. »Im Ernst? Du glaubst, etwas, das einen so dermaßen christlichen Namen trägt, beherbergt ein nordisch-barbarisches Was-auch-immer?«

»Gerade deswegen!«, erwiderte Orf. Er streckte vorsichtig die Glaskugel aus, nur um dann mit einem Ruck seine Hand wegzuziehen. Dane hatte keine Zeit, mit den Augen zu rollen, denn anstatt der Schwerkraft zu gehorchen und zu Boden zu fallen, schwebte das Hexenlicht in der Luft. Ein leises Summen ertönte aus seinem Inneren, schwoll an, ließ die Kugel vibrieren.

Dann schoss sie los, im Zickzackflug der Rinne folgend, in der sie herumlungerten. Orf und Dane beeilten sich ihr zu folgen und blieben abrupt stehen, als sie es tat und mit einer Art Hechtsprung im Erdreich verschwand.

»Ach komm schon«, murmelte Dane, doch Orf, der für dieses Wetter, diese Gegend und überhaupt diese Art von Freizeitgestaltung viel zu elegant gekleidet war, begann bereits seinen Spaten tief an der Stelle zu versenken, an der das Licht eingetaucht war. Es half wohl nichts. Niemand anders als er selbst war schuld daran, sich zu dieser Aktion überreden lassen zu haben. Also trieb Dane sein eigenes Werkzeug in den Boden, das er bis jetzt über der Schulter getragen hatte. Es sollte niemand behaupten können, dass er sich vor harter Arbeit drückte. Zwei Stunden später befanden sie sich in einer Grube, aus der sie nur herausschauen konnten, wenn sie den Kopf in den Nacken legten, und trotz ihrer übermenschlichen Kräfte begannen sie zu schwitzen. Ihr Atem ging keuchend, die Muskeln zitterten.

»Wahrscheinlich ist diese Kugel mit einer Zwillingskugel in New Orleans verbunden. Deine Nicht-Lady sieht uns gerade beim Schuften zu und kommt vor Lachen nicht in den Schlaf«, behauptete Dane angestrengt.

Orf wischte sich den Schweiß aus der Stirn. »Ihr Bluttrinker müsst einfach mehr glauben«, schnaufte er. »Sonntags mal in die Kirche, ab und zu beten, dann wäre das Leben für euch so viel einfacher.«

Dane lachte. »Weißt du nicht, dass wir auf der Stelle vergehen, wenn uns jemand mit Weihwasser erwischt?«

»Genauso wie du auf Sonnenlicht und Knoblauch allergisch reagierst?«

Sie grinsten sich an. Orfs auffallend weiße Zähne blitzten in der Dunkelheit auf, doch Dane verging das Lachen, als das scharfe Blatt seines Spatens auf etwas stieß, das einen hohlen Klang von sich gab.

»Hey!« Er kniete sich hin, ungeachtet der Tatsache, dass er seine Hosen endgültig verschmutzte. Wenigstens trug er im Gegensatz zu Orf kein Samtsakko und teure, vorher blank polierte Lederstiefeletten. Vorsichtig wischte er Erde und Lehm beiseite, bis er zu seiner absoluten Verblüffung tatsächlich etwas fand.

Es handelte sich um eine kleine Truhe, kaum zwei Handbreit lang und nicht schwerer als ein Zylinder. Er wechselte einen Blick mit Orf. »Glaubst du, da drin ist das, was du erwartest?«

»Auf jeden Fall ist irgendetwas drin«, erwiderte sein Freund. Seine Stimme war eine Mischung aus Atemlosigkeit und Grollen, so aufgeregt war er. »Los, hoch mit dir, Dane. Lass es uns oben öffnen, da haben wir Platz und können auch mehr sehen!«

Viel zu froh, aufhören zu können, um Protest einzulegen, schwang sich Dane aus ihrem selbst geschaufelten Loch. Es war noch nicht hell, aber am Horizont erschien ein blasser Streifen. Zum ersten Mal seit ihrer Ankunft sah sich Dane genauer um. Sie befanden sich unterhalb der Bergkuppe auf einer Art Plateau, das an der Ostseite steil nach unten führte.

Er drehte das Kästchen mehrmals in seinen Händen. Es musste aus Eisenholz bestehen und war im Laufe der Zeit – möglicherweise vieler Jahrhunderte – dunkel angelaufen, doch weder Feuchtigkeit noch Erosion hatten ihm etwas anhaben können.

Der helle Schopf des Werwolfs schob sich in sein Blickfeld. »Also?«, drängte er. »Mach es auf!«

Dane schüttelte den von ihnen gefundenen Schatz. Falls es sich überhaupt um einen handelte. »Wie denn? Soll ich es aufnagen? Hat dir deine Nicht-Voodoo-Lady keinen Tipp gegeben, wie man es sicher öffnet?«

»Wieso sicher? Da drin ist ein Artefakt, nicht die Büchse der Pandora.«

In der Stimme seines Freundes lag ein gieriges Drängen, sein ganzer Körper vibrierte. Als hätte man ihm ein blutiges Stück Fleisch vor die Nase gehängt und ihn drei Tage hungern lassen. »Gib mal her!« Er riss Dane den leichten Gegenstand aus den Händen.

»Du bist noch so ein Kind«, neckte Dane. »Wann werdet ihr Werwölfe volljährig? Mit hunderteinundzwanzig? Sicher, dass du das heute geworden bist?«

Orf schenkte ihm sein schönstes Lächeln. »Lass mir doch mein Geschenk. Immerhin habe ich zehn Jahre danach gesucht und es endlich, endlich gefunden!«

Sich auf den Boden kniend legte er das Kästchen behutsam ab und zog einen schmalen, ziselierten Dolch aus der Gürtelscheide.

»Du liebst es wirklich gefährlich«, bemerkte Dane, der mit verschränkten Armen vor der Brust stehen geblieben war. »Das ist doch eine Silberklinge, oder? Rutsch einmal ab und ärgere dich die nächsten Monate mit Qualen herum.«

»Ich rutsche nicht ab«, sagte Orf abwesend. »Dieses Schmuckstück habe ich ebenfalls von der Nekromantenlady aus La Nouvelle-Orléans. Sie meinte, nur mit ihm werde ich den Schutz des Artefakts brechen können.«

Eine Weile sah Dane ihm dabei zu, wie er fluchend versuchte, den Dolch in irgendeinen Zwischenraum zu treiben und damit die Kiste aufzuhebeln. Vielleicht hätte er ihn auch noch länger werkeln lassen, doch mittlerweile begannen die ersten Vögel zu zwitschern und er hielt es nicht für völlig ausgeschlossen, dass demnächst irgendjemand vorbeikäme, um seinem Tagewerk nachzugehen. »Versuchs doch einfach mal da unten«, sagte er schließlich und deutete auf den Boden des Kästchens.

Stirnrunzelnd wendete Orf es, bemerkte die dreieckige Vertiefung, die nahezu die Form seiner Dolchklinge besaß, und knurrte, bevor er Letztere so tief hineinstieß, wie es möglich war. Es passierte gar nichts.

»Drehen?«, schlug Dane vor.

Orf drehte.

Es knackte.

Der Deckel hob sich und gab seinen Inhalt preis.

Da die Sonne noch nicht aufgegangen war, musste das darauffolgende Strahlen wohl von Orf stammen. Die Wolfsaugen leuchteten golden auf, die Zähne blitzten.

»Ist das eine Schönheit?«, flüsterte er nahezu andächtig und drehte das Kästchen in Danes Richtung.

Er betrachtete es zweifelnd. Es war schlicht. Interessant war es auch. Aber schön? Völlig unzeremoniell, ohne Samt oder Seide hatte jemand ein graues Etwas hineingelegt, das aus aneinandergereihten, fingerlangen Gliedern zu bestehen schien.

Als Bluttrinker war er nicht zimperlich, aber dieses ... Ding jagte ihm einen Schauder über den Rücken.

»Was bei allen Göttern soll das sein?« Er rümpfte die Nase.

Orf betrachtete ihren Fund hingerissen. »Das, mein Freund, ist ein Halsschmuck. Nicht irgendeiner, weißt du? Sein Name ist Brisingamen und er wurde aus durchbohrten Gelenken und Haaren geflochten. Er gehörte Freya.«

»Charmant.« Ungläubig beobachtete Dane, wie Orf den Zeigefinger ausstreckte und die einzelnen grauen Glieder dieser abartigen Kette liebkoste.

»Offiziell war sie die Göttin der Liebe und der Ehe, aber sie hat auch Krieg und Leid in die Welt der Menschen gebracht. Sie wurde oft unterschätzt ... Zum Schaden derjenigen, die sie nicht ernst nahmen.« Orf lächelte. Die aufgehende Sonne tauchte eine Seite seines Gesichts in Schatten, die andere wurde hell erleuchtet.

Für einen Augenblick hatte Dane das Gefühl, vor einem Abgrund zu stehen. Er fröstelte. »Lass es los, Orf!«, sagte er plötzlich. »Nichts Gutes kommt aus diesem Halsband!«

»Du bist ein Unkenrufer«, wehrte sein Freund leichthin ab, nahm den grausigen Schmuck endgültig aus seinem Behälter und hielt ihn in die Sonne, als wollte er ihn ihr zum Opfer bringen.

Im selben Moment schrie er auf. Aus den Gelenkgliedern schossen rötliche Strahlen, umhüllten seinen Körper mit brennender Intensität, als wollten sie ihn zu Asche werden lassen.

»Wirf es endlich weg«, brüllte Dane.

»Ich kann nicht«, jaulte Orf, in dem mehr und mehr der Wolf zutage kam. Er brach in die Knie, wurde von einer unsichtbaren Macht hochgerissen und wieder zu Boden geschleudert. Das Knacken mehrerer kräftiger Rippen veranlasste Dane zum Handeln.

Mit einem Satz sprang er in den Strahlenkranz, der seinen Freund umhüllte und bereits zurückzerrte. Anscheinend hatte die göttliche Macht die Absicht, den Sterblichen zu Tode zu schmettern, denn Orf wurde erneut in die Luft gehoben. Bevor er wieder nach unten geschleudert wurde, packte Dane das zerstörerische Artefakt mit beiden Händen und warf sich mit aller Kraft zurück.

Schmerz durchfuhr seinen Körper, schien in ihn einzudringen und mit genüsslicher Gier jede einzelne Zelle in ihm zu verbrennen. Er schrie so laut, dass seine Stimme brach, und dann noch etwas weiter, unfähig die Finger von dem Halsschmuck zu lösen. Neben ihm zuckte Orf in Krämpfen, seine Arme und Beine verdrehten sich, als wäre er eine Puppe, die ein grausamer Spieler auf ihre Haltbarkeit testete.

Dane knirschte mit den Zähnen. »Gib ihn frei, du verfluchte Macht«, presste er hervor. »Lass ihn los!«

Einen winzigen Augenblick lang ließ das Feuer in seinen Venen nach, die Kette hing schlaff von seiner Hand und rutschte aus seinem Griff. Erleichtert wollte er sie fortschleudern, so weit, wie es ihm nur möglich war.

Doch dann raste sie auf ihn zu, schlang sich um seinen Hals und schnürte ihm die Luft ab. Er krallte seine Finger in sie, zog, zerrte, riss mit unmenschlicher Kraft, wie es nur ein Suburban konnte, doch sie schlang sich nur noch enger um seine Kehle, schnitt tief in seine Haut, bis das Blut träge zu fließen begann. Dane ächzte. Er hatte das Gefühl, dass seine Augen aus ihren Höhlen zu treten drohten. Der grausige Schmuck schleifte ihn mit sich, auf das Ende des Plateaus zu. Das Artefakt würde ihn hinunterschleudern! Er stemmte sich gegen den Zug, auch wenn sich dadurch die Knochenglieder noch tiefer in ihn gruben.

Aus den Augenwinkeln bemerkte er, dass Orf auf die Füße kam und sich ihm zuwandte. In seinen Augen flackerte der Wer, doch sein Körper wurde von einem unheiligen Feuer umhüllt, das Dane noch nie gesehen hatte.

Orf hetzte auf ihn zu und warf sich so heftig gegen ihn, dass er kurz vor dem Abgrund zu Boden stürzte. Der Druck um seinen Hals ließ nach, als sich die Finger des Wolfes darum schlossen und er das Halsband mit entnervender Leichtigkeit von ihm nahm.

»Wirf es fort!«, schrie er. *Nein!*, wollte er schreien. Kein Ton löste sich aus seiner Kehle, seine Lippen öffneten und schlossen sich wie bei einem Fisch. Stumm starrte er Orf an, bat ihn lautlos darum, das Artefakt wegzuwerfen oder wieder zu vergraben. Er machte sich keine Illusionen darüber, dass man es zerstören konnte, nicht ohne mehr über diesen Halsschmuck zu wissen.

Über Orfs wohlgeformte Lippen glitt ein seltsames Lächeln. Oder zeigte er Zähne? Das Halsband schien sich um ihn zu schlingen wie eine liebende ... Schlange. Oder eine Haarsträhne der Medusa. Was zum Teufel war hier los?

»*Orf!*«, versuchte er hervorzupressen.

Nichts.

Kein Wort.

Kein Laut.

Nicht von ihm jedenfalls. Das Feuer in den Augen seines Freundes verlosch und ließ nur rot glimmende Glut zurück. Etwas geschah mit dem Werwolf, etwas, das Dane nicht verstand. Orf führte die Kette an seine Lippen, sein Blick ließ Dane nicht los.

»Ich habe dich durchschaut, Bluttrinker«, flüsterte er maliziös. »Dachtest, du könntest dir die Macht des Artefakts einverleiben, aber sie war nicht für dich bestimmt. Sie war nie für dich gedacht! Nur jene, die würdig und auserwählt sind – du hast mir in London nicht zugehört, was?«

Dane kämpfte wie nie zuvor in seinem Leben und das alles nur, um sprechen zu können. Doch seine Stimme versagte, ließ ihn im Stich, nicht einmal ein Flüstern war zu hören. Er ritzte seine Handfläche mit den Reißzähnen auf und streckte den Arm nach Orf aus, um mit ihm in den Geistraum zu treten. Zweifellos würden sie sich dort noch verständigen können.

Doch Orf zog höhnisch die Oberlippe an und stieß mit dem Fuß gegen Danes Seite, sodass er wieder stürzte.

Ihn schwindelte. Noch immer pulsierten die Nachfolgen des Artefakts durch ihn, zerrissen Stück für Stück sein Innerstes. Und doch wusste er instinktiv, dass es Orf schlimmer erwischt hatte, auch wenn er so gelassen über ihm stand, als wären sie zurück im Diogenes Club.

Mühsam erhob er sich und taumelte auf Orf zu. Er konnte nicht reden, aber er konnte ihn von diesem, im wahrsten Sinne des Wortes, verfluchten Ding befreien!

Er hatte sich geirrt. Kaum hatte er sich drei Schritte genähert, blitzte die silberne Klinge in der Hand des Werwolfs auf, nur um einen Augenblick später tief in Danes Bauch zu versinken.

Gleichzeitig erschien wieder das seltsam fremde Lächeln auf Orfs Lippen. »Es wird Zeit, sich von allem zu trennen, das mich nur immer aufhalten und behindern wollte, Bluttrinker. Gehab dich wohl – und komm mir nie wieder unter die Augen, denn nächstes Mal ramme ich dir einen Pflock durch dein schwarzes Herz, Verräter.« Den brachialen Fußtritt, der ihn am Brustkorb traf, sah Dane noch kommen, doch der Dolch in seinem Körper verlangsamte seine Reflexe.

Halt- und lautlos stürzte er in den Abgrund.

***

Andie starrte Dane mit großen Augen an. Die Nacht schien sich durch die schmalen Glasfenster des Turmzimmers drücken zu wollen, doch sie schenkte der allumfassenden Dunkelheit dort draußen keine Beachtung.

Sie war erwacht, weil sich Dane neben ihr hin und her wälzte.

Nachdem sie die schwere, mit einem metallenen Krallenfuß versehene Nachttischlampe angemacht hatte, fiel ihr auf, dass sich unter seinen geschlossenen Lidern die Augen heftig bewegten. Ein Albtraum? Träumten Vampire überhaupt? Bis jetzt hatte sie geglaubt, dass diese alten Suburbans niemals schliefen.

Doch Dane war ganz offensichtlich in einer Schlafwelt gefangen, die ihn beunruhigte. Er litt, sein Mund war zu einem stummen Schrei geöffnet, sein muskulöser Körper so angespannt, dass sie sich fragte, ob er nicht bald verkrampfen würde.

Sie musste etwas unternehmen, nur was?

Behutsam legte sie ihre Hand an seine Schulter. »Dane?« Er hörte sie nicht, bemerkte sie nicht. Sie schüttelte ihn. »Dane!« Nicht einmal, als sie seine Stirn berührte, erwachte er.

Ihre Gedanken rasten. Sollte sie seine Eltern wecken? War das so ein Vampirding? Doch wenn sie jetzt etwas nicht ertragen konnte, waren das die abschätzigen Blicke von Midas und Erzsébet. Sie musste sich selbst etwas einfallen lassen.

Tief in ihrem Inneren war Andie furchtbar romantisch. Es war ihr peinlich und lieber hätte sie noch einmal ein rohes Kaninchen gegessen, als es jemals offen zuzugeben, doch sie liebte Märchen und Geschichten von Prinzessinnen und deren edlen Rittern. Wurden die Heldinnen nicht immer durch einen Kuss gerettet? Sollte das nicht andersherum auch funktionieren? Andie lechzte nach einem Happy End und sie sah keinen Grund, es nicht wenigstens einmal zu probieren.

Sie beugte sich vor und presste ihre Lippen auf die von Dane.

Im selben Moment traf sie ein heftiger Schlag, der sie durch das Zimmer fliegen und erst am Schrank enden ließ. Sie japste und versuchte Luft in ihre Lungen zu pumpen. Tränen liefen ungebeten ihre Wangen hinunter.

Abrupt schoss Dane aus seiner liegenden Position nach oben. Seine Augen öffneten sich und wurden dann weit, als er sie erblickte.

Sofort war er bei ihr, kniete wie einer der Prinzen aus ihren heimlich verschlungenen Büchern neben ihr. In seinem Gesicht arbeitete es, als er anscheinend rekonstruierte, was passiert war, dann verzerrte es sich vor Qual und Beschämung.

Bittend hob er ihre Hand an seinen Mund. Andie war immer noch zu sehr damit beschäftigt, Bestandsaufnahme ihres Körpers zu machen, um sich zu wehren oder sich ihm zu verweigern. Sie nickte schwach.

Er ritzte ihre Hände auf, vermischte ihr Blut und legte sofort seine Finger an ihre Schläfe. »Es tut mir so, so leid!«, drang seine panische Stimme durch ihren Kopf. »Ich weiß nicht, ob du mir jemals verzeihen kannst, aber würdest du mir bitte die Chance geben, mich zu erklären?« Seine unglaublich ausdrucksvollen blauen Augen flehten sie an.

Wie hätte sie da widerstehen können?

Und wollte sie das überhaupt?

Abwesend rieb sie sich mit der freien Hand über ihren Oberkörper und stöhnte leise. Das gab einen blauen Fleck. Mindestens.

»Ich vermute, du wolltest nicht wirklich mich treffen?«, erwiderte sie, nicht mehr ganz so verblüfft über diese Art mentaler Kommunikation.

»Nein! Niemals!«, schwor er. Und dann entstanden Bilder in ihrem Kopf, als befände sie sich in einer von MidasDreamIndustries geschaffenen Traumwelt, einem 3D-Kino ohne Einschränkungen, ohne Grenzen.

Sie sah zwei Männer, Freunde, die im Laufe der Jahrzehnte immer wieder aufeinandertrafen, Abenteuer erlebten, versuchten, Unterdrückten zu helfen. Sie spürte, wie das Band des Vertrauens zwischen ihnen immer fester wurde, sah sie in einem Club miteinander reden, lachen, trinken.

Dann befand sie sich plötzlich in einem Horrorfilm. Die beiden Männer, Dane und Orf ... Das Arschloch? Noch war er keines, er stand nur kurz davor. Etwas trieb ihn zu dem, was er heute war, eine Macht, ein Artefakt, so grausam, so perfide, so unmerklich – bis er seinen eigenen Freund von einem Felsen stieß.

»O mein Gott«, ächzte sie. Sie befand sich wieder in dem Turmzimmer, das sie hier in der Residenz seiner Eltern mit ihm teilte.

Ihr Atem flog, ihre Schmerzen waren vergessen.

»Das ist es, nicht wahr?« Sie sprach laut, hatte vergessen, dass sie sich noch zusammen im Geistraum befanden. »Das ist der Fluch von ... Wie heißt dieses Horrorhalsband? Brisingamen? Es hat nicht nur dich, sondern auch diesen Orf verflucht.« Sie umfasste sein edles Gesicht mit beiden Händen, ungeachtet der Tatsache, dass sie ihn mit ihrem Blut verschmierte. »Wo ist dieser Mistkerl? Wo hat er das Artefakt versteckt? Und wieso glaubt ihr eigentlich, dass ich diesen Fluch brechen könnte?«

Dane überbrückte die wenigen Zentimeter, die sie trennten, und strich mit seinen Lippen über ihre Wange. »Du bist großartig«, erklärte ihr seine Samtstimme voller Bewunderung. »Noch vor wenigen Augenblicken hast du dich vor mir gefürchtet und jetzt willst du wissen, wie dieser Fluch zu brechen ist. Womit habe ich dich verdient?« Sie spürte sein Lächeln an ihrer Haut.

Doch ob sie ihn von dem Fluch befreite oder nicht, er war ein reicher Vampir und würde nicht allzu sehr darben. In wenigen Wochen hatte er sie bestimmt vergessen, während sie wusste, dass er für immer in ihrem Herzen sein würde. Trotzdem konnte sie ihm keine Vorwürfe machen – jeder wäre nett zu der Person, die einem den Großteil der Lebensqualität zurückgeben konnte.

Andie versuchte ihre Gefühle tief in sich zu verstecken, was ihr beinahe dadurch verdorben wurde, dass Dane sie bewundernd ansah. Dieser Blick allein konnte ein Mädchen schon schwach werden lassen, aber sie war nicht schwach. Sie war eine Sirene, eine Suburban und sie würde sich als eine solche beweisen.

»Wir haben natürlich unsere eigenen Nachforschungen angestellt«, erklärte Dane schließlich. »Brisingamen gehörte einst Freya, der Wanengöttin, die mit diesem Artefakt nicht nur Liebe, sondern auch Hass verbreiten konnte. Laut Überlieferungen zwang Odin sie einst, es gegen die Menschen einzusetzen und die Erde versank nur wegen einer Laune des Göttervaters in Krieg und Missgunst. Das passte einigen Wanen und Asen nicht, denn Midgard, wie sie die Erde nannten, war nun einmal ihr bevorzugter Spielplatz. Also baten sie den göttlichen Sänger Bragi um Hilfe. Es heißt, er konnte mit seinen Liedern und Versen alles und jeden betören, wenn er es nur wollte. Bragi jedoch wollte nicht – oder nicht oft. Was er jedoch wollte, war die Göttin der Schönheit und Jugend, Idun. Wenn sie seine Frau würde, sagte er, wäre er in der Lage zu tun, was sie von ihm wünschten. Nun, die nordischen Götter waren nicht zimperlich. Sie brachten Idun dazu, Bragi zum Mann zu nehmen, woraufhin er sein Versprechen einhielt: Er sang. Seine Macht, heißt es, war groß und intensiv und als er endlich verstummte, heiser von der Anstrengung, brannte Brisingamen und das Elend von Midgard gleich mit ihm. Das Halsband selbst war nicht zerstört. Kein Gott, kein Wane oder Ase kann es vernichten, heißt es. Aber würdest du singen, Andie … Ich bin sicher, dass zumindest der Fluch gebrochen würde, der mir die Stimme raubte. Du hast es schon mehrmals bewiesen.«

»Ich mache es«, sagte sie entschlossen. »Besorge mir dieses verfluchte Artefakt und ich singe so lange, bis es um Gnade winselt!«

Dane warf den Kopf zurück und lachte lautlos. Dass dabei ihre Geistraumverbindung zerstört wurde, störte Andie nicht im Geringsten, denn das war ein Anblick, den man im Stillen genießen musste.

Der Moment wurde jäh unterbrochen, als die Tür aufgerissen wurde. Midas' Schatten zeichnete sich zwischen der Helligkeit ihres Zimmers und der Dunkelheit im Flur ab.

»Sohn«, sagte er scharf. »Füchschen. Kommt mit, alle beide.

Sofort. Wir haben einen Anruf von Prinzessin Sumaya abgefangen. Wie es aussieht, haben sich die Basarabs mit Orf Fevre verbündet und sind bereit, uns den Krieg zu erklären.«

Dane fuhr zu ihm herum. Mit wenigen Schritten war er bei seinem Vater und legte ihm die Finger an die Schläfe. Eine sardonische Augenbraue erhob sich bis in Midas' Stirn. »Natürlich werden wir keinen offenen Kampf führen, Junge. Aber wir haben Informationen. Interessante Informationen, Dane.« Zum ersten Mal hob ein nahezu ehrliches Lächeln seine Lippen an. »Wir wissen, wo sich das Artefakt befindet. Und wie es der Zufall will, hat Fevre Prinzessin Sumaya dort hingebracht. Warten wir ab, was sie vorhaben, und tun dann so, als wären wir zu einem All-out-War bereit.«

In Andie herrschte plötzlich völlige Klarheit. »Während wir jedoch heimlich bei diesem ... Orf einbrechen, die Prinzessin als Geisel für Friedensverhandlungen nehmen und gleichzeitig das Artefakt zerstören?«

Midas lachte rau. »Füchschen, wenn du so weitermachst, könnte ich glatt anfangen dich zu mögen.«

Andie gestattete sich ein schwaches Lächeln. So selbstsicher, wie sie sich gab, war sie bei Weitem nicht. Es klang so einfach. Effektiv konnte sie sich aber kaum mit anderen Suburbans messen, sofern sie nicht sang. Sie besaß keine animalischen Kräfte, keine robuste Haut, keine übernatürlichen Fähigkeiten. Und sobald ihre Stimme versagte, war sie wieder die kleine Andie, die in Tante Drus Haus herumsaß und ihre Miete nicht zahlen konnte. Ein erbärmliches Abbild eines Suburbans, der einst mächtig, nun aber nur noch lächerlich war.

Aber Midas schien das anders zu sehen. Vermutlich war er ganz scharf darauf, dass sie Dane endlich von diesem Fluch befreite. Nie wieder einen stummen Sonderling zum Sohn zu haben – das war sicher Midas' Hauptaugenmerk.

»Ich gebe euch meine besten Männer mit«, sagte der alte Vampir.

Andie konnte nicht sagen, ob Dane darüber erfreut war oder ob es ihn überraschte. Und Andie wusste nicht, ob ihre Bereitschaft, den Lancasters zu helfen, sie nicht ins Verderben stürzen würde.

Kapitel 16

Andie hatte nicht geahnt, über wie viel Personal Midas verfügte. Ob es sich hierbei um Suburbans handelte, um Vampire oder gestaltlose Lakaien, konnte sie nicht sagen, jedoch zeigte die Überwachungsdrohne eine ganze Armee, die sich nach und nach in Bewegung setzte. Immer in kleinen Gruppen. Sie waren Danes Backup, so hatte Midas sich das wohl vorgestellt. Gewiss, in diesem Moment beschützten sie auch sie. Aber sie traute dem alten Vampir nicht. Sobald sie den Bann brach, der Dane festhielt, war sie vielleicht das nächste Ziel dieser Bediensteten. Und sie war sich sicher, dass der Alte irgendwelche Vorkehrungen getroffen hatte, um sich ihrer zu erwehren. Auch wenn sie Dane vertraute – das galt nicht für Midas. Wenn sie eines gelernt hatte, dann, dass Sirenen auf der Hassliste der meisten Suburbans verdammt weit oben standen. Wenn nicht gar auf Platz eins.

Dane schaltete das Tablet aus, stützte wieder den Kopf auf die Lehne zwischen ihnen und starrte geradeaus. Ihr schweigsamer Fahrer rauschte vorwärts durch die Dunkelheit. Andie hatte ihn nur kurz gesehen, ein Mann mit Glubschaugen und ungesunder Hautfarbe.

Dane schaltete das Tablet wieder an und öffnete ein paar Apps. Andie sah nicht genau hin. Sie wollte nicht in seinen Privatnachrichten schnüffeln, so etwas lag ihr fern und wenn er es nicht mit ihr teilen wollte, dann war das eben so. Sie war ohnehin mit ihren eigenen Gedanken – größtenteils Angst – beschäftigt.

Angst vor dem, was sie am Ende der Fahrt erwartete. Angst vor Orf. Vor Corona, vor den anderen Vampiren. Vor dem Artefakt und seiner Macht. Aber auch vor Midas und seinen Vasallen. Wieso hatte sie noch gleich gedacht, dass es eine gute Idee wäre, sich in diesen Krieg einzumischen? Ach ja … Wegen des Vampirs, in den sie sich unglücklicherweise Hals über Kopf verliebt hatte.

»Bist du in Ordnung?«, fragte Dane über sein Tablet.

Mit Computerstimme. Die vorlas. Es klang lächerlich. Und Danes Lippen umspielte ein Lächeln.

»War das etwa ein Witz?«, fragte Andie spöttisch. »Ich bin gerade nicht in der Stimmung, lustig zu sein.«

Dane zuckte vage die Schultern. Aber er lächelte immer noch, als er nach ihrer Hand griff.

Wann immer Andie versuchte, einen kühlen Kopf zu behalten, reichte eine Geste von Dane und all ihre Ängste waren dahin. Nur um nachher zurückzukehren. Gemeiner und nagender. All diese Was-wäre-wenn-Szenarien. Was, wenn Dane sie nur ausnutzte? Was, wenn er sie nur als lustiges Spielobjekt sah? Was, wenn er nur auf ihre Kräfte scharf war? Was, wenn er es zwar ernst meinte, sich aber niemals gegen seinen Vater stellen würde? Diese Fragen stellte Andie sich andauernd. Aber sie stellte sie Dane nie. Das wagte sie einfach nicht.

»Wir sind bald da«, sagte nun eine weibliche Computerstimme.

»Ich weiß nicht, ob mich das freut«, erwiderte Andie ehrlich.

Dane strich über ihre Wange und legte das Tablet dann auf seinen Schoß. In seinem Blick lag Wärme.

»Dein Vater«, begann sie, »wird er bei uns sein?«

Dane schüttelte den Kopf. Als Andie ihn weiterhin fragend ansah, griff er erneut zum Tablet und tippte seine Antwort: »Er wird kommen. Die Frage ist nur wann. Er ist der Auffassung, dass sein Sohn an seinem Fluch selbst schuld ist.«

Streng genommen hatte Midas nicht unrecht, aber Andie lag es fern, den Erziehungsmethoden eines tausendjährigen Vampirs zuzustimmen. Der hielt vermutlich auch noch Pfählen für eine adäquate Strafe, die ein unaufgeräumtes Zimmer nach sich zog.

»Aber er wird doch sicher kommen, wenn der Fortbestand seiner Familie davon abhängt. Und sein guter Ruf.« So schätzte Andie ihn zumindest ein.

Danes Gesichtsausdruck war undefinierbar. Schließlich schüttelte er den Kopf. Andie seufzte. Etwas Gutes hatte ihre Familie: Sie waren alle tot. Niemand mehr da, mit dem man sich streiten konnte.

»Mr Lancaster, wir sind da«, unterbrach der Fahrer ihr semiverbales Gespräch.

Erst jetzt merkte Andie, dass der Wagen gestoppt hatte. Als sie aus dem Fenster sah, erblickte sie eine flackernde Straßenlaterne und die typischen Altbauten von New York. Heruntergekommen, voller Grafitti und Dreck. Als sie ausstieg, war es kalt und ihr Atem warf weiße Dampfwolken. *Als wäre in Midas' Anwesen die Zeit stehen geblieben,* dachte sie, denn die Kälte hatte sie dort nicht bemerkt. Im eisigen New York war sie jedoch allgegenwärtig. Sie zog ihren geborgten Mantel enger (eine Leihgabe von Danes Mutter, die sie nur widerwillig angenommen hatte) und schaute nach vorn. Eine Gasse. Wie viele in New York.

Sie hörte Danes Schritte auf dem Gehsteig, dann stand er neben ihr. Als wäre er ein ganz normaler Mensch. Ein gut gekleideter Kerl, der mit seiner Freundin einen Spaziergang durch die nächtlichen Straßen machte.

»Wo wohnt Orf?«, fragte sie Dane leise.

Der Wagen fuhr los und verließ die Straße an der nächsten Kreuzung, sodass er von den düsteren Gebäuden verschluckt wurde. Andie fühlte sich schrecklich allein, obwohl Dane nach ihrer Hand griff und mit der anderen auf einen fernen Punkt deutete.

Zunächst verstand Andie nicht, was er meinte, doch dann erkannte sie ein paar Häuserblocks weiter ein Hochhaus mit dunkler Fassade. Älter als die leuchtenden Komplexe rundherum. Ein richtiges Geisterhaus in der Großstadt. Wenn Orf dort nicht wohnte, wollte sie einen Besen fressen.

Sie mussten noch einige Straßen entfernt sein, aber Andie war es nur recht. Eine kleine Galgenfrist vielleicht. Trotzdem schien es, als wäre sie vollkommen aus der Welt gefallen. Niemand begegnete ihr auf den Straßen. Nur Autos fuhren an ihnen vorbei. Als traue sich niemand mehr vor die Tür. War das hier womöglich ein Suburban-Distrikt, wo nur Wesen wie sie hausten?

Andie spürte, wie die Kälte in ihre Glieder kroch. War es wirklich schon so kalt Ende August? Nein, das konnte doch gar nicht sein. Auch Dane schien es zu merken, als sie eine weitere Querstraße passierten. Vor einem großen Tor, vermutlich von einer Spedition, blieb er stehen und lauschte in die Dunkelheit. Andie tat es ihm gleich, konnte aber nichts als die Geräusche einer nächtlichen Großstadt erkennen.

Dane jedoch sah eindeutig alarmiert aus, er blickte von rechts nach links und gerade als er sie zu einem Haufen von Gerümpel und Sperrmüll zerren wollte, tauchte hinter ihm eine Gestalt auf. Eine Silhouette nur. Mit Raureif überzogen. Kaum sichtbar. Aber Andie erkannte die Kreatur genau.

»Dane«, rief sie und der Vampir schnellte herum.

Ohne auch nur nachzudenken, schlug er auf die Gestalt ein und das Klirren des Eises hallte in Andies Ohren.

Doch ehe die Scherben den Boden berührten, wuchsen neue Kreaturen aus ihnen hervor und mit einem Mal sahen Andie und Dane sich einer Übermacht von Gestalten gegenüber.

»Was sind das für Wesen?«, wisperte Andie, doch Dane konnte ihr natürlich nicht antworten.

Er griff nach ihrer Hand und zog sie an sich, während er lauernd hierhin und dorthin zuckte. Unschlüssig, wen er zuerst angreifen wollte.

Die erste Gestalt griff urplötzlich an, ihr Arm verformte sich zu einer eisigen Klinge und schnellte direkt auf Dane zu. Der jedoch trennte Klinge und Arm mit einem einzigen Hieb seiner Hand. Offensichtlich war Vampirhaut stärker als menschliche Haut. Hätte Andie gegen massives Eis geschlagen ...

Doch nun kam Leben in die anderen Kreaturen. Eine nach der anderen erwachte aus ihrer Starre und der erste Schlag, der Dane erfolgreich traf, ließ nicht lang auf sich warten. Einer der Frostgeister traf ihn am Kopf, Andie sah voller Entsetzen, wie Blut sprudelte. Der nächste Schlag traf sie unvorbereitet. Sie ließ Danes Hand los, kippte nach vorne und schlug auf den Knien auf. Schmerzen durchfluteten ihren Körper und irgendetwas hatte sie geschnitten, denn ihr Arm brannte fürchterlich. Sie umklammerte panisch ihren Körper, versuchte sich vor den gröbsten Schlägen zu schützen und ein greller Schrei entrang sich ihrer Kehle. Das Wesen vor ihr zerbrach in tausend Teile, Eiskristalle spickten das Pflaster vor ihren Füßen und dann stürzte Dane hinter ihr auf den Boden.

»Dane?«, rief sie verwirrt.

O Gott, hatte ihr Schrei ihn getötet wie die Kreatur, die sich gerade aufgelöst hatte? Andie wusste so wenig über ihre eigene Magie. Sie sprang auf und stürzte auf Dane zu, der leblos, mit weit aufgerissenen Augen auf dem kalten Stein lag und gen Himmel starrte.

»Dane, bitte, du musst aufwachen.« Andie konnte nicht sagen, ob er tot war, schließlich kannte sie die Lebenszeichen von Vampiren nicht. Doch als sie aufsah, war keine der Eiskreaturen mehr übrig. Nur Eissplitter auf dem Boden.

Sie beugte sich über Dane und schüttelte ihn. Was hatte sie nur getan? Und dann begannen die Frostkreaturen sich erneut zusammenzusetzen. Andie sah aus tränenverschleierten Augen, wie aus den Scherben und Kristallen neue Gestalten emporwuchsen.

»Nein«, wimmerte Andie und umklammerte Danes kalten Körper.

Ein Schuss hallte durch die Nacht. Das Eisungeheuer, das Andie am nächsten war, verpuffte zu Staub und mit einem Mal waren die Kreaturen auf der Flucht. Andie sah, wie ihre Körper ihre Substanz verloren, während sie davonliefen, dann verschwand die Kälte abrupt und Andie konnte ihre Hände wieder spüren. Auch in Danes Körper schien das Leben zurückzukehren. Sie fühlte sein lautloses Keuchen, ein Schauder lief durch seine Glieder und dann blickte er sie wieder an.

»Na, wenn ich mir das nich mal im Kalender anmalen muss«, meinte eine Andie wohlbekannte Stimme. »Dass ich dem großartigen Dane Lancaster mal'n Arsch retten muss, hätt ich auch nicht gedacht. Und das trotz Cassandra-Gen.«

»Bill«, stieß Andie hervor.

Der Besitzer des Wild Dog trat aus dem Hauseingang hervor. Er trug einen abgewetzten Mantel und eine Shotgun über der Schulter.

»Yokai«, meinte er schulterzuckend. »Unangenehme Kreaturen. Dürfen in mein'n Laden nicht rein, aber Orf is gut mit ihnen bekannt.«

Andie musste schlucken. »Mr Watling, können Sie Dane helfen?«

»Der brauch mich nicht. Muss nur ers' mal zu sich kommen. Sirenenschreie können tödlich sein für sterbliche Ohren. Für ihn gibts vermutlich nur ne Mittelohrentzündung. Und nen Tinitus.«

Andie musste gegen ihren Willen lachen, während sie Dane umklammerte.

Der stemmte sich nun mit zittrigen Armen hoch und starrte dann Bill an.

»Dank mir später, Blutsauger. Deine Sirene is unüberhörbar. Außerdem pfeifen die Spatzen von den Dächern, dass Orf sich mit den Basarabs zusammengetan hat. Da musste ich nur eins und eins zusammenzählen. Ich wusste doch, dass ihr irgendwann in Schwierigkeiten stecken würdet«, er warf einen Blick auf Andie. »Lass ihm mal Luft. Der muss gerade sein Gehirn neu sortieren.«

Unschlüssig ließ Andie Dane los und war dankbar, dass der alte

Haudegen dem Vampir aufhalf. Sie selbst hatte nicht die Kraft, Dane zu stützen.

»Die anderen warten eine Straße weiter«, meinte Bill.

»Welche anderen?«

»Na meinste, Cally lässt sich so was entgehen? Die hat noch 'n paar Freunde aus dem Wild Dog mitgebracht.«

Gott, es kam Andie vor wie eine Ewigkeit, seit sie das letzte Mal in dem Pub gewesen war. Ihre Arbeit dort erschien ihr mit einem Mal unendlich fern und in der letzten Zeit war so viel auf sie eingestürzt, dass sie Bill und Cally und die anderen in der Bar vollkommen vergessen hate. Was war sie nur für eine schlechte Freundin?

»Entschuldige, Bill. Du hast wegen mir nur Ärger und ...«

»Drauf geschissen«, antwortete Bill in seiner unnachahmlichen Art. »Wenn ihr Orf in die Schranken gewiesen habt, dann kommste wieder arbeiten. Kannst dich auf Überstunden einstellen.« Er grinste.

»Danke«, murmelte sie verlegen. »Ich weiß echt nicht, wie ich das wiedergutmachen soll.«

»Du machst es gut, indem du Orf das Handwerk legst. Der Typ ist völlig durchgedreht. Und ich glaube, Corona war der Tropfen, der das Fass zum Überlaufen gebracht hat.«

»Wieso?«, fragte Andie verwirrt.

»Weil es Orf irgendwie möglich war, die Kräfte anderer Suburbans in sich aufzunehmen. Aber Coronas bekam er nich – einen Werdrachen lässt man nich nach seiner Pfeife tanzen. Als sie bei ihm auftauchte, muss Orf einen Plan geschmiedet haben, der Corona inkludiert. Er will ihren Wer. Und wenn er ihn bekommt, dann wird er nich zu stoppen sein.«

»Dane, könnte das ...«, begann sie, aber Dane schüttelte energisch den Kopf.

Wollte er nicht vor Bill über das Brisingamen sprechen? Oder glaubte er nicht, dass Orf Coronas Macht stehlen wollte? Sie ließ es so stehen, als Dane auf Bill zuwankte und ihm die Hand schüttelte. Wohl seine Version des Dankes.

»Wir müssen weiter, Sirene. Sonst kommen die Yokai wieder und wir haben ne unangenehme Zeit. Ich mags auch nicht so kalt, von daher ...«

»Alles in Ordnung?«, fragte sie Dane, doch der nickte und schüttelte ihre Hand ab.

Aha. Mr Vampir hatte also doch hin und wieder ein Egoproblem. Sich von einer Frau helfen zu lassen, stand wohl nicht oben auf seiner Favoritenskala. Allerdings kannte sie kaum einen Mann, der sich davon nicht angegriffen fühlte, und irgendwie war es beruhigend, eine Schwäche bei Dane auszumachen. Und wenn es nur seine Eitelkeit war. Sie hatte sich mittlerweile so daran gewöhnt, dass er regelrecht perfekt zu sein schien, aber das hier war ihr sehr willkommen.

»Bill ...«, es fiel ihr nach wie vor schwer, ihren Chef so formlos anzusprechen.

»Mh?«, machte der und setzte sich in Bewegung.

»Ich kann mit meinem Schrei Suburbans lähmen?«

»Lähmen oder Töten. Süße, du hast echt 'n Problem mit deiner Kraft. Du solltest lernen, wie man se einsetzt, bevor noch einer umkommt.«

Andie schwieg abrupt. Was, wenn wirklich mal jemand wegen ihr umkam? *Am besten ins Schweigekloster gehen,* schoss es ihr durch den Kopf. Aber da griff Dane nach ihrer Hand und der unangenehme Gedanke verschwand. Sie wagte ein zaghaftes Lächeln.

»Schneller, ihr Turteltauben. Cally wartet nich gern.«

Sie liefen bis auf die Kreuzung, wo es nun ein wenig belebter zuging. Andie erblickte Neonreklamen, offene Bars und einen Kiosk, der Dutzende von Zeitungen ausliegen hatte. Davor stand die kleine vertraute Gestalt von Calista Ray Thunderbolt. Das blonde Haar heute zu mädchenhaften Zöpfen geflochten und hochgesteckt, die schwarzen Augen hinter einer Sonnenbrille verborgen. Neben ihr stand ein Hüne von Mann, der Andie vage bekannt vorkam. Dahinter eine schwarze Frau, deren Augen ungesund grün in der Dunkelheit funkelten.

»Shiva«, sagte Cally und deutete auf die Lady in dem ausgefransten Hoodie. »Und Telrok.«

»Hallo«, sagte Andie müde und hob die Hand zum Gruß.

Shiva musterte sie misstrauisch, aber sie lächelte Dane zu. Der Mann zeigte keine Regung. Er hatte einen großen Kiefer, wenig Hals und eine Glatze. So sahen Hooligans in BBC-Dokus aus. Er trug sogar eine Bomberjacke.

»Er spricht nicht. Kann er auch gar nicht, er ist ein Dämonenbeschwörer. Und sobald sie einen beschworen haben, sind sie stumm.«

Andie fand, dass das jetzt nicht sonderlich vertrauenserweckend klang, aber sie nickte Telrok trotzdem zu.

»Shiva ist eine Schlange. Allerdings fehlt ihr die Tiergestalt.«

»Bin ich auch ganz froh drum«, meinte Shiva.

Bildete Andie es sich ein oder lispelte die Frau sogar? Außerdem bemerkte sie auf den zweiten Blick, dass sich ein paar Schuppen an Shivas Augenlidern emporschlängelten.

»Ham wir uns jetzt alle kennengelernt? Oder müssen wir noch nen Stuhlkreis machen?«, knurrte Bill und warf einen kritischen Blick in die Runde.

Shiva lachte laut, während Dane und Telrok schwiegen. Ein bisschen fand Andie es schon amüsant. Telrok schwieg freiwillig. Weil er offensichtlich einen Dämon seinen Körper bewohnen ließ. Dane hingegen tat es nicht freiwillig. Und sie hätten auch nicht unterschiedlicher sein können, denn Dane wirkte selbst schweigend elegant und kultiviert, aber dennoch gefährlich. Telrok hingegen war und blieb der Hooligan, mit dem Andie ihn von Sekunde eins an verglichen hatte.

Cally reichte ihr einen Coffee to go vom Kiosk. »Hier. Ich gehe doch recht in der Annahme, dass du immer noch keine Kohle hast?«

Andie lachte verschämt. »Ja. Kommt wohl so hin.« Das warme Getränk war belebend und Cally orderte für die anderen ebenfalls welche. Nur Dane lehnte ab. Er sah ungeduldig in die Richtung, in der Orfs Penthouse lag. Kurz fragte Andie sich, ob er es wohl gar nicht erwarten konnte, sie loszuwerden. Schließlich band ihn danach nichts mehr an sie.

»Wir geh'n gleich weiter, Blutsauger«, grollte Bill, der Danes Unruhe bemerkt hatte. »Aber du bist wahrlich lebensmüde, wenn du nich sehen kannst, dass gerade ne ganze Abordnung von Basarabs durch die Straßen vor Orfs Bude streift. Vielleicht kannst du sie gerade nicht sehen, weil du vor Zorn kochst. Aber ich sehe glasklar, verstanden? Die geh'n schon seit Stunden dort auf und ab. Damit sich niemand einschleichen kann.«

Dane öffnete den Mund, schloss ihn dann wieder und wirkte mit einem Mal tatsächlich beschämt. Andie hielt ihm wortlos den Kaffeebecher hin, den er schließlich ergriff. Das hier lief nicht, wie Dane es wollte. Ob er wohl das erste Mal auf die Hilfe anderer angewiesen war? Was für ein merkwürdiges Gefühl war es für Andie, einmal nicht diejenige zu sein, die eine ganze Menge neuer Dinge lernen musste.

»Das ist also ne Sirene?«, fragte Shiva misstrauisch. »Sieht so nett aus.«

»Ist sie auch«, antwortete Cally.

»Ich bin auch noch da«, sagte Andie.

Sie hatte es nie gemocht, wenn die Leute über sie redeten, während sie danebenstand. Als wäre sie taub.

Cally schloss für einen Moment die Augen und sagte dann: »Wachwechsel.«

Bill sah in die Ferne. Andie erinnerte sich vage daran, dass auch Cally über ein Cassandra-Gen verfügte.

»Los!«, sagte Bill.

***

Dane hasste alles an diesem Abend. Die Tatsache, dass er auf Bill Watlings Hilfe angewiesen war, die Tatsache, dass Orf sich in seinem schmucken Penthouse verschanzte, und die Tatsache, dass seine Ohren klingelten. Ganz zu schweigen davon, dass Andie ihm hatte aus der Patsche helfen müssen. War es wirklich so weit gekommen? Dass ein Vampir Hilfe brauchte? Sah wohl ganz danach aus.

Nun stand er dicht an dicht mit Bills Saufkumpanen in einer schmalen Gasse und spähte zum Eingang des Penthouses, um zu überblicken, wie viele Wachen hier ihren Dienst verrichteten. Orf würde sowieso bald wissen, dass er da war. Der Werwolf hatte eine feine Nase. Und hunderttausend Augen, die alles sahen, was er wissen wollte. Er bezahlte einfach zu viele Leute. Es würde Dane nicht wundern, wenn einer von Bills und Callys Freunden sich sehr bald als Spitzel von Orf entpuppen würde. Zuzutrauen wäre es ihnen. Und Bill Watling, uralter Suburban hin oder her, war nicht zwingend der beste Menschenkenner.

Das Einzige, was ihm ein wenig Ruhe brachte, war die Tatsache, dass sein Vater alles sah. Die Drohnen mussten irgendwo über ihren Köpfen sein. Unauffindbar für sämtliche Behörden. Midas kaufte nur das Beste – weil er es konnte. Und sobald die Drohnen etwas Ungewöhnliches registrierten, wären die Männer seines Vaters da.

»Auf gehts«, raunte Bill ihm zu und da war der Dämonenbeschwörer schon an der Tür.

Und er war schnell. Die vier Wachen, die den Aufgang zu Orfs Heim bewachten, hatten keine Chance. Telrok riss den Mund auf und schwarze Schlieren löschten die Lichter. Dane, dessen Sinne für die Nacht geschärft waren, konnte das Toben des Dämons dennoch genau beobachten. Er musste Hunderte von Armen haben, sie peitschten hierhin und dorthin. Einem Wächter riss er sofort den Kopf vom Körper, den anderen durchbohrte er und hob ihn dann in die Höhe, um mit dem sterbenden Mann den anderen zu erschlagen. Ein blutiger Anblick. Als der vierte zu fliehen versuchte, setzte Telrok ihm nach und die Dämonenarme rissen den Mann von den Füßen. Mit dem Kopf schlug er ungebremst aufs Pflaster auf und Telrok trat gegen seinen Hals.

Dane hörte Andies leises Keuchen und legte ihr beruhigend eine Hand auf die Schulter, aber sie zuckte bei der Berührung trotzdem zusammen. Wie gerne hätte er ihr erklärt, dass die Suburban-Welt nun einmal düster war und sich von der der Menschen unterschied. Dass es eine Frage der Gewohnheit war. Eine Frage der Abstumpfung. Aber es klang schon in seinem Kopf falsch und er war froh, dass er es nicht aussprechen konnte. Andie war nicht wie andere Suburbans. Da schlug das Herz eines Menschen in diesem gefährlichen Körper und genau das liebte er so an ihr.

»Wir gehen rein. Pass auf deine Schuhe auf, Andie«, meinte Cally fröhlich und ging voran. Auch wenn niemand verstand, was die Warnung zu bedeuten hatte.

Der Dämonenbeschwörer hatte jede Lichtquelle verschluckt und vermutlich auch die Kameras von Orf ausgeschaltet. So gesehen war er ein wertvoller Verbündeter.

Dane nahm Andie bei der Hand und führte sie an den Leichenteilen vorbei. Sie konnte sie nicht sehen. Aber der Geruch nach Blut und Tod durfte auch ihr nicht verborgen geblieben sein.

Bill erwies sich als tüchtiger Schlösserknacker, sie waren in Sekunden im Flur, wo Telrok den Dämon zurückfahren ließ. Jetzt sah er wieder normal und einfältig aus. Aber in ihm musste eine mächtige Kreatur schlummern. Danes Kenntnisse in Dämonologie waren nur rudimentär. Unter anderen Umständen hätte er sich gerne einmal mit dem Beschwörer unterhalten.

Er schüttelte kurz den Kopf, um seine Gedanken wieder in die

Spur zu bringen. Es war zwar geradezu unheimlich still in Orfs Wolfshöhle, aber er glaubte keine Sekunde lang, dass das bedeutete, es sei niemand da. Allein dass Orf es geschafft hatte, Yokais anzuheuern, sprach für sich. Diese japanischen Dämonen neigten nicht dazu, jemand anderes als sich selbst zu unterstützen. Hier jedoch mussten sie sich um die Eisgestalten nicht sorgen, sie betraten niemals geschlossene Räume.

Dane beobachtete Cally und Bill, die beide mit verengten Augen und zusammengepressten Mündern dastanden und offensichtlich versuchten herauszufinden, wem sie hier noch begegnen würden. Er hätte jedoch seine Zunge, wenn nicht sogar seine hoffentlich bald wiederhergestellte Sprache darauf verwettet, dass Orf sämtliche Magier New Yorks angestellt hatte, sein Domizil »schalldicht« – sprich: für Hexen oder Hellseher nicht durchschaubar – zu machen.

Seine Vermutung wurde bestätigt, als beide grimmig den Kopf schüttelten. Zumindest Bill. Cally könnte nicht einmal grimmig schauen, wenn ihr Leben davon abhinge, dafür war sie einfach zu niedlich.

»Dann halt nich«, knurrte Bill und machte Anstalten loszustapfen, doch Dane hielt ihn zurück und schüttelte den Kopf. Er war wirklich dankbar – wenn auch leicht verärgert, dass er sie überhaupt brauchte – für ihre Hilfe, aber er würde den Teufel tun und zulassen, dass sie sich jetzt auch noch für ihn in die Schussbahn warfen. Das Problem bei dem Penthouse war, dass sich die eigentlichen Räume Orfs natürlich ganz oben befanden, der Rest des Gebäudes jedoch ebenfalls dem Werwolf gehörte. Sie würden laufen müssen, denn der Lift war ganz sicher eine Falle. Doch Treppenhäuser neigten dazu, eng zu sein und potenziellen Angreifern einen erhöhten und damit vorteilhafteren Stand zu bieten.

»Fang jetzt nich an einen auf edel zu machen.« Bill erkannte anscheinend, was Dane bewegte. »Dir is doch klar, dass wir jetzt siebenundzwanzig Stockwerke vor uns haben? Willste die alle allein checken? Ich mein ja nur. Wir könnten uns 'türlich auch einfach die Ohren zuhalten und uns're kleine Sirene singen lass'n. Möcht aber nich die Hände dafür ins Feuer legen, dass wir danach noch leben, wenn se fertig ist.«

Das Kitz schob sein Kinn vor. »Darf ich dich darauf hinweisen, dass ich sogar bei Danes Eltern gesungen habe und sich noch alle bester Gesundheit erfreuen?«

Cally lachte. »Na das ist eine Geschichte, die ich gern hören würde, zumindest ein anderes Mal. Jetzt passt gut auf, ihr Turteltauben, wir machen das so: Wir gehen in Zweierteams. Du und dein stummer Prinz hier, die dicke Furie und ich ...«

»Vorsicht«, warf Bill brummend ein.

»Sowie Shiva und Telrok«, beendete das blonde Mädchen, ohne sich aus der Ruhe bringen zu lassen.

Bill hob kapitulierend die Hände. »Is das okay für dich, stummer Prinz?« Er feixte über das ganze zerknitterte Gesicht.

Dane war alt genug zu wissen, wann er eine Schlacht verloren hatte, und nickte. Er marschierte trotzdem voran auf die Treppe zu. Kam gar nicht infrage, dass er Andie noch mehr in Gefahr brachte, als sie es ohnehin schon war.

Mit jedem Stockwerk, das sie durchsuchten, wurde es unheimlicher. Das Gebäude schien leer. Zumindest bar jeder Lebewesen. Alles andere war noch vorhanden. Orfs Waffenkammer, die sich über die gesamte zwölfte Etage zog. Seine Fitnessräume in der achtzehnten. Das Schwimmbad im vierundzwanzigsten Stockwerk, das einen Anbau bekommen hatte, damit man während des Planschens über die Stadt schauen konnte. Dem Werwolf fehlte es offensichtlich an nichts. Dane traute Bill zu, sämtliche Schlösser der Welt zu knacken und mental irgendwelche Häuser zu scannen, doch ihm war klar, dass es sich hierbei trotzdem um eine Falle handelte. Niemand ließ seinen wertvollen Besitz einfach ungeschützt. Wo war

Orf? Wo sein formvollendeter Butler? Wo Corona oder die Basarabs?

Und warum hatte sich Midas noch nicht bei ihm gemeldet? Seine Drohnen mussten doch den perfekten Einblick in das Penthouse haben.

Nein, das gefiel Dane alles nicht. Er hatte das Gefühl, sich auf einem Schachbrett zu befinden, ohne zu wissen, welche Figur er überhaupt darstellte, und ob er für Schwarz oder Weiß spielte.

Vor dem eleganten Eingang zu Orfs Wohnräumen warteten sie auf die anderen. Andie hielt seine Hand und spielte abwesend mit seinen Fingern, was sich erstaunlich gut anfühlte. Ihr Blick schweifte hektisch hin und her, ihr schlanker Körper war gespannt wie eine Sehne, doch ihre Berührungen waren sanft und zärtlich.

Er mochte es. Er mochte es sogar sehr.

Schließlich erreichten ihre Begleiter sie. Bill schnaufte wie ein Walross, Cally und Shiva schwebten, als würde die Schwerkraft für sie nicht gelten, und Telrok bewegte sich so leichtfüßig, als hätte er zusätzlich zu dem Dämon noch einen Wer in seinem Inneren.

»Nichts, nichts und nichts«, verkündete Cally in einem mädchenhaften Singsang.

»Am liebsten würd ich sagen: Das gefällt mir nich«, brummte Bill. »Aber das wäre so 'n Klischee, dass ich's einfach lasse. Und da wir ohnehin schon mit klappernden Hufen ins Schloss eingeritten sind, brauchen wir uns jetz' um Lärmbelästigung auch keine Sorgen mehr zu machen.« Mit diesen Worten beäugte er die mit edlen Ornamenten verzierte Tür vor sich, trat einen Schritt zurück und stieß dann heftig sein baumdickes rechtes Bein nach vorn.

Die massive Tür splitterte und gab nach, als wäre sie ein billiges Spanplattenmodell.

»O Glückwunsch, alter Mann. Wenn Orf bis jetzt nicht sauer auf uns ist, hat er endlich einen Grund dazu.« Shiva verschränkte die

Arme vor der Brust und machte keine Anstalten, einen Fuß in das Penthouse zu setzen. Auffordernd sah sie Dane an. »Na los, stummer Prinz. Dein Auftritt. Auf ein weißes Pferd wirst du wohl leider verzichten müssen.«

Dane schnaubte innerlich. Eigentlich mochte er Shiva – soweit man andere Stammgäste aus dem Wild Dog mögen konnte. Aber heute übertrieb sie es ein bisschen in Sachen Zynismus. Er zuckte mit den Schultern, küsste Andies Hand und löste sie dann sanft von seiner.

»Lass mich ...«

Cally rettete ihn vor einer sprachlosen Diskussion, indem sie dem Kitz einen Arm um die Schultern schlang und es zurückzog. »Komm, jetzt lass den Jungs ihren Spaß. Du weißt schon, Testosteron in die Luft blasen, sich auf den Brustkorb trommeln, Tarzanschreie ausstoßen, so was eben. Wobei von Bill abgesehen zu Letzterem natürlich keiner in der Lage ist, aber es geht ums Prinzip und so.«

Die kleine Kellnerin war keinen Deut besser als Shiva. Dane schüttelte den Kopf und marschierte selbstsicher in Orfs Reich. Nicht zum ersten Mal heute Abend ging ihm durch den Kopf, ob es nicht eigentlich völlig bescheuert war, ohne Waffen aufzutauchen, aber Midas hatte darauf bestanden.

»*Einbruch, mein Junge, ist die eine Sache. Aber wenn etwas schiefgeht*« – dabei hatte er sein scharfes Krokodilslächeln gezeigt – »*und sie erwischen den Erben von MidasDreamIndustries mit einer Knarre oder was auch immer, dann wird es uns viel Zeit und Geld kosten, dich da wieder rauszuholen. Nein, nein. Verlass dich einfach auf unsere überlegene Vampirkonstitution, dann passt das.*«

Dane sah sich um. Er kannte Orfs Vorliebe für Kitsch, Mythologie und alles, was teuer war, aber es war nicht unbedingt geschmackvoll. Da Orf erst nach ihrem Zerwürfnis nach New York gezogen war, war er natürlich noch nie hier gewesen, aber wenn er sich eine

Behausung des Werwolfs hätte vorstellen wollen – genau so hätte sie ausgesehen.

»Un'?«, dröhnte Bills tiefe Stimme zu ihm herüber. »Sprengfallen, Fallgruben, giftige Spinnen, feurige Drachen, sich verengende Wände?« Das war mal ein Mann, der seinen Edgar Allan Poe kannte. In Bills Fall wahrscheinlich persönlich.

Dane zog tief die Luft ein. Nicht zum Atmen – zum Überprüfen aller Gerüche, die sich fanden. Es waren viele. Es stank natürlich nach Wolf, ganz logisch, allerdings konnte er nicht ausmachen, ob es sich nur um Orfs ureigenen Duft oder auch den anderer Wölfe handelte. Ein Nachteil der Vampire, Were konnten das durchaus unterscheiden. Seinesgleichen hatte sich auch vor Kurzem hier aufgehalten, vermutlich die Basarabs. Ein Hauch von Jasmin schwebte in der Luft, von Corona stammte der garantiert nicht. Der Drache stand auf schwere, erstickende Parfüms, die man ewig nicht mehr aus der Nase bekam.

Dane drehte sich zu seinen Gefährten um und schüttelte den Kopf. Hier gab es einfach zu viel, das auf seine Sinne einstürzte. Er konnte nicht sagen, ob etwas Gefährlicheres als Jasmin hier auf sie lauerte.

Vielleicht eine fleischfressende Pflanze, dachte er, als er durch die nächste Tür schritt, die zum Glück offen stand. Wahrscheinlich hätte Bill sie schon deshalb eingetreten, weil er es konnte. Dane befand sich in einem Raum voller exotischer Pflanzen und Marmorböden mit Elementen aus griechischen Sagen – wie das in den Augen eines jeden, der das siebzehnte Lebensjahr überschritten hatte, passen sollte, war ihm ein Rätsel.

Hier stank es nicht nur nach abgestorbenen Blüten und feuchter Erde, sondern auch stark nach Werdrache. Corona musste einige Zeit in diesem Raum verbracht haben.

»Mal so eine bescheidene Frage«, hörte Dane Callys Stimme aus dem Nebenzimmer. »Nachdem wir jetzt so einfach hier eingefallen sind – was machen wir genau? Suchen wir etwas? Außer einem verrückten Werwolf, meine ich. Ich schaue schon mal in die Schränke, falls er wie ein Schachtelteufel daraus hervorspringen möchte, aber mittlerweile habe ich das Gefühl, es ist niemand da.«

Die leichten Schritte hinter ihm gehörten zu Andie. Er würde sie überall erkennen. Dane drehte sich herum. »Wir müssen ihnen von dem Artefakt erzählen«, flüsterte sie.

Seine Mundwinkel zuckten. Das Kitz schien nicht zu ahnen, dass sie von lauter Suburbans umringt waren, die ein perfektes Gehör besaßen, abgesehen von Cally möglicherweise. Hexen waren zu menschlich, um sich in dieser Hinsicht weiterentwickelt zu haben, aber trotzdem. Sie hätte es eigentlich auch vom Dach schreien können.

Also tat Dane das Einzige, was ihm jetzt noch übrig blieb. Er nickte.

Andie wandte sich den anderen zu. »Hört mal kurz her, ich muss euch was erzählen.«

»Wahrscheinlich über das Artefakt«, sagte Shiva gelangweilt.

Dane unterdrückte im letzten Moment ein Lachen, als er die weit aufgerissenen Augen seiner kleinen Sirene sah, doch sie fing sich erstaunlich schnell wieder. *Intelligentes Mädchen,* dachte Dane mit einem Anflug von Zärtlichkeit.

Sie hustete. »Ähm ... ja. Es handelt sich um einen Halsschmuck, eine Art Kette, aber ziemlich hässlich. Aus Knochengliedern gefertigt.«

Bills Augenbraue versuchte sich von seinem Gesicht zu lösen und einen Ausflug ins Weltall zu unternehmen, so verwundert starrte er das Mädchen an. »Ach«, polterte er. »Das Brisingamen hab ich schon ne Ewigkeit nich mehr gesehen.«

Überlass es einer äonenalten Furie, Bescheid zu wissen. Säuerlich verzog Dane das Gesicht und begann sich einen Weg durch die Pflanzen zu bahnen. Es gab übrigens wirklich auch fleischfressende, allerdings hatten diese kein Interesse an ihm. Am Ende des Raumes befand sich noch eine Tür, die er vorsichtig aufzog. Orfs Ankleidezimmer. Schränke über Schränke, nicht zu vergessen inklusive eines begehbaren Schrankes.

Er wollte sich daranmachen, sie zu durchsuchen, als er das Kitz rufen hörte. »Dane! Komm her, schnell!« In ihrer Stimme schwang keine Panik mit, aber große Aufregung. Er warf noch einen letzten abschätzigen Blick in den Raum und eilte dann in die Richtung, aus der er sie gehört hatte. Die Penthousewohnung war groß genug, um mit einem Fahrrad hindurchzufahren, und natürlich fand er sowohl Andie als auch die anderen im letzten der hier vorhandenen Zimmer. Wobei dieser Raum eher als Gemach betrachtet werden sollte. Als Blickfang diente ein Bett mit Baldachin und Seidenbettwäsche, das mitten im Zimmer stand. Spiegel an den Wänden und auf einem halben Dutzend Regalen Peitschen, Ketten, paddelförmige Bretter deuteten auf Orfs Vorlieben. Zu seiner Überraschung faszinierten Dane einige der Gegenstände genügend, um für einen Augenblick zu vergessen, warum er überhaupt hier war.

Erst als sich Bill amüsiert räusperte, fiel sein Blick auf ein kleines Beistelltischchen und wäre er ein Mensch gewesen, hätte sich vielleicht sein Pulsschlag beschleunigt. Dort stand eine kleine, hölzerne Truhe, deren Aussehen sich ihm ins Gedächtnis gebrannt hatte.

»Wir haben sie mal unangetastet gelassen«, meldete sich Shiva zu Wort.

»Und das hat bestimmt nichts mit dem Zettel zu tun, der danebenlag und auf dem Folgendes geschrieben steht: Jeder andere außer Dane Lancaster wird eines grauenhaften Todes sterben, sollte er es wagen, diesen Gegenstand zu berühren«, behauptete Cally und schob sich ein paar ihrer hellblonden Locken zurück, die drohten, ihr erneut in die Augen zu fallen. »Natürlich stellt sich auch keiner die Frage, ob man a) diese Drohung ernst nehmen muss oder b) nicht auch Dane stirbt, wenn er das Ding anfasst«, fuhr sie dann fort.

Shiva schnaubte und ihre Stimme bekam einen etwas zischenden Klang. Dafür, dass sie ihren Wer nicht rauslassen konnte, klang sie aber gerade wie einer. »Ich mag dich eigentlich ganz gern, stummer Prinz, aber mich mag ich noch viel lieber. Also besser du als ich, würde ich sagen.«

Das Kitz fuhr empört zu ihr herum und funkelte sie an.

Dane nutzte diesen Moment der Ablenkung, um mit zwei schnellen Schritten zu dem zierlichen Tisch zu gelangen. Er hob die Nadel auf, die daneben lag und von den anderen offensichtlich nicht beachtet worden war, drehte das Kästchen um und führte den spitzen Gegenstand ein.

Andie stieß ein entsetztes Keuchen aus, als sie bemerkte, was er tat, doch Dane wandte sich bereits um, um ihnen den Inhalt zu zeigen. Fast hatte er befürchtet, das Kästchen könnte leer sein. War es aber nicht. Das Brisingamen befand sich allerdings auch nicht darin. Stattdessen fand er ein durchsichtiges dreieckiges Prisma.

Dane runzelte die Stirn. Dieser Bastard machte sich über ihn lustig und nutzte Technik von MidasDreamIndustries. Er warf das kleine Objekt heftig zu Boden und trat einen Schritt zurück. Wie erwartet entstand vor ihnen ein Hologramm – Orf, der auf einem mit rotem Samt bezogenen Sessel lümmelte, auf einem Stück Apfel kaute und seine weißen Zähne aufblitzen ließ.

»Hallo, liebe Freunde«, schnurrte er. Oha. Er musste in einer *dieser* Stimmungen sein, das würde nicht gut gehen. »Wenn ihr diese Aufzeichnung seht, bin ich tot.« Er lachte, ein bisschen zu herzlich, um echt zu sein. »Ach Unsinn. Falscher Film. Natürlich lebe ich und befinde mich an einem sicheren Ort. Was man von dem euren jetzt wohl nicht mehr so sagen kann.« Er deutete auf das Prisma, das er zu diesem Zeitpunkt noch in der Hand hielt. »Hab ein kleines Spielzeug drin versteckt.« Er sah auf seine millionenschwere Patek Philippe, hielt sie theatralisch an sein Ohr. »Ticktack. Ticktack.« Dann richtete er seinen Blick wieder nach vorn. »Meint ihr, dass ihr es in dreiundzwanzig Sekunden aus dem Gebäude und etwa einhundert Meter weiter schafft? Zweiundzwanzig, einundzwanzig ...«

Noch bevor das Hologramm endete, brüllte Cally: »Lauft!« Sie stürzten los, kamen jedoch nur bis in das Wohnzimmer des Penthouses, als ein Ruck sie alle von den Füßen holte. Dane zog noch im Fallen Andie an sich und drehte sich auf den Rücken, damit sie sich beim Sturz nicht verletzte.

Das durchsichtige Dach über ihnen wölbte sich in einer fast lautlosen Explosion und tödliche Glassplitter regneten auf sie herab, nur um etwa einen Meter über dem Boden plötzlich in der Luft zu verharren. Dane erkannte einen starken Schutzzauber, wenn er einen sah.

Aus dem dunklen Nachthimmel schälte sich ein bis zu diesem Moment getarnter Gleiter mit dem dunkelroten Symbol der Lancaster-Rose an der Außenseite. Sechs Seile surrten aus dem Bauch des Fliegers, der wie ein dunkles Maul wirkte. Die Seile besaßen Magie-Technik, schlangen sich um die auf dem Boden liegenden Lebewesen und zerrten sie mit einem Ruck in die Höhe.

Zu Danes Überraschung kreischte Bill wie eine Banshee. Er hätte es ihm gern gleichgetan, wäre er im Besitz einer Stimme gewesen. Unsanft landeten sie im Frachtraum des Gleiters, der sofort beschleunigte und abzischte, als hätte er eine Verabredung im Weltraum. Während sich die Seile fester um ihre Körper zogen und damit verhinderten, dass sie hinausstürzten, schloss sich die Luke mit quälender Langsamkeit. Nur dadurch konnte Dane sehen, wie sich genau dort, wo er sich vor Sekunden noch befunden hatte, ein gewaltiger Feuerpilz in den Himmel erhob.

Kapitel 17

Das Blut rauschte in ihren Ohren. Andies Atem flog und sie konnte es noch immer nicht fassen, was gerade passiert war.

Es war schließlich Shiva, die es ein wenig zischend zusammenfasste. »Puh, das war knapp. Dachte schon, ich müsste meinen Altvorderen gegenübertreten – und wäre das nicht für Großonkel Al ein innerer Aufmarsch zu ssssehen, dass ich nicht mal das fünfzigsssste Lebensjahr erreicht habe?«

Lachen blubberte in Andie hoch. Großonkel Al – wer auch immer das gewesen sein mochte – wäre ihre letzte Sorge gewesen. Nicht einmal an Tante Dru hatte sie gedacht und ihr im Jenseits zu begegnen, stellte sie sich wirklich furchtbar vor.

Bill räusperte sich mehrmals. Wahrscheinlich wollte er damit überspielen, dass er vorhin so laut gekreischt hatte, dass kein anderer zu hören gewesen war. »Ich nehm an, dein gottverdammter Vater hats so eingefädelt, Blutsauger? Muss bei Gelegenheit mal meinen Kopf checken lassen, mein Cassandra-Gen is wohl kaputt.«

Dane lehnte an der unbequemen Metallwand und sah aus, als wäre er irgendwo zum Tee eingeladen, nicht so, als wäre er knapp einem Schicksal als Brathähnchen entkommen. Er zuckte mit den Schultern, hielt inne und nickte dann langsam, was wohl bedeutete, dass er es für durchaus möglich hielt – sowohl die erste als auch die zweite Aussage.

»Könnte mich jemand aufklären?«, fragte Andie und wunderte sich, dass ihre Stimme beinahe fest klang.

Vielleicht färbten diese ganzen supercoolen Suburbans auf sie ab. Vielleicht wäre sie auch irgendwann so mutig und gelassen.

Oder vielleicht hatte sie einfach den Schreck ihres Lebens bekommen und jetzt keine Kraft mehr, großartig hysterisch zu werden. Letzteres erschien ihr leider am wahrscheinlichsten.

Die Blicke ihrer Begleiter richteten sich auf etwas hinter ihr und sie drehte sich ein bisschen mühselig um, da sie noch immer auf dem Boden kniete.

Eine Luke hatte sich lautlos geöffnet und fast ebenso lautlos war dort jemand aufgetaucht. Unwillkürlich lächelte sie.

»Kleines, ich dachte, für eine Aufklärung ist es zu spät, seit du dich auf diesen altmodischen Vampir dort eingelassen hast.« Ausgerechnet Gary Sturgins lungerte dort herum, lehnte sich lässig mit der Schulter am Rahmen an und ruckte sein Kinn in Richtung Dane.

»Und ich dachte, wir hätten uns darauf geeinigt, dass du mich Andie nennst«, erwiderte sie.

»Auch wieder wahr.« Er stieß sich ab und schlenderte zu ihnen. »Seid ihr alle in Ordnung?« Das Spielerische in seiner Stimme machte Besorgnis Platz.

Telrok erhob sich und schüttelte das Seil ab. Er sah aus, als ob er mit Mühe seinen Dämon zurückhielte, in seinem Gesicht zuckte es.

Andie tat es ihm gleich minus das Verzerren ihrer Züge. Nachdenklich betrachtete sie das Seil, das sich jetzt so einfach von ihr löste, als hätte es sich nicht semibewusst um sie gelegt und etwa hundert Meter in die Höhe gerissen. Es fühlte sich seltsam an, fast organisch.

»Medusen«, erklärte Gary und nahm es ihr aus der Hand. »Neueste Magie-Technik. Genauso wie dieser Flieger. Er tätschelte das Material, das nicht, wie Andie gedacht hatte, aus Metall zu bestehen schien. »Drachenhautimitat. Unkaputtbar. Hält sogar einer Mittelstreckenrakete stand – wir wussten ja nicht, was die Basarabs so auffahren. Nur das Beste für Midas. Na, er kann sich's natürlich auch leisten.«

»Das heißt, du arbeitest für Danes Vater?«, fragte Andie und fühlte so etwas wie Enttäuschung in sich aufsteigen. Es war ungerecht Gary gegenüber, aber sie hatte das Gefühl, dass Midas ihn gekauft hatte.

Der Vampir lächelte. »Ich betrachte mich eher als eine Art Manager für MidasDreamIndustries. Immer, wenn es irgendwo Probleme gibt, komme ich ins Spiel. Eine Art besserer Hausmeister – ich räume den Dreck weg, den andere auf uns werfen.«

Dane trat neben Andie, strich ihr sanft über den Rücken – Gott, es sollte sich in so einer Situation nicht so gut anfühlen, oder? – und tauschte eine dieser seltsamen einarmigen Umarmungen mit Gary aus, die Männer anscheinend ... nun ja, für männlich hielten. Man durfte bloß niemals zeigen, wie sehr man sich freute, den anderen zu sehen.

»Wer fliegt'n die Kiste eigentlich, während du hier so rummanagst?«, polterte Bill. Er fühlte sich sichtlich unwohl. Flug- oder Höhenangst, vermutete Andie und lächelte ihm beruhigend zu.

Er grinste verkrampft zurück. »Kann die Dinger auf'n Tod nich' ausstehn'n«, flüsterte er. Wobei Andie mittlerweile begriffen hatte, dass man unter Suburbans durch Flüstern oder leises Sprechen selten etwas verbergen konnte. Die besaßen ja alle Ohren, mit denen man Fledermäuse neidisch machen konnte.

Gary löste sich von Dane und winkte ihnen ihm zu folgen. »Niemand natürlich, alter Brummbär. Funktioniert alles von allein. Wir leben ja schließlich nicht mehr in deinem Ikarus-Zeitalter.«

Cally hüpfte wie ein kleines Mädchen an ihnen vorbei und marschierte vorneweg. »Aber hallo!«, hörte Andie sie sagen, als sie im vorderen Bereich des Gleiters angekommen war. »Wird ja langsam eine echte Wild-Dog-Party.« Ihr helles Lachen löste einen Teil des Drucks, der auf Andies Magen ruhte, und sie konnte endlich wieder durchatmen.

Im Gegensatz zu dem Flugzeug, mit dem Andie ein einziges Mal in ihrem Leben gereist war, gab es in dem Gleiter keine Trennung zwischen Cockpit und Passagierraum. Wobei es Passagierraum auch nicht wirklich traf – ein paar bewegliche, drehbare und unfassbar bequem aussehende Sitze waren scheinbar wahllos in dem Raum verteilt, in dem sie jetzt standen. Bill ließ sich in einen von ihnen fallen. Der Stuhl ächzte nicht mal unter seinem Gewicht, was eindeutig für seine Qualität sprach.

»Hi!«, sagte er wenig enthusiastisch und winkte den Leuten zu, die in dem saßen, was Andie für die Pilotensitze hielt. Hatte Gary nicht gesagt, dass dieser Gleiter automatisch gesteuert wurde? »Ihr habt nich zufällig was zu trink'n dabei, Stella?«

Andie blinzelte. Sie begriff, warum Cally etwas von einer Wild-Dog-Party erwähnt hatte. Die beiden hatte sie doch schon mal gesehen. War das nicht an dem Tag gewesen, an dem sie erfahren hatte, dass sie eine Suburban war? Stella irgendwas ... Ein Werpferd. Oder Rennpferd. Sie war sich immer noch nicht sicher, ob Cally sie damit nur aufgezogen hatte. Und ihre Freundin Tala, eine Wölfin, glaubte sie sich zu erinnern. Nur was machten die auch noch hier? Standen eigentlich alle von Bills Kunden im Dienst von Danes Vater?

Stella, die riesige Kopfhörer trug, hatte anscheinend Bills Frage nicht gehört. Tala stieß sie sacht mit dem Stiefel an und sie blickte auf. Die Werwölfin deutete mit dem Daumen der linken Hand über ihre Schulter und machte mit der rechten eine Geste, als würde sie etwas trinken.

Stella zog die Kopfhörer ab. Falls Andie überhaupt etwas erwartet hatte, dann, dass irgendwelche Lotsenstimmen daraus quäken würden. Stattdessen schallte ihnen eine lautstarke Mischung aus hämmerndem Beat und spanischen Worten entgegen.

»Is das Techno?«, fragte Bill und rümpfte angewidert die Nase.

Stella schüttelte den Kopf. Sie sah enttäuscht aus, griff jedoch in die Innentasche ihrer bunten Jacke – machte sie da Werbung für irgendein koreanisches E-Sport-Team? – und warf Bill eine Flasche mit einer goldenen Flüssigkeit zu.

Der seufzte. »Schlechte Musik, schlechter Alk. Die Welt geht vor die Hunde. Die heut'ge Jugend hat einfach keinen Geschmack mehr.« Sein Gemaule hielt ihn nicht davon ab, den Deckel abzuschrauben und einen Hieb zu nehmen, der gut ein Drittel des Inhalts verschwinden ließ.

»Ich bin vierunddreißig, Opa«, erwiderte Stella. »Und das ist Industrial, kein Techno, was du wüsstest, wenn du auch nur einen Anflug von Geschmack besäßest. Außerdem is Techno ohne Gesang.«

Tala ließ ihren Stuhl zu ihnen herumschwenken. »Und wenn die Welt zugrunde geht, dann vor die Wölfe, nicht irgendwelche Hunde.«

»Hätt ich mal nichts gesagt«, murrte Bill und führte die Flasche wieder zu seinem Mund. »Jetzt können wir uns stundenlang Vorträge anhören.«

»Apropos stundenlang. Wohin fliegen wir eigentlich?« Andie sah sich um und betrachtete die Schaltfläche genauer, die sich vor Stella und Tala ausbreitete. Das war keine Pilotensteuerung, wie sie gedacht hatte. Oder falls doch, hatten die beiden sie definitiv missbraucht. Wenn sie nicht alles täuschte, lief dort gerade ein Computerspiel. »Ich glaube, ich bin nicht mehr in Kansas«, murmelte sie.

Tala grinste sie an. Da waren ganz schön scharfe Zähne zu sehen. »Da kommen wir leider nicht vorbei, Dorothy«, erwiderte sie. »Vielleicht machen wir auf dem Rückweg einen Abstecher dahin, falls alles so läuft, wie Midas es will – und das tut es eigentlich immer. Aber um deine Frage zu beantworten: Wir landen in ein paar Minuten in Louisiana, unweit einer gewissen Ranch eines gewissen Wolfs, der seinen Verstand und schlimmer noch – seinen Anstand verloren hat.«

»Die Fevres stammen nich aus Louisiana«, warf Bill ein, der jetzt um einiges ruhiger wirkte. Der Pegel in der Flasche in seinen Pranken allerdings auch.

»Stimmt«, bestätigte Gary. »Was wahrscheinlich der Grund dafür ist, dass sich Orf genau dort über einen Strohmann sein hübsches, kleines Gone-with-the-wind-Domizil gekauft hat. Zumindest früher waren sich die Fevres nicht allzu grün.«

Andie versuchte sich aus den Details, die sie hier aufschnappte, und dem, was sie bereits wusste, ein Gesamtbild zu erschaffen und was sie sah, gefiel ihr überhaupt nicht.

»Verstehe ich das richtig«, begann jemand mit einer leisen, kalten und geradezu gefährlichen Stimme – und sie brauchte einen Moment, um zu begreifen, dass es sich dabei um ihre eigene handelte –, »dass diese ganze Aktion im Penthouse des Verrückten ein Ablenkungsmanöver von Midas war, um Orf in Sicherheit zu wiegen? Und dass er dabei eiskalt nicht nur das Leben seines einzigen Sohnes, sondern auch das seiner Freunde aufs Spiel gesetzt hat?«

Gary zuckte zusammen, doch auch die anderen Suburbans zeigten Anzeichen von Unbehagen. »Nun ...« Zum ersten Mal, seit sie ihn kannte, war der Vampir um eine Antwort verlegen. »Das kann man so nicht sagen. Wir hatten euch die ganze Zeit im Blick, um sofort eingreifen zu können, sobald das, was Orf auch immer plante, in Aktion trat.«

Ihr schwindelte, doch in diesem Moment nicht vor Angst oder Entsetzen. Was sie jetzt durchströmte, war Wut. Heiß genug, um jeden Vulkan das Fürchten zu lehren.

Midas hatte genau gewusst, dass die Aktion in New York nichts bringen würde außer Gefahr für Leib und Leben, und doch hatte er kühl berechnet, dass es ihm wert war, wenn seine Gegner annahmen, dass sie mit einem Schlag sowohl seinen Sohn als auch die Sirene gekillt hätten.

»Und wieso glaubt ihr, dass er uns für tot hält? Er ist doch nicht völlig bescheuert, nehme ich an. Einer mit einem Penthouse hat doch überall Kameras in der Wohnung verteilt – also weiß er, dass wir gerettet wurden, bevor alles in die Luft ging.« Sie wusste gar nicht, dass sie grollen konnte. Nie zuvor hatte sie so drohend geklungen.

Tala ließ den Sitz so weit zurückfahren, dass sie sich außerhalb ihrer Reichweite befand, und betrachtete angelegentlich ihre Fingernägel. »Also ich möchte jetzt nicht in deiner Haut stecken, Sturgins«, sagte sie beiläufig.

Tatsächlich bemerkte Andie, dass Gary am Kragen seines eleganten Hemdes zog, als wäre er urplötzlich zu eng geworden. Es half ihr auch nichts, als sie Danes Wärme hinter sich spürte, der ihre Taille umschlang und sie an sich zog.

»Kleines ... Andie. Wir sind auch nicht völlig bescheuert, weißt du? Bestimmt hast du gesehen, dass das explodierte Glas plötzlich in der Luft innehielt? Das war einer der etwa zwei Dutzend Zauber, die wir eingesetzt haben, um Orf und seinen verfluchten Kameras genau das zu zeigen, was er sehen wollte. Wenn du willst, kannst du dich selbst davon überzeugen – wir haben seine Aufzeichnungen gehackt. Schon vergessen? MidasDreamIndustries.« Er deutete auf Stella. »Wofür unter anderem sie zuständig ist. Midas hat unzählige Suburbans in seinen Diensten. Hacker, Hexen – eine ganze Armee, wenn es ihm beliebt.«

»Hey!«, beschwerte Stella sich. »Wirf du mich jetzt nicht den Wölfen vor.«

»Seit wann hast du was gegen Wölfe?«, feixte Tala. Wenigstens eine Person hier hatte massig Spaß.

»Und was hat er also gesehen?«

»Euch«, erwiderte Gary leise. »Wie ihr losstürmt, aber nicht aus dem Penthouse seid, bevor diese nette Imitation eines Atompilzes in die Luft steigt.«

Das mochte alles schön und gut sein, besonders wenn man das Ganze auf einem Reißbrett entwarf. Aber hier ging es um richtige Menschen ... Okay, Suburbans! Und dass Midas einfach so mit ihnen spielte, um Orf einen Schritt voraus zu sein ...

Sie biss sich auf die Lippen, um zu verhindern, dass irgendein Ton aus ihrer Kehle drang, der wahrscheinlich den Gleiter – massive Zauber hin oder her – zum Absturz gebracht hätte. Als sie es endlich schaffte, wieder klar zu denken, stieß sie hervor: »Sobald das hier vorbei ist, reiße ich Midas die Eier ab!«

Bei Gott! Wer hätte gedacht, dass dieser Anflug von Gewalt – selbst die bloße Androhung davon – so befriedigend sein würde? Andie wand sich aus Danes Umarmung, stapfte eher unelegant zu dem Sitz neben Bill und ließ sich hineinfallen.

Er prostete ihr zu. »Du weißt schon, dass der blutsaugende Bastard alles hört, was hier besprochen wird?«

»Gut!«, erwiderte sie. »Dann kann wenigstens keiner behaupten, ich hätte ihn nicht gewarnt.« Ihr Zorn wurde unmittelbar von einem Glücksgefühl abgelöst, als sie sah, wie Dane den Kopf zurückwarf und lautlos so lange lachte, bis ihm Tränen die Wangen hinunterliefen.

Kapitel 18

Corona wusste nicht, wo sie sich befand, als sie die Augen aufschlug. Jemand hatte ihre Hände gefesselt, wie sie gleich darauf feststellte, und sie fluchte unwirsch und versuchte mit den Zähnen die Fesseln aufzubeißen. Aber es geschah überhaupt nichts. Ihr fiel es schon schwer, die Hände zu heben. Ihre Augen gewöhnten sich nur langsam an die Dunkelheit. Und dann spürte sie es: übermächtig und bedrohlich. Jemand hatte diesen Raum mit einem Werbann belegt. Sie konnte sich nicht wandeln, sie konnte sich nicht regen. Kurzum: Nun war sie ein Nichts.

Corona versuchte einen kühlen Kopf zu bewahren. Was hatte sie nur in ihrem Zorn angestellt, dass sie ausgerechnet zu Orf gelaufen war? Dem verrücktesten Suburban von ganz New York. Alles war ihr aus den Fingern geglitten und wäre sie im Vollbesitz ihrer Kräfte gewesen, sie hätte das ganze Haus niedergebrannt.

Fluchend kämpfte sie mit ihrem schwächlichen Körper, den vermutlich derzeit jeder Mensch einfach umgeworfen hätte, gegen die Fesseln an, doch alles, was geschah, war, dass der Stuhl kippte. Vorwärts. In letzter Sekunde konnte Corona die Hände heben und sich wenigstens halbwegs auffangen, auch wenn sie nun mit dem Gesicht auf einem dreckigen Boden lag, der nach Pferd roch. Pferd ... Wo zum Teufel roch es in New York nach Pferd? Und wie lange war sie bewusstlos gewesen?

Der Boden war nicht eben. Eher platt getrampelt. Rohe Erde und Tiermist. Sie musste sich weit außerhalb der Stadt befinden. *Nachdenken, Corona,* zwang sie sich. Sie war nicht nur ein uralter Suburban, sie war der einzige Wer ihrer Art. Und sie hauchte ihr Leben sicher nicht in einem beschissenen Pferdestall aus. Dennoch kroch etwas Unbekanntes in ihr hoch: Furcht. Orf hatte sie überlistet. Sie mit einem Zauber gebunden. Nun musste sie sich fühlen wie ein Mensch. Und Menschen spürten Angst.

Unter größter Anstrengung kam sie wieder auf die Beine. Ihr Körper fühlte sich bleiern an und sie musste mehrfach tief durchatmen, als sie schließlich auf den Knien war. Das Aufstehen kostete sie fast all ihre Kraft und sie sah Sterne tanzen. Himmel, was hatte dieser verdammte Wolf nur angestellt? Ein Trost war es ihr lediglich, dass er bisher noch keine Möglichkeit gefunden zu haben schien, ihre Kraft auf sich zu übertragen.

Am Ende des rechteckigen Raumes entdeckte sie ein Fenster. Vorsichtig humpelte sie hinüber. Ihr rechter Fuß war eingeschlafen und die Fesseln an ihren Beinen ließen sie kaum große Schritte tun. Wie eine Schnecke bewegte sie sich auf das Fenster zu. Als sie es endlich erreichte, dachte Corona, dass sich so wohl Marathonläufer fühlen mussten.

Sie stützte sich auf den Fensterrahmen aus Holz und presste ihre Nase an die Scheibe. Normalerweise wäre es kein Problem für sie gewesen, bis in die tiefste Dunkelheit dort draußen zu schauen. Aber jetzt? Jetzt war sie weniger als ein Mensch. Ein Schatten ihrer selbst. Dieser Mistkerl. Wie hatte er einen so mächtigen Zauber weben können? Ohne eine Hexe?

Draußen erkannte sie nichts von Wert. Einen Zaun. Einen Baum. Sonst nichts. Das glänzende Heck eines teuren Autos schob sich noch in ihr Sichtfeld, doch es fuhr ohne Licht und war schnell fort.

Corona stöhnte. Sie kannte Orf zu wenig, um sagen zu können, wohin er sie verschleppt hatte. Sie wusste, dass er Dutzende Häuser und Grundstücke besaß. Niemand würde nach ihr suchen. Eine Tatsache, die ihr heute schmerzlich bewusst wurde, denn sie war seit jeher eine Einzelgängerin. Die Natur ihres Wers verlangte es. Drachen erstickten einander mit Feuer und Rauch. Es gab keinen

Platz auf der Welt für zwei von dieser Sorte und jeder andere war zu schwach für den Drachen. Konnte ihn nicht kontrollieren, ihn nicht aufhalten, nicht schützen, nicht bändigen.

Mit einem Mal hörte sie das Geräusch einer schleifenden Tür und fuhr herum.

»Du bist ja wach«, sagte eine sanfte, weiche Stimme.

Corona versuchte angestrengt eine Gestalt zu erkennen, aber erst, als die Vampirprinzessin beinahe vor ihr stand, war sie überhaupt sichtbar. Verfluchte Blutsauger. Eins mit den Schatten. Schon für einen Wer kaum zu erkennen im Dunkeln. Im jetzigen Stadium ihrer selbst? Unmöglich.

»Arbeitest du für Orf?«, spuckte Corona ihr entgegen.

»Aber ich arbeite doch nicht für ihn. Ich diene ihm«, antwortete Sumaya freundlich. »Das ist ein Unterschied.«

»Und dumm. Wie kannst du diesen Verrückten unterstützen? Ich meine, ich war ja schon dumm, aber du? Du siehst doch, was er mit seinen Verbündeten tut, wenn er sie nicht mehr benötigt.«

»Aber Orf kann uns vereinen«, hielt sie dagegen. »Wehr dich nicht, er wird dich fürstlich belohnen.«

»Ich scheiße auf die Belohnung eines ordinären Werwolfs«, gab Corona zurück.

»Nur ein braver Wer bekommt eine Belohnung«, hörte sie mit einem Mal Orfs laute Stimme hinter der Prinzessin. »Bist du ein braver Wer, Corona?«

»Leck mich am Arsch«, knurrte sie.

Sie fühlte den Zorn in sich aufsteigen. Er gab ihr Kraft, aber der Drache ließ sich nicht blicken. Orfs Zauber war zu stark.

Der Werwolf trat ins Licht. An seinem Hals klimperte ein Halsband aus Knochen, das schaurig anzusehen war. Und Corona wusste mit einem Mal, womit sich Orf angelegt hatte: dem Brisingamen. Wie konnte er nur so verrückt sein? Kein Suburban hatte sich jemals getraut, dieses verfluchte Artefakt zu nutzen. Weil es stärker war als sie selbst. Ja, stärker als der Drache. Nicht einmal Corona wäre so wahnsinnig gewesen.

Panisch suchte sie nach einem Ausweg, doch sie stieß nur mit dem Rücken gegen das Fensterbrett.

»Es wird niemand kommen, um dich zu retten. Du bist Einzelgängerin. Der Einzelgänger besitzt nicht den Schutz eines Rudels«, sprach Orf, als wäre er ein Tierfilmer bei National Geographic.

»Und selbst wenn du es nicht wärst, alle die du kennst, sind sowieso tot.«

Corona schnaubte verächtlich. »Klar.«

»Ich habe sie selbst getötet. Falls du es mir nicht glaubst, können wir auch einen hübschen Videoabend machen, bevor du mir deine Kraft gibst. Nur du und ich. Wie zwei Teenager im Kino. Ich lege die Hand auf die Lehne und versuche sie dann auf deine Schulter rutschen zu lassen.« Er kicherte irre und kam noch einen Schritt näher.

Hilfe suchend sah Corona sich zu Sumaya um. »Er wird dir das auch antun. Du musst ihn stoppen. Du hast die Kraft dazu. Dein Bruder ... Du musst deinen Bruder holen. Seine Männer können dich befreien. Wenigstens dich. Du bist doch kein dummes Gör.« Corona wusste selbst nicht, warum sie an die Vampirin appellierte, aber sie weigerte sich zu glauben, dass Sumaya bösartig war. Nichts an dieser Frau wirkte so. Und dennoch unterstützte sie Orf. War durch irgendetwas an ihn gebunden.

»Ihr Bruder ist weit fort. Damit Midas persönlich lernt, was geschieht, wenn man sich mit den falschen Leuten anlegt«, erklärte Orf mit einem diabolischen Grinsen.

Sumaya jedoch lächelte und deutete auf Orfs Hand. Corona folgte ihrem Blick und erkannte die verräterischen Bissspuren eines Vampirs. So war das also. Deswegen hatte er sie in seinem Penthouse schon verletzen können. Er verfügte über Sumayas unvorstellbare Vampirkräfte. Ein Hybride aus Werwolf und Vampir. Und wenn er mit ihr fertig war, dann war er auch noch ein Drache. Niemand würde ihn stoppen können.

»Komm schon. Oder muss ich grob werden?«

»Du kannst dich zum Teufel scheren«, antwortete Corona und wandte sich ein letztes Mal an Sumaya: »Lass nicht zu, dass er mich anfasst. Er wird uns beide töten.«

»Aber er will uns doch nur helfen«, klang Sumayas verklärte Stimme durch den dunklen Raum.

Orf hatte sie voll im Griff. Sie war ihm absolut hörig. Und der Werwolf kam näher. Mit einer raschen Geste packte er ihr Handgelenk, seine Fangzähne traten hervor – Corona hatte keine Ahnung, ob sie das Erbe der Vampirprinzessin oder seine Wolfshauer waren. Er warf ihr einen regelrecht mitleidigen Blick zu, als das Brisingamen unheimlich grün zu leuchten begann und Coronas Denken mit einem Mal auslöschte. Ein angenehm fluffiges Gefühl blieb übrig. Und der unbedingte Wunsch, Orf zu gehorchen.

»Beiß mich!«, hörte sie seine wohlklingende Stimme.

Und wer konnte sich einem solchen Befehl widersetzen? Er klang so verlockend und freundlich. Ja, warum sollte sie ihn nicht beißen? Einen Drachen schaffen. Einen, den die Welt noch nie gesehen hatte.

Sie spürte, wie der Wer zurückkehrte, ihre Eckzähne wuchsen auf eine beachtliche Größe. Sie folgte der Bewegung von Orfs Hand. Nur ein Wunsch: endlich beißen. Ihren Wer weitergeben. An diese charmante Kreatur, die da vor ihr stand. Beinahe verführerisch zog Orf seinen Hemdsärmel zurück und Corona biss zu. Voller Freude.

Kapitel 19

Die Landung des hypermodernen Gleiters war alles andere als sanft und hypermodern gewesen. Gary hatte das Ding in ein Maisfeld gesteuert und anschließend waren Tala und Stella als Stewardessen mit den Worten »Herzlichen Dank, dass Sie mit MidasDreamIndustries geflogen sind. Wie Sie bemerkt haben, sind wir gerade in Louisiana aufgeschlagen« ausgestiegen.

Dane wusste, dass jeder Plan und jede Technik seines Vaters einen Haken besaß. Nur kümmerte es ihn nicht, solange er Profit damit machte. Und solange sich die hübschen Gleiter, die autonom flogen, gut verkauften, störte es ihn nicht, dass die Fluggäste regelmäßig ihre Reisen mit Schleudertrauma beendeten.

Andie jedoch schien die harte Landung nichts auszumachen. Sein Kitz wirkte über alle Maßen entschlossen. Sie marschierte einfach durch den Ausstieg und sah nicht einmal zurück. Was war aus dem schüchternen Mädchen geworden? Hatten die Sirenengene sie mittlerweile so gut im Griff?

Als er sich nicht rührte, folgten ihr schließlich Bill, Shiva und Cally, während Telrok die Nachhut bildete. Gary gesellte sich an seine Seite.

»Deine Sirene ist ganz schön heiß darauf, deine Stimme zu hören, kann das sein?«, sagte er lachend und schlug ihm auf die Schulter.

Dane verzog die Lippen. Jetzt, wo sein Ziel zum Greifen nahe war, hatte er diese einseitigen Gespräche, zu denen er nichts beisteuern konnte, so satt. Hoffentlich gehörte das bald der Vergangenheit an.

»Du hast so ein Scheißglück, dass du sie getroffen hast. Wenn du sie nicht wollen würdest, ich würde ihr sofort den Hof machen.«

Er musste wohl ziemlich empört geschaut haben, denn Gary lachte, wenn möglich, noch lauter. »Jetzt guck doch nicht so. War ein Witz. Würde ich nie machen. Ich seh doch, wie du dieses Mädchen anhimmelst. Als wäre sie die Einzige auf der Welt für dich. Und soviel ich weiß, ist sie das auch. Was wäre ich für ein Unmensch, dir das wegzunehmen?«

»Wollt ihr vielleich' noch 'was lauter schreien? Damit Orf sichergehen kann, dass wir nich tot sin'?«, brüllte Bill von vorn.

»Halt die Schnauze«, rief Tala genauso laut.

Am liebsten hätte er sie gerade alle erwürgt. Was für eine dämliche Armee. Aber alleine zu gehen, war auch keine Option. Man musste nehmen, was man kriegen konnte. Und mittlerweile verdankte er den anderen Suburbans so viel. Vielleicht war es Zeit, dass er von seinem hohen Ross hinunterstieg und sich als das sah, was er war – egal wie reich, wie schön, wie vermeintlich unsterblich. Dane war einer von ihnen. Ein Suburban durch und durch. Auch wenn Vampire sich stets bewusst davon ausklammerten.

Mit einem Mal hörte er den Hufschlag eines Pferdes. Dann drängte sich der vertraute Geruch eines Werwolfs in seine Nase. Erschrocken fuhr er herum, sah aber nur zwei Schatten durch die Dunkelheit donnern. Tala und Stella hatten ihren Wer entfesselt und jagten durch das Feld. Das Pferd weit vor dem Wolf. Aber nicht so lautlos wie ebendieser.

»Da vorn geht was Merkwürdiges vor sich«, rief Bill.

Dämliche Furie. Mittlerweile wussten vermutlich alle ehemaligen Südstaaten Bescheid, weil der Mistkerl sich nicht leise unterhalten konnte.

Dane versuchte seine Sinne einzusetzen. Auch wenn er mittlerweile merkte, dass er einen anstrengenden Abend hinter sich hatte. Selbst Vampirkräfte waren nicht unerschöpflich.

In der Dunkelheit glomm ein grünes Leuchten. Einige hundert Meter entfernt noch, aber es war nicht zu übersehen. Jedenfalls nicht als Suburban. Und er spürte es auch. Einen mächtigen Ruf. Eine Verlockung. Eine Einladung. Dennoch fühlte es sich falsch an. Und sie liefen geradewegs darauf zu.

Wie von Zauberhand war plötzlich Andie an seiner linken Seite. Gary trollte sich. Nicht ohne dieses blöde Grinsen nach dem Motto: Dann lass ich euch zwei Süßen mal alleine.

»Hier lebt Orf?«, fragte Andie.

Dane nickte. Wenn Midas das herausgefunden hatte, würde es wohl stimmen.

»Dann machen wir ihn jetzt fertig«, sagte Andie zuversichtlich.

Wie konnte man im Mondlicht so wunderschön aussehen? Diese Frage drängte sich Dane ungewollt auf. Sie strich sich die Haare zurück. Gerne hätte er sie gefragt, ob sie es auch sehen konnte. Dieses machtvolle Leuchten in der Ferne. Das musste Orf sein. Und das Brisingamen. Nichts kam seiner Kraft gleich.

Er hörte das Rauschen des Nachtwinds in den Feldern, die gleichmäßigen Schritte seiner Gefährten und dann war da etwas Neues. Alarmiert hob er den Kopf und griff nach Andie. Aber die entwand sich seinem Griff.

»Lass das«, zischte sie sogar. »Du musst mich nicht immer bei der Hand nehmen.«

Dane grinste. Sein Kitz war zum Raubtier mutiert.

»Stopp«, befahl nun auch Cally.

Das Rennpferd und der Wolf waren enteilt. Dane konnte weder ihre Präsenz fühlen noch sie irgendwo ausmachen.

»Noch mehr Oni?«, fragte Bill erstaunlich leise.

Das erschreckte Dane am meisten.

»Nein«, antwortete Cally düster. »ACHTUNG!«

Dane konnte gar nicht so schnell reagieren, da war es schon heran. Ein riesiges Geschöpf mit Schuppen und einer langen Schnauze. »Ein Alligator«, schrie Gary und Dane hörte Schüsse.

Aber der Wandler (denn Dane war sich sicher, dass es sich hier um einen Wer handelte) war gegen ein paar läppische Kugeln immun. Und er war nicht allein. Aus dem hohen Gras tauchten immer mehr Alligatoren auf, deren Augen unheimlich glommen.

»Das sind wohl Orfs Wachhunde«, meinte Cally grimmig.

In ihrer Hand tanzte eine Flammenkugel, die sie mit einer raschen Bewegung auf einen besonders frechen Wer schleuderte. Er prallte mit einem lauten Platschen zurück. Sie mussten sich in einem sumpfigen Gebiet befinden. Wasser.

»Das kürzen wir ab«, meinte Andie erstaunlich ruhig. »Ohren zuhalten.«

Dane wusste gar nicht, wie ihm geschah, als sie sich zu ihm umwandte, nach seinen Händen griff und ihre eigenen auch noch an seine Ohren presste. Fest, sodass ein Unterdruck entstand. Dane sah, wie ihr Mund sich öffnete. Und dann ließ ein markerschütternder Schrei den Boden erzittern. Es war ein archaischer Ton, voller Zorn und Trotz.

Er sah, wie Bill sich krümmte und Cally zu Boden ging. Gary stolperte auf die beiden zu, während der Dämonenbeschwörer keine Probleme mit dem Schrei einer Sirene zu haben schien. Aber Danes Knie wurden weich. Er hatte das Gefühl, sein Körper müsse in tausend Splitter zerbrechen. Ihm wurde heiß und kalt und dann war es plötzlich vorbei.

Andies Stimme klang ganz normal, als sie ihren Mund erneut öffnete. »Alle Were jetzt tot?«

Bill pfiff durch die Zähne. »Mädchen, du bist echt Gold wert. Aber beim nächsten Mal gib mir ein bisschen Zeit. Ich bin alt, weissu? So schnell kann ich gar nich reagieren. Jetzt habe ich für den Rest meines Lebens einen Tinitus.«

»Entschuldige«, antwortete Andie.

Ein Hauch von Röte zeigte sich auf ihrem Gesicht. Da war es wieder. Das Kitz.

»Ich dachte nur, das wäre die schnellste Lösung.«

»Das war es«, meinte Gary. »Aber ich fürchte, du hast den Hausherrn geweckt.«

In der Tat. Das verräterische Leuchten war nun stärker geworden. Auch Andie sah es jetzt, das Grün spiegelte sich in ihren Augen wider.

»Was ist das?«, fragte sie.

»Brisingamen«, murmelte Cally düster, während sie wieder auf die Beine kam. »Scheiße, dieses Sirenengeschrei ist echt unerträglich. Sing beim nächsten Mal lieber.«

Wieder kam Bewegung in das hohe Gras. Aber es war der vertraute Hufschlag des Pferdes und das Platschen der Wolfspfoten im Sumpf. Aus dem hohen Schilf traten Tala und Stella. Beide wieder in menschlicher Gestalt.

»Was war hier los?«, wollte Stella wissen, während sie ihre Kopfhörer absetzte.

»Alligatoren. Viele. Alle platt«, gab Bill die Kurzfassung.

»Gut. Da vorne gibt es noch mehr. Und einen Wolf. Ich ... Ich wills nicht beschreien, aber ich könnte schwören, dass er einen Drachen hat. Diesen Geruch habe ich ewig nicht in der Nase gehabt.« Tala starrte auf den umgepflügten Boden, den der Pferdewer hinterlassen hatte.

Corona. Corona war hier und paktierte immer noch mit Orf. Das hätte sich Dane eigentlich schon längst denken können.

»Corona«, sagte nun auch Bill. »Hätt ich mir ja denken können, dass das Weib nur Ärger macht. War immer schon jähzornig.«

»Das ist nicht Corona. Viel zu mächtig. Ich bin doch nicht blöd. Wie Corona riecht, weiß ich. Ich war oft genug im Wild Dog«, gab Tala zurück. »Orf hat etwas Mächtigeres.«

Dane konnte sich keinen Reim darauf machen, also setzte er sich erneut in Bewegung.

»Ey, stummer Prinz. Willste Orf blind in die Falle tappen?«, rief Bill ihm hinterher.

Danes Nicken mussten sie alle gesehen haben. Und sie folgten ihm. Er konnte ihre Schritte hören.

»Verdammt, wenn die Sirene mich nich umbringt, dann tuts der Blutsauger«, knurrte Bill hinter ihm.

Nur Gary grinste immer noch, Dane konnte es sehen, als er einen Blick über die Schulter warf. Der Vampir hatte sich noch nie eine Schlacht entgehen lassen. Schon gar nicht gegen Werwölfe. Die hatte er noch nie leiden können.

Mit einem Mal teilten sich Gräser, Farn und Getreide und Dane stand auf einer Allee. Typisch für Südstaatenvillen. Eine riesige Auffahrt mit Kies. Alte Bäume säumten den Weg und verbreiteten den Geruch nach Spätsommer. Ein Hauch von Heu lag in der Luft. Landleben, wie es im Buche stand. Nur dass auf diesem Land ein unbequemer Werwolf mit einem viel zu mächtigen, magischen Artefakt hauste. Und den galt es nun zu bezwingen.

Dane blieb nicht stehen, er ging weiter. Seine Schritte waren laut und knirschend auf dem Kies und Orf wusste sicher bereits Bescheid. Doch nun war es zu spät. Es musste hier und jetzt enden, damit Dane sich von seinem Fluch befreien konnte. Nein, damit Andie ihn von seinem Fluch befreite.

Und sie war es auch, die wieder an seine Seite trat. Dieses Mal griff sie nach seiner Hand. »Wir schaffen das«, wisperte sie.

Hinter ihnen hatten alle Suburbans wahrscheinlich die Ohren gespitzt. Hoffentlich sagte sie jetzt nichts, was irgendwie romantisch war. Das Gelächter wäre definitiv auf Danes Kosten gegangen.

Aber sie schwieg. Fast war Dane darüber enttäuscht. Wenn er ehrlich war, taten ihm Andies Worte gut. Wenn sie mit ihm sprach, als wäre er das Wichtigste auf der Welt für sie. Obwohl er ihr nicht antworten konnte. Das bewunderte er am meisten. Dass sie ihn bedingungslos lieben konnte, obwohl ihm etwas Essenzielles fehlte. Nicht viele Frauen hätten das fertiggebracht. Schon gar nicht, wenn sie auch noch mit all den anderen Dingen konfrontiert wären, die Andie erblickt hatte.

Dane erkannte, dass auf den Wiesen links und rechts Pferde in der Dunkelheit grasten. Vermutlich war das hier Orfs Zucht, jeder Südstaatler, der etwas auf sich hielt, besaß ein paar Rennpferde. Zumindest vor dem Krieg. Als sie sich noch Gentlemen genannt und Sklaven gehalten hatten. Orf war da definitiv etwas zurück mit seinen Vorlieben.

Der Wind sauste durch die Bäume. Ein Sturm schien aufzuziehen, Dane konnte die Gewitterwolken riechen und beinahe schmecken. Die Luftfeuchtigkeit war unnatürlich hoch und dann traf es ihn wie ein Schlag. Diese Präsenz. Dieses Etwas. Das dort auf der Veranda der Villa lauerte. Er hatte Tala Attyls Worte als Unsinn abtun wollen. Es gab keinen anderen Drachen als Corona. Und doch war hier etwas. Vertraut und zugleich abstoßend. Und mit der uralten, drohenden Energie eines Drachen. Nicht Corona. Und es bewegte sich auf einmal mit rasender Geschwindigkeit auf ihn zu.

»Weg!«, rief Bill, aber Dane musste sich entscheiden. Andie loslassen oder Andie retten.

Im nächsten Moment stieß er sie von sich. Hatte keine Zeit, sich nach ihr umzusehen, denn mit einem Mal packte ihn eine Klaue und dann wurde der gesamte Körper des Drachen in grünes Licht getaucht. Die Pranke des Tiers war riesig und während Corona eine gewisse Schönheit verbreitete, empfand er bei diesem Drachen nichts als Schrecken.

Ungehindert hob er Dane in die Höhe. Bestimmt einige Meter über dem Boden. Er spürte den heißen Atem des Untiers, doch dann wandte sich der Drache ab und spie Feuer auf Danes Gefährten. Er versuchte sich zu befreien, doch dem Fabelwesen war er hilflos ausgeliefert. Andies Stimme drang bis zu ihm durch, schmerzte in seinen Ohren, doch der Drache zischte nur. Drachen waren immun gegen Sirenengesang.

Ein erneuter Feuerstoß. Dane konnte die Schreie der anderen hören. Hoffentlich brachten sie sich in Sicherheit. Mit einem Mal befand er sich im freien Fall. Unsanft schlug er auf dem Kies auf. Die Luft wurde aus seinen Lungen gepresst, aber er war wieder Herr seines Körpers.

Mit einer geschmeidigen Bewegung kam er auf die Beine und stürzte vorwärts, dorthin, wo der Drache seine menschliche Form wieder angenommen hatte: Es war Orf. Unmöglich. Wie war er zum Drachen geworden? Nicht einmal Corona war so verrückt, ihm diese Kräfte zu verleihen. Egal wie hasserfüllt und gekränkt sie war.

»Oh, Dane. Mit dir hab ich gar nicht mehr gerechnet«, grollte Orf und bleckte die Zähne. »Wusste ich doch, dass MidasDreamIndustries über genügend Tricks und Hacker verfügt. Ihr habt das Werpferd dabei, nehme ich an? Oder war es eine der Traumsequenzen, die ihr manipuliert habt? Ach, ich vergaß, du kannst ja nicht antworten.«

Mit einer übernatürlichen Bewegung war er heran und ein Feuerkreis zog sich um sie beide.

»So. Wenn du schon Mann gegen Mann kämpfen willst, dann tu es nicht mit unfairen Mitteln.«

Im Feuerschein erkannte Dane das verfluchte Artefakt: Brisingamen. Orf trug es um den Hals, als wäre es eine Perlenkette für eine Dame. Dieser Idiot.

»Bleib draußen, alter Mann, das ist Drachenfeuer. Das kann nicht mal eine Furie durchschreiten.« Orf klang erstaunlich gelassen.

»Du bist ja verrückt geworden.« Das war Callys Stimme.

»Nur mächtig, meine werte Hexe.«

Dane machte einen Schritt zurück. Er saß in der Falle. Das Drachenfeuer konnte er ebenfalls nicht passieren.

Orf krempelte unterdessen seine Ärmel hoch.

»Du musst ihm das Brisingamen abnehmen«, hörte Dane Andie schreien.

»Dich nehme ich mir als Nächstes vor«, war Orfs höhnische Antwort.

Dane dachte nicht nach, er sprang einfach auf den Werwolf zu und grub seine wuchernden Vampirklauen in dessen Schulter, doch Orf schien das nicht zu interessieren. Lediglich seiner verletzten Schulter widmete er Aufmerksamkeit und zog dann eine der Krallen aus seinem Fleisch.

»Drachenhaut ist deutlich stärker als alles, was du mir je antun könntest.«

Dane hörte, wie sich Schritte von ihm entfernten. Ohne hinzusehen, wusste er, dass es Andie war. Was zum Teufel tat sie? Ließ sie ihn etwa im Stich?

Orf öffnete den Mund. Fangzähne schnellten hervor. Waren das Vampirzähne?

Dane verstand mit einem Mal: Orf hatte sich nicht nur Coronas Macht einverleibt, sondern auch die der Basarabs. Er war ein Hybride. Werwolf, Vampir und Drache. Ausgestattet mit den Instinkten uralter Mächte, die jede Zeit überdauert hatten.

Allerdings war er auch eines: vollkommen auf Dane fixiert. Daher sah er sein Unheil nicht kommen. Mit einem Mal riss etwas Orf zurück, durch das Drachenfeuer und Dane stand alleine darin.

Ein unmenschliches Kreischen, dann stürzte Orf zu Boden. Im Schein des Feuers konnte Dane einen sphärischen Körper erkennen, der den vormaligen Werwolf umklammerte.

Der Dämon. Dämonen scherten sich scheinbar nicht um Drachenfeuer. Telrok war mit einem Mal neben ihm und ballte die Fäuste. Ein Fauchen und Zischen von Orf war die Antwort. Sein Körper verwandelte sich in Sekundenschnelle und aus dem ohrenbetäubenden Kreischen des Dämons wurde ein hilfloses Quietschen. Der Schlag von Orfs Flügeln fegte Danes Gefährten von den Füßen. Aber seine Sorge galt Andie. Wo war sie?

Der Drache öffnete sein Maul und spie Feuer. Dane konnte sich gerade noch zu Boden werfen, während der Dämon sein Heil in der Flucht suchte. Telrok schien ihn zurückzuholen, aber er war nicht schnell genug. Orf hob eine seiner Klauen, durchbohrte den schwarzen Schatten und der Dämonenbeschwörer fiel um wie vom Blitz getroffen.

Orf verließ abermals die Drachengestalt und sein heller Schopf tauchte direkt vor Dane auf.

»Du entkommst mir nicht, Blutsauger. Du hast viel zu lange gegen mich gearbeitet.«

Das Brisingamen an seinem Hals pulsierte mit jedem seiner Worte.

Und mit einem Mal war Andie da. Sie hatte einen Eimer in der Hand und kippte Wasser auf das Drachenfeuer. Mit sofortiger Wirkung. Der Bannkreis verschwand und Dane konnte sich wieder frei bewegen. Wäre die Situation nicht so brenzlig gewesen, Dane hätte ob der Absurdität der Situation lauthals gelacht. Sofern ihm das möglich gewesen wäre. Sein kluges Kitz hatte Feuer mit Wasser bekämpft.

Und nun flimmerte die Luft um Orf. Elektrizität. Ein ferner Donner grollte durch die Szenerie. Cally Rays Hexenkräfte, Dane war sich ganz sicher.

Orf wich dem Blitz mit einem raschen Schritt aus, aber der nächste zog sich bereits über ihm zusammen.

Das Knurren eines Wolfes vermischte sich mit dem Donner. Tala war in ihrer Wolfsform. Das laute Klicken der Shotgun ließ Dane herumfahren. Bill zielte auf Orf.

»Scheiß auf das Brisingamen, wir schießen ihm einfach den Kopf von den Schultern und dann hat es sich mit seinen Drachenkräften.« Er spuckte aus.

Aber Dane wusste, dass der Schrot Orf nichts anhaben würde. Wie auch? Drachenschuppen hielten alles fern. Und durch das Brisingamen wurden Orfs Kräfte noch verstärkt. Er musste sie genauso gestohlen haben wie Danes Stimme. Das Brisingamen half ihm dabei.

Trotzdem würde es vielleicht ausreichen, den verrückten Hybriden abzulenken. Dane nickte abrupt und warf sich im selben Moment, als Bill abdrückte, in die einzige Deckung, die er besaß: hinter Orfs Rücken.

Die Schrotkugeln prasselten auf Orf ein wie Steinchen auf ein Blechdach. Mit etwa derselben Wirkung. Nämlich keiner.

Tatsächlich lachte der Werwolf sogar, breitete die Arme aus und brüllte triumphierend. »Und was jetzt, alter Mann, hm? Wirst du selbst deine Furie entfesseln? Ach, ach ... ich vergaß: Das kannst du ja nicht! Eine großartige Armee hat Midas hier aufgestellt – eine Furie und eine Schlange, die sich nicht wandeln können, ein Vampir ohne Stimme, einen schwachen Dämonenbeschwörer, eine kleine Hexe ...«

Letztere ließ in schneller Folge mehrere Blitze auf Orf niederkrachen. Sie schlugen so dicht neben Dane ein, dass er den Geschmack von Ozon im Mund hatte und seine empfindlichen Ohren klingelten.

Doch es war, als hätte sie überhaupt nichts getan. Orf absorbierte die Blitze regelrecht. Jedes Mal, wenn sie in seinen Körper einschlugen, glühte dieser von innen auf und verstärkte das Leuchten des Brisingamen noch mehr.

»Ihr kapiert es immer noch nicht, was?«

Dane warf sich mit übermenschlichen Reflexen aus seiner Reichweite, denn Orf hatte sich geradezu beiläufig um die eigene Achse gedreht und mit einer krallenbewehrten Hand nach ihm geschlagen. Dane rollte ab und kam wieder auf die Füße, geduckt, leicht in die Knie gehend.

Orf wollte einen Kampf Mann gegen Mann? Den konnte er haben.

Der Hybride spuckte aus. »Was ist, Dane? Verlässt du dich wirklich nur auf Daddy und die anderen?« Seine glühenden

Augen durchdrangen die Dunkelheit und er ließ ein dumpfes Knurren hören, das von einer Stelle knapp hinter Dane beantwortet wurde.

»Du bist eine Schande für alle Werwölfe, Fevre!« Tala Attyls Stimme war kaum verständlich – logisch, Wölfe waren nicht dafür geschaffen, menschlich zu kommunizieren.

»Eine Schande? Weil ich ehrgeizig bin? Und mächtig? Und mich nicht von diesen schwächlichen Geschöpfen, den ach so wertvollen Homo Sapiens behindern und aufhalten lasse? Sieh mich doch an! Eure Leben liegen allein in meiner Hand, ich brauche dafür nicht einmal eine Armee. Deine Beißerchen schrecken mich nicht und welche Waffen hast du sonst noch?«

»Ich brauche keine Waffen, ich habe ein Pferd.« Dane überlegte, ob er sich vielleicht verhört hatte, denn ... Nun ja. In Wolfsform zu reden, war wie gesagt bestenfalls eine mühselige Angelegenheit.

»Was?« Selbst Orf lachte.

Allerdings nicht lange. Anscheinend hatten Tala und Stella die Hufe ihres Wers mit etwas gedämpft, denn Stella sprang plötzlich mit einem gewaltigen Satz über die Werwölfin und Dane, prallte mit der Brust gegen Orf, warf sich blitzschnell herum und versetzte ihm mit der Hinterhand einen Tritt gegen den Brustkorb, der einen Nicht-Suburban auf der Stelle getötet hätte.

Natürlich starb Orf nicht.

Aber vereinigte Vampir-, Wolf- und Drachenkräfte hin oder her – der Wucht eines zornigen Werpferdes hatte er in menschlicher Gestalt nichts entgegenzusetzen. Er flog mehrere Meter durch die Luft und prallte mit einem widerlichen Knacken auf dem kiesbedeckten Boden auf.

Das Brüllen, das daraufhin erklang, war unmenschlich. Es ähnelte aber auch keiner Spezies, die Dane jemals gehört hatte. Als Orf sich dieses Mal erhob, geschah das in Drachenform und er stemmte seine Hinterbeine zurück, riss das Maul auf und grollte.

Dane konnte es tief in seinem Rachen pulsieren sehen und wusste, wenn jetzt nicht gleich ein Wunder geschah, würden sie alle bald nur noch Aschehäufchen sein.

Kapitel 20

Andie fühlte sich nicht halb so tapfer, wie sie sich gab. Vielleicht war das der Grund, warum sie Dane angeblafft hatte, als er sie an der Hand nehmen wollte – immer hatte sie das Gefühl, dass er es einzig und allein tat, um sie zu beschützen. Als wäre sie trotz ihrer Sirenenkräfte nur ein schwächlicher Mensch, als könnte sie ohne ihn nicht bestehen.

Und ganz ehrlich: Als dieses … Drachending auf einmal aufgetaucht war, wurden ihre Knie tatsächlich zittrig. Hätte Dane sie nicht überraschend schnell fortgeschleudert, der Wahnsinnige, den sie Orf nannten, hätte sie zertrampelt. Dass er sich nicht einmal von ihrer Stimme beeinflussen ließ, war ein weiterer Dämpfer.

Wie konnte das sein? Immer hieß es, dass alle Sirenen fürchteten und hassten wegen ihrer Kräfte, und das einzige Mal, wo sie wirklich überlebensnotwendig waren, taugten sie nichts?

Als Dane sich mit voller Wucht auf den Wahnsinnigen stürzte, rannte sie los. Etwas trieb sie – die Furcht, die in ihr hämmerte und mit jedem ihrer Schritte lauter wurde. *Lauf weg*, rief die ängstliche Stimme in ihrem Inneren.

Doch tief in ihr blühte auch noch etwas anderes auf: Entschlossenheit. Da war ein furchtbares Biest, das den Mann in seinen Klauen hielt, in den sie sich rettungslos verliebt hatte. Sie konnte ihn nicht im Stich lassen.

Deshalb führte sie ihr rasender Lauf direkt vor das Haus, das irgendein nicht sonderlich innovativer Geist direkt aus »Vom Winde verweht« hierher versetzt hatte. Abgesehen von dem dunkelblauen Aston Martin, der schräg auf dem Hof parkte und das Bild aus dem neunzehnten Jahrhundert ein wenig störte.

Doch genau vor ihm fand Andie, was sie suchte: einen Brunnen. Sie ließ den hölzernen Eimer hinunter, darum betend, dass er trotz reinen Dekozwecks a) Wasser fand und b) dicht genug war, um jenes auch zu halten. Sie riss ihn so schnell wieder hoch, dass ihr ein heftiger Schmerz in den Bizeps fuhr.

Von allen Suburban-Rassen, die es gab, musste sie eine der körperlich schwächsten sein, war ja klar.

Sie biss die Zähne zusammen, packte den Eimer, ignorierte das überschwappende Wasser und preschte wieder zurück. Telrok fiel soeben auf den Boden und sie verzog mitfühlend das Gesicht, bevor ihr Blick auf den unnatürlich grün pulsierenden Schmuck fiel, der an Orfs Hals hing.

Der Hybride tobte und war so auf Dane fixiert, dass er nicht auf Andie achtete, also hob sie den Eimer und löschte das Feuer.

Doch das würde nicht reichen, nicht auf Dauer. Sie musste sich etwas Besseres einfallen lassen. Wo war Cally?

Sie fand das blonde Mädchen, das die Kämpfenden umkreiste und krachende Blitze auf Orf niedersausen ließ. In ihren Händen leuchteten die Feuerkugeln.

Andie packte sie am Arm. »Das bringt nichts!«, keuchte sie. »Er ist jetzt ein Drache und mag Feuer, wahrscheinlich machst du ihn damit noch stärker. Kannst du nicht Regen zaubern, so wie du die Blitze beschwörst?«

Cally grinste, doch es war eine Reaktion bar jedes Amüsements.

»Hexen haben keine unbegrenzte Macht«, stieß sie hervor. »Mein Element ist das Feuer, Wasser gehorcht mir höchst widerwillig.«

»Dann ...« Andie sah sich panisch um und zuckte zusammen, als Schüsse ertönten.

Doch sie hatte keine Zeit, darüber nachzudenken, sonst tötete Orf sie einfach alle.

»Wasssser?«, zischte es plötzlich neben ihr. Shiva war aus dem Nichts aufgetaucht. »Ich kann helfen. Ich bin eine Sssssseessschlange und kann Wasser rufen. Es kommt zzzu mir, aber die Hexe mussss esss versssstärken.«

Es mochte ja sein, dass Shiva sich nicht wandeln konnte, aber durch ihre schlitzförmigen Augen, ihre zischende Aussprache und ihre flüssigen Bewegungen wirkte sie trotzdem furchterregend vipernartig.

In Callys Kinderaugen trat ein entschlossener Ausdruck. »Das kriege ich hin. Also, was tun wir, Andie?«

Im Schein eines der noch nicht ganz erloschenen Brandherde sahen sie einen dunklen Schatten über Dane fliegen, sich aufbäumen und Orf einen Tritt verpassen, der die Wucht eines mit hundert Meilen heranbrausenden Autos haben musste.

Das würde Orf sich nicht gefallen lassen.

»Ruf das Wasser!«, schrie Andie mit sich überschlagender Stimme und presste sich gleichzeitig die Hand vor den Mund, als die beiden Frauen neben ihr zusammenzuckten und in die Knie gingen. Sie musste unabsichtlich zu viel Macht in ihre Stimme gelegt haben. Macht, die ihre Freunde verletzen konnte, den Drachen jedoch nicht einmal an der Schuppe kratzte.

Trotz der offensichtlichen Schmerzen tat Shiva, was sie verlangt hatte. Die drei Frauen standen plötzlich knöcheltief im Wasser.

Ohne es zu bemerken, krallte Andie ihre Finger in Callys Oberarm und deutete dann in die Richtung, aus der furchtbares Gebrüll erklang. Der Drache war nicht amüsiert und jetzt würde die Zeit des Spielens vorbei sein.

»Sobald er sein dummes Maul aufmacht, hämmerst du ihm alles Wasser hinein, das du kriegen kannst, verstehst du?«, flüsterte Andie, der gerade eingefallen war, dass ihre Suburban-Gefährten alle Fledermausohren besaßen.

Bills Schrotflinte wummerte wieder los, als die massige Gestalt des Drachen auf sie zustapfte, doch dann klickte sie. Leer.

Wumm! Auf der Brust des Drachen blühte ein feuriger Kreis auf, färbte sich schwarz und ... verschwand.

»Scheiße!«, murmelte Gary fassungslos und starrte auf den tragbaren Raketenwerfer, den er auf den Rücken geschnallt hierhergebracht hatte.

Der Drache riss seinen gewaltigen Rachen auf und Andie sah sich einem glühenden Feuertod gegenüber.

Shiva zischte, Cally riss die Arme hoch.

Die gewaltige Flamme, die sich aus dem Rachen Orfs gelöst hatte, wurde von einem heftigen Wasserschwall getroffen. Dampf stieg auf, Flüssigkeit brodelte und Andie keuchte auf, als sie von kochenden Tropfen getroffen wurde.

Cally fiel vornüber und Andie konnte sie gerade noch abfangen, sonst wäre sie mit dem Gesicht im Kies gelandet. Das blonde Mädchen schien kurz vor einer Ohnmacht, hatte ihre Kräfte völlig ausgelaugt.

Orf gurgelte, hustete und spuckte. Wäre die Situation nicht so gefährlich, hätte es guter Slapstick sein können.

Andie wusste nicht, was sie unternehmen sollten. Klar war, dass keine ihrer Waffen irgendeine großartige Wirkung auf den Werwolfdrachen hatte. Und selbst wenn es ihnen noch einmal gelingen sollte, sein Feuer im Wasser zu ertränken, konnte er sie immer noch zertrampeln, zerreißen und zerschmettern.

»Sing ...«, murmelte Cally plötzlich.

»Aber er ist immun gegen ...«

»Nicht gegen Orf«, ächzte die Hexe. »Sing gegen das Brisingamen. Ich sehe ... etwas. Du und der stumme Prinz. Ihr müsst singen. Gemeinsam.«

Sie musste halluzinieren. Wie sollte Dane in der Lage sein zu singen? Cally hatte es selbst gesagt, er war der stumme Prinz.

Andie starrte, ohne etwas zu sehen, zu Boden. Es war, als würde die Zeit einfrieren – sie konnte noch immer das Keuchen des Drachen hören, bemerkte, wie sich ihre Freunde auffächerten und Orf umkreisten, um weniger Angriffsfläche zu bieten und selbst zuschlagen zu können.

Doch alles, woran sie denken konnte, waren Callys Worte. Cally, die nicht nur Hexe war, sondern Cassandra-Gene besaß. Sie hatte etwas gesehen. Hatte sie Dane singen sehen?

War das überhaupt möglich?

Nicht gegen Orf, hatte sie gesagt. *Sing gegen das Brisingamen.*

Und genau das war es doch, oder? Sie waren doch ohnehin nicht hier, um sich mit Orf zu prügeln, sondern um die Macht des Artefakts zu brechen.

Andie sah auf. Shiva nickte ihr zu. »Geh«, zischelte sie. »Sssssing. Ich kümmere mich um die Kleine.«

Absicht, dachte Andie, als sie aufsprang und auf Dane zulief. *Willen und Gefühle.*

Es gab keine andere Wahl. Und sie hatten nur einen einzigen Versuch. Dane war stumm, das stimmte. Aber er hatte es zweimal geschafft zu sprechen.

Wenn sie sich berührt hatten.

Fast mühelos wich sie einem krallenbewehrten Fuß aus, der nach ihr trat. Sie hörte, wie Bill nachlud, mit einer ruhigen, tödlichen Gelassenheit. Sah Gary seinen tragbaren Raketenwerfer wieder auf die Schulter wuchten.

»Schießt!«, befahl sie ruhig.

Vielleicht konnten die Jungs damit noch ein paar Sekunden mehr für sie und Dane herausholen.

Sie erreichte den Vampir, als die Schrotflinte loshämmerte und Garys Geschosse wummernd einschlugen.

Nur einen näheren Blick gestattete sie sich auf Dane, doch der reichte, um ihr Herz weit werden zu lassen. Seine dunkelblauen Augen leuchteten bei ihrem Anblick auf, die schwarzen Haare hingen ihm ins Gesicht. Überall, wo bloße Haut zu sehen war, konnte sie Schrammen und blutige Wunden erkennen.

Und doch war er für sie der schönste Mann der Welt.

Andie ergriff seine Hände und drückte sie an ihren Brustkorb. »Sing mit mir«, sagte sie so leise, dass zumindest sie selbst es nicht hörte.

Doch Danes sich weitenden Augen bezeugten, dass er ihre Worte genau vernahm. Wahrscheinlich fragte er sich jetzt, ob sie den Verstand verloren hatte.

»Vertrau mir«, beschwor sie ihn. »Ich weiß, was ich tue.« Irgendwo in ihrem Hinterkopf lachte eine hysterische Stimme, die sich verdächtig nach Tante Dru anhörte, doch Andie beschloss sie zu ignorieren.

Sie presste ihre Lippen auf Danes Mund, fuhr über die stopplige Haut seiner Wange.

»*I wasn't jealous before we met …*«

Ein Instinkt aus uralten Zeiten erhob sich in ihr und mit einem Mal war sie sich sicher, nicht gelogen zu haben, als sie gesagt hatte, sie wüsste, was sie tue.

Sie stand so nahe an Dane gepresst, dass sie das Vibrieren in seinem Brustkorb fühlte. Alles um sie herum verschwand, nichts hatte mehr eine Bedeutung. Nichts außer Dane. Seine starken Hände, die die ihren umschlossen, sein Gesicht, das sich zu ihr herunterbeugte, damit sie nicht auf Zehenspitzen stehen musste, die Wärme seiner Haut, seine seidigen Haare, die über ihre Wangen streiften. Der kaum wahrnehmbare Duft seines Aftershaves. Sein Lächeln, das sie an ihrem Mund spürte.

Sie liebte ihn. Und das hier tat sie für ihn. Nicht um ein Artefakt zu zerstören, das die Götter geschaffen hatten. Nicht um einen verrückten Werwolf zu töten, der mutiert war zu einer Bestie. Andie wollte nicht vernichten, zerstören, töten.

Sie wollte erschaffen. Etwas Gutes tun. Das Richtige.

Für Dane. Für ihre Freunde, die sich selbstlos in einen Kampf gestürzt hatten, der nicht der ihre war.

Und vielleicht sogar für Orf, für den jungen Wolf, der einst mit einem Vampir Freundschaft geschlossen hatte, sich über Rassen und Konventionen hinwegsetzte, bis die Gier und das Schmuckstück von Göttern ihn verrückt werden ließen.

Sie hasste Orf nicht. Auch nicht Corona, die ihr nach dem Leben trachtete, weil sie war, was sie war. Und auch den Basarabs gegenüber empfand sie weder Furcht noch Verachtung. Sie wollte nur Frieden.

Und Liebe.

Danes Liebe.

Doch selbst wenn er unfähig war sie ebenfalls zu lieben, würde sie alles tun, um ihm seine Stimme zurückzugeben. Dafür musste sie das Brisingamen bitten Orf freizugeben. Sie begriff mit einer unglaublichen Klarheit, dass sie einen Gegenstand der Götter nicht einfach zerstören konnte. Nicht einmal der mächtigste Suburban der Welt wäre dazu in der Lage.

Aber sie konnte darum bitten. Das Brisingamen hatte Freya erschaffen, die auch die Göttin der Liebe war. Sie würde also verstehen, was dieses Gefühl in ihrer Brust bedeutete.

Andie erhob ihre Stimme, gab ihrer Leidenschaft mehr Raum und Volumen.

Der Boden unter ihr bebte und sie begriff, dass der Drache sich näherte. Dass all die Waffen und Angriffe ihrer Freunde nicht viel bewirkt hatten.

Doch sie wandte sich nicht um. Orf hatte keine Macht über sie.

Er war der Tod. Sie war ... nun, vielleicht nicht das Leben.

Aber Hingabe. Zuneigung. Wärme. Träume. Hoffnung.

Andie holte tief Luft und lächelte Dane an. Er erwiderte es mit einem eigenen, aus dem tiefstes Vertrauen sprach.

Und dann ... Bildete sie es sich ein?

Nein.

Nein.

Auf keinen Fall!

Es war *seine* Stimme, die mit einstimmte. Nicht das raue Krächzen, das sich ihm gequält entrungen hatte, als er sie vor Corona oder seinen Eltern beschützt hatte. Seine Worte glitten wie Samt, wie dunkle Schokolade, wie ... ein Wunder über sie hinweg und ließen sie innerlich jubilieren, während sie sang.

Mit ihm.

Gemeinsam.

Andie sah nichts außer das Leuchten in Danes Gesicht. In diesem Moment wäre es ihr egal gewesen, wenn die nordischen Götter selbst herabgestiegen wären und Krawall gemacht hätten. Sie wusste nicht, was mit ihren Freunden passierte, was Orf tat.

Doch sie spürte mit allen Sinnen den Mann, den Vampir, der sie im Arm hielt.

Und dann das Feuerwerk. Es explodierte hinter ihr und spiegelte sich in Danes Augen wider. Etwas ... Jemand schrie.

Vielleicht war es Orf. Vielleicht auch nicht. Andie sang.

»Don't go wasting your emotion
Lay all your love on me ...«

Sie wiederholte die Zeile. Einmal. Ein zweites Mal. Um dann in einem triumphierenden Finale zu enden:

»Lay all your love on me.«

Der stumme Prinz hatte seine Stimme wieder und sang mit ihr. Ein Duett für die Ewigkeit.

Doch die Ewigkeit währte nur einen Moment.

Dann wurde alles schwarz.

***

Dane wandte den Blick nicht von seiner Sirene ab. In dem Moment, als sie seine Hände ergriff, wusste er, dass sich sein Schicksal entscheiden würde – auf die eine oder andere Weise.

Er zweifelte keine Sekunde an ihr, nicht einmal, als sie ihn bat mit ihm zu singen. Erleichterung durchströmte ihn, als er die ersten Zeilen sofort erkannte, und er hatte sogar den Bruchteil eines Augenblicks Zeit, peinlich berührt zu sein, dass er den Text auswendig konnte. Doch dann durchströmte ihn eine nie gekannte Wärme, floss durch seinen Körper, erhitzte sein Blut.

Sein Brustkorb schien sich zu weiten und er holte so tief Luft, als wäre er ein Mensch. Er bereitete sich auf den heftigen Schmerz vor, der ihn jedes Mal geschüttelt hatte, wenn er sprach, doch sobald es ihm gelang, die ersten Worte zu formulieren, schlang sich flüssiger, besänftigender Honig um seine Stimmbänder und ihm schien, als hätte er nie aufgehört zu sprechen.

Doch seit wann konnte er eigentlich singen?

Er lächelte an Andies Lippen, als ihr Lied an Kraft gewann, an Überzeugung, als sich jeder einzelne Ton in seinen Zellen ausbreitete, ihm Stärke verschaffte.

Seine kleine Sirene war es, die ihm diese Stärke zukommen ließ.

Weil sie ihn liebte.

Da traf es sich doch gut, dass er sie ebenso mit einer unerklärlichen, unaussprechlichen Unvernunft liebte. Dafür brauchte es keine Worte, dieses Gefühl sang nicht nur mit seiner Stimme, es tanzte und funkelte in seinen Adern.

Sie drehten sich. Alles drehte sich. Und sie tanzten unter den Sternen und waren allein in Raum und Zeit.

***

Ein Traum? Ein Albtraum?

Dane schlug die Augen auf und versuchte seinen Blick zu fokussieren. Er lag auf der kiesbedeckten Einfahrt und fühlte sich leer. Als hätte er etwas verloren, etwas Lebenswichtiges.

Er sprang so schnell auf die Beine, dass es ihn schwindelte.

»Andie?«

Hatte er das tatsächlich laut ausgesprochen?

Er hatte.

Rechts und links von ihm befanden sich dunkle Schatten, die ersten bewegten sich. Dane erkannte die Suburbans, die ihn und sein Kitz begleitet und ohne auf sich selbst zu achten, mit ihm gekämpft hatten.

»Andie?«, wiederholte er. Ein bisschen ungläubig, fassungslos.

Er wirbelte herum, als er ein Geräusch vernahm, das hinter ihm erklang. Schritte. Andies Schritte!

Sie flog in seine Arme. »Du sprichst! Du sprichst wirklich. Es hat funktioniert! Hat es doch, oder?«, sprudelte es aus ihr hervor. Sie lachte, während gleichzeitig Tränen über ihre Wangen liefen.

Es hatte.

»Was ist passiert?«, fragte er und trat sich innerlich selbst. Das war eigentlich nicht das Erste, was er hatte sagen wollen.

Doch jemand nahm es wörtlich. Ächzend erhob sich Bill vom Boden, stemmte sich mühselig auf Hände und Füße, bevor er hochkam. »Bei all'n Asen und Wanen«, brummte er. »Hätts ja nich gedacht, aber ihr habts geschafft. Habt ihr doch?«

Sie hatten.

»Wir alle«, berichtigte ihn das Kitz und umarmte auch ihn. Drückte ihm sogar einen Kuss auf die runzlige Wange und Dane schwor ihn erröten zu sehen. Zum Glück war das Sprechen für ihn noch so ungewohnt, dass er sich mit einem Grinsen begnügte.

Sein Lachen verging ihm, als er hinter sich ein Jaulen hörte. Sie fuhren alle drei wie auf Kommando herum und Dane ging auf, dass sie es *nicht* alle geschafft hatten.

Shiva hielt den leblosen Körper Telroks im Arm, wiegte ihn hin und her und schrie ihren Schmerz in den Himmel.

»O Mann.« Bill schluckte. »Dieser verdammte Bastard hat seinen Dämon umgebracht und damit auch ihn.« Mit wilden Augen sah er sich um. »Wo isser überhaupt? Hab genau gesehen, wie das Ding auf seiner Brust explodierte und dann ... war alles wie 'n EMP und ich ne Kaffeemaschine. War einfach aus für ne Weile.«

Stella und Tala kamen unsicheren Schrittes zu ihnen, hinter ihnen Gary, der Cally im Arm trug.

»Nein!«, brach es aus dem Kitz hervor. Die Tränen, die bei Telroks Anblick in ihre Augen getreten waren, sprangen jetzt hervor wie eine Flutwelle. »Bitte nicht ...«

»Hey, bleib locker. Mir gehts gut«, erklang Callys schwache Stimme. »Dieser große Idiot hier will mich einfach nur nicht runterlassen.«

»Bitte«, sagte Gary und stellte sie ab. Sie sackte auf der Stelle zusammen, doch er hatte es offensichtlich vorausgesehen, fing sie auf und hob sie wieder mühelos in seine Arme. »Dir gehts also gut, hm?«, knurrte er das blonde Mädchen an, doch Dane hörte die unterschwellige Zärtlichkeit heraus.

Tala hatte sich in der kurzen Zeit gewandelt und schnüffelte wie ein Spurenhund an der Stelle herum, wo Orf sich zuletzt aufgehalten hatte.

»Echt jetzt?«, murrte Stella und rieb sich den Kopf. Dane konnte Blut riechen, anscheinend hatte sie sich irgendwo gestoßen. »Zeig doch mal ein bisschen Würde.«

Talas menschliche Gestalt schoss in die Vertikale. »Würde wird überbewertet, wenn es ums Überleben geht, finde ich«, antwortete sie und deutete dann mit dem Kinn in die Richtung, aus der sie ursprünglich gekommen waren. »Orf ist geflohen. Ich weiß nicht, wie viel Vorsprung er hat, weil ich keinen Plan habe, wie lange wir alle out waren, aber ich fürchte, er will unseren Gleiter kidnappen.«

Bill fluchte irgendwas auf Altgriechisch, als Shiva hochschnellte und losrannte. »Den lasssse ich nicht entkommen«, zischte sie.

Die Furie beugte sich über Telrok, schloss dessen Augen und murmelte etwas in irgendeiner anderen toten Sprache, vermutlich ein Gebet.

Dann stampfte er Shiva hinterher. »Schätze, wir sollten sie nich allein lass'n in ihr'm Schmerz.«

Dane war derselben Auffassung, also hetzten sie den nicht zu überhörenden Schritten Shivas nach. Nach einer halben Meile stoppte Dane so abrupt, dass die anderen beinahe gegen ihn stießen.

Shiva stand wie angewurzelt vor ihnen und beobachtete etwas. Als Dane zu ihr aufschloss, erblickte er Orf, der sich taumelnd voranschleppte.

»Was zum Teufel ...«, begann Tala, doch Shiva hob die Hand.

»Sssspürt ihr es nicht?«, fragte sie leise.

»Ich spüre, dass wir Orf entkommen lassen.« Stella starrte auf den Werwolf.

Orf war nichts mehr von der Macht des Brisingamen geblieben. Als er sich kurz umwandte und in ihre Richtung sah, erkannte Dane im schwachen Schein des langsam aufgehenden Mondes, dass ihm das Artefakt ein Loch in die Brust gebrannt hatte. Dort, wo es sich befunden hatte, konnte er jetzt blutige Hautfetzen und darunter sogar Knochen blitzen sehen. Der Hals des Werwolfs hatte sich schwarz verfärbt, ein Teil seines Gesichts wirkte, als hätte jemand die Haut abgezogen.

Dane schluckte. *So hätte es nicht enden dürfen,* dachte er. Als würde das Kitz seinen Schmerz fühlen – und nach allem, was geschehen war, traute er es ihr durchaus zu –, umarmte sie ihn von hinten. Er griff nach ihren Händen, als wären sie sein Anker.

Ja, Orf hatte ihn töten wollen.

Doch vor vielen Jahren waren sie Freunde gewesen. Er hatte den energiegeladenen, vor Ideen übersprudelnden jungen Werwolf gemocht. Dane schloss die Augen, als er ein Geräusch hörte, und wusste, was Shiva gemeint hatte.

»Nein«, antwortete diese jetzt auf Stellas Behauptung. »Er entkommt vielleicht uns. Aber nicht den Kindern des Wassers.«

Orf patschte fast besinnungslos durch Sumpfwasser, wobei er immer wieder den Kopf in ihre Richtung wandte. Er bemerkte das sich unruhig kräuselnde Wasser nicht, die langen Körper, Baumstämmen gleich, die zielstrebig auf ihn zuhielten.

Niemand von ihnen machte Anstalten, den Werwolf zu warnen. Hätte Orf noch über die Macht des Artefakts verfügt, wäre er in der Lage gewesen, sich zu wehren und zu entkommen. Doch so warf ihn bereits der erste Alligator um. Fast lautlos ging er unter, ein kurzes Aufschäumen, peitschende Echsenschwänze, dann Stille.

In seinem Rücken schluchzte das Kitz einmal auf.

Sie zogen sich zurück, als die Wasseroberfläche des Sumpfes wieder trügerisch ruhig wurde, und näherten sich Orfs Ranch, wo sie Gary und Cally bei Telrok zurückgelassen hatten.

Im nächsten Augenblick wurde es um sie herum taghell, als starke Scheinwerfer angingen und sie blendeten. Trotzdem erkannte Dane, dass sie von mindestens zwei Dutzend Bewaffneten umringt waren.

***

Andie unterdrückte im letzten Moment einen Aufschrei. In ihr tobten die Gedanken, überschlugen sich. Sie waren in eine Falle gelaufen! Und das, nachdem sie geglaubt hatte, es wäre vorbei. Voller Schrecken zwar und was mit Telrok passiert war, ließ sie wiederholt gegen die Tränen schlucken, aber trotzdem.

Sie hatten es verdient, jetzt in Ruhe gelassen zu werden.

Danes Arm umschlang sie, zog sie fest an sich. Doch im Gegensatz zu sonst machte er keine Anstalten, sie hinter sich zu schieben oder das große, beschützende Alphatierchen zu spielen.

»Du hast deinen Standpunkt klargemacht und kannst jetzt das

Licht dimmen«, knurrte er nicht sehr laut, dafür sehr deutlich und akzentuiert. Hm, vielleicht doch ein bisschen Alpha.

Andie blinzelte und starrte mit zusammengekniffenen Augen nach vorn, als die meisten der Scheinwerfer erloschen und nur die an der Seite so strahlten, dass sie Licht spendeten, jedoch nicht blendeten. Sie runzelte die Stirn. Welche Feinde gehorchten, wenn man sie anblaffte und ihnen etwas befahl?

Die Stimme, die jetzt erklang, war jedoch tatsächlich kein Feind – zumindest keiner, der ihnen nach dem Leben trachtete. Hoffte sie.

»Sohn. Wie ich sehe und zu meinem grenzenlosen Entzücken höre, habt ihr eure Aufgabe erfüllt.«

»Super.« Bill spuckte aus. »Sobald die Schlacht vorbei is, reitet der große Midas auf nem weiß'n Gaul ein.«

Hinter ihnen schnaubte Stella. »Kein Gaul mit Ehre würde Midas aufsitzen lassen.«

Arbeitete das Werpferd gar nicht für Midas? Falls doch, hielt sich ihr Respekt ihrem Brötchengeber gegenüber in Grenzen.

Danes Vater schlenderte näher, als würde er einen Abendspaziergang unternehmen. Andie atmete aus, als sie bemerkte, dass seine Leute ihre Waffen gesenkt hatten, auch wenn sie weiterhin äußerst konzentriert das Geschehen beobachteten. »Ich war einfach überzeugt davon, dass ihr dieses kleine Problem mit einem räudigen Wolf allein lösen könntet.« Er machte eine Handbewegung, als wollte er eine lästige Fliege verscheuchen.

»Ein räudiger Wolf wird gleich seine Zähne in deinem zugegeben knackigen Arsch versenken, Lancaster«, rief Tala. »Ist dir klar, dass wir hier ein bisschen Unterstützung hätten gebrauchen können? Vielleicht so die ein oder andere tragbare Atombombe.«

Midas' Gesicht wurde schlagartig ernst. Er hatte sie erreicht und musterte erst Dane, dann Andie und schließlich auch ihre Gefährten mit scharfem Blick. »Tatsächlich kamen wir so schnell, wie es möglich war. Es hat länger gedauert, als ich erwartete.«

Andie genoss die Wärme ihres Vampirs neben sich, doch das bedeutete nicht, dass sie nicht noch ein Hühnchen mit seinem Vater zu rupfen hatte. Auch wenn sie sich sicher war, dass Midas einen guten Grund hatte, Dane erst jetzt zu Hilfe zu eilen. In New York hatte er schließlich auch für Rückendeckung gesorgt, obwohl man über seine Methoden durchaus diskutieren konnte.

Blieb eigentlich nur eine Möglichkeit. »Die Basarabs?«, vermutete Andie. Sie hatte sich bereits gewundert, warum sich außer Orf und seinen Weralligatoren – falls sie Were waren – niemand weiter hier aufzuhalten schien.

»Oh, Füchschen. Immer wieder erstaunt mich, dass verborgen hinter deinem harmlosen Aussehen eine solche Macht steckt – und dann auch noch Verstand!« Midas beherrschte die Kunst der Beleidigung innerhalb eines schmeichelnden Kompliments perfekt. Der altvertraute Zorn auf den Mann stieg in ihr hoch und alles in ihr spannte sich an. Immerhin schuldete sie ihm noch einen Tritt in seine Kronjuwelen.

»Sohn, bitte rette mich vor deiner Sirene. Danke.« Midas lächelte, als Dane seine Arme um Andies Taille schlang und sie vor sich an seinen harten Körper zog. Seine Wange ruhte an ihrer und unauffällig brachte er einen Finger an ihre Schläfe.

Sie hörte ihn nur in ihrem Geistraum. »Lass ihn erst aussprechen und wenn uns nicht gefällt, was er sagt, werde ich keinen Finger rühren, um ihn vor deiner Wut zu retten.« Sein dunkles, sinnliches Lachen erklang und sie hatte Mühe, ihre Knie, die tatsächlich weich wurden, wieder durchzustrecken. Dann erstarrte sie. Wie konnte es sein, dass sie ihn verstand, obwohl sie kein Blut getauscht hatten?

»Wir haben durch das Singen viel mehr getan, als einfach nur Blut zu tauschen. Wir haben unsere Seelen vereint«, erklärte Dane lautlos. Darüber würde sie noch nachdenken müssen, doch jetzt musste sich Andie auf Midas konzentrieren, der natürlich nichts von ihrer Kommunikation mitbekommen hatte und bereits schwadronierte.

»... mir klar gewesen, dass die Basarabs deinen angeblichen Tod ausnutzen würden und tatsächlich: Keine Stunde, nachdem das Penthouse in New York in die Luft flog, schlugen sie bei uns zu. Vermutlich dachten sie, der Kummer ließe mich nachlässig werden.«

»Nich doch«, warf Bill abschätzig ein. »Selbst wenn sein Tod nich vorgetäuscht gewesen wäre, hätteste dir doch nich so eine Blöße gegeben und deinen Sohn betrauert, was, Blutsauger?«

Zum ersten Mal, seit sie ihn kannte, erlebte Andie den alten Vampir aus der Fassung gebracht. Er wippte auf den Zehenspitzen und stopfte mit grimmigem Gesicht die Hände in die Hosentaschen. Für einen Moment sah er tatsächlich wie ein junger Kerl Anfang zwanzig aus, doch dann erschien wieder der übliche spöttische Ausdruck in seinem glatten, bartlosen Gesicht. »Weißt du was, alter Mann? Halts Maul«, sagte er im Plauderton. »Sei lieber dankbar, dass ich deine kleine Barhexe und den Dämonenbeschwörer von Gary ins Krankenhaus habe bringen lassen. Obwohl Telrok ...« Wirkte er tatsächlich betroffen? Andie war nicht sicher. »Wo war ich stehen geblieben? Ach ja. Die Basarabs. Ich gebe zu, dass ich die Stärke ihrer Truppen unterschätzte, doch sie wollten wohl auf Nummer sicher gehen, also ...« Er zuckte mit den Schultern. »Es dauerte etwas länger.«

Erst jetzt fiel Andie auf, dass das Jackett des sonst so perfekt gekleideten Vampirs an der linken Seite in Fetzen hing und dunkle Flecken wie ein Tarnmuster über seinen ganzen Körper verteilt waren.

Blut, begriff sie. Der Kampf dieser beiden Vampirclans war weitaus heftiger gewesen, als Midas durchscheinen ließ. Und er war sofort nach dessen Ende hierhergeflogen, ohne auch nur einen Augenblick zu zögern, sich umzuziehen oder andere unwichtige Dinge zu erledigen.

So gleichgültig, wie er sich immer gab, war Midas dann doch nicht. Er liebte seinen Sohn, zumindest auf die einzige Art, die ihm möglich war. Andies Wut, die eben noch aufgebläht gewesen war wie ein Ballon, sank in sich zusammen wie ebenjener, in den jemand eine Nadel gesteckt hatte.

Es schien, dass Dane in eine ähnliche Richtung dachte. »Danke, Vater«, sagte er einfach. Andie schluckte. Wusste er, dass er für seine Stimme – die echte, diejenige, die man hier draußen außerhalb des Geistraumes hörte – einen Waffenschein brauchte? »Geht es euch allen gut? Mutter ist …«

»So elegant und schön wie eh und je. Wobei ich annehme, dass sie die nächsten vierzehn Tage nichts zu sich nehmen wird. Sie fürchtet um ihre Figur.« Da war er wieder – Midas, das Ekel. Andie lief ein Schauder über den Rücken, als ihr klar wurde, was er andeutete. Anscheinend hatte Erzsébet einige Kehlen aufgeschlitzt und eine dementsprechende Menge Blut getrunken. Es war schwer, das mit der arroganten adligen Lady in Verbindung zu bringen, die sie in Danes Heimatschloss kennengelernt hatte, aber Andie zweifelte keine Sekunde an der Richtigkeit der Behauptung.

»Jedenfalls haben wir einige von den Basarabs in Gewahrsam genommen und werden so viel Wiedergutmachung für die Aggressionen und die Auslieferung verlangen, dass selbst ihre Urenkel sie noch verfluchen werden.« Er rieb sich die Hände und Andie übersetzte »Wiedergutmachung« mit »Lösegeld«. »Um ehrlich zu sein …« – Midas schlug Dane auf die Schulter – »hätte uns nicht einmal deine Hochzeit mit der Prinzessin so viel gebracht.« Seine Zähne blitzten in der Dunkelheit auf.

Dane grollte und klang erstaunlich wie ein Wolf. Andie ertappte sich dabei, das Gleiche zu tun.

»Übrigens war die Prinzessin nicht dabei, was ich seltsam fand, bis wir hier eintrafen. Dreimal darfst du raten, wo sie sich befindet.«

Andie ließ ihren Blick über die frei stehenden Gebäude schweifen.

»Richtig, Füchschen.« Midas hatte sie anscheinend beobachtet und deutete mit dem Daumen über seine Schulter. »Sie ist eingesperrt, zusammen mit ...« Er klatschte in die Hände wie ein Showmaster – einer von der nervigen Sorte. »Tatatataaaaa! Corona Soman. Sehen beide nicht so richtig fit aus, keine Ahnung, was der räudige ...« Er grinste jemanden hinter Andie an, vermutlich Tala, und verbesserte sich: »Was dieser irre Bastard mit ihnen angestellt hat.«

»Ich habe da so eine Ahnung«, sagte Dane und setzte sich in Bewegung, hin zu dem Stall, zu dem Midas gewiesen hatte.

Andie schloss zu ihm auf und hörte, dass ihre Freunde folgten. »Was wollter jetz' mit Corona machen? Sie hat keine finanziellen Mittel, sich freizukauf'n.« Bill stapfte an ihnen vorbei.

Wie es aussah, musste sie noch eine Menge lernen. Anscheinend konnten sich Suburbans, wie im Mittelalter, durch Lösegeld freikaufen, selbst wenn sie andere hatten umbringen wollen. Ob es jetzt biblisch wurde und Dane Auge um Auge verlangte? Eine Gänsehaut überzog ihre Arme.

Dane stieß die Tür zum Stall auf, nachdem einer der Söldner von Midas mit einem Schneidbrenner sämtliche Schlösser entfernt hatte. Ein anderer leuchtete mit einer starken Taschenlampe hinein. Vor einem vergitterten Fenster hockte Corona neben einer zierlichen, hellblonden Frau. Beide blinzelten und rissen die Arme vor ihre Gesichter.

»Rauskommen!«, befahl Midas. »Und keine Dummheiten, davon hatten wir heute Nacht genug.«

Taumelnd stakten die beiden Frauen auf sie zu. Sie wirkten, als stünden sie unter Drogen, doch je mehr sie sich dem Ausgang näherten, desto sicherer wurde ihr Gang. Aus der Nähe betrachtet sah Corona furchtbar aus. Das Gesicht der Sängerin war weiß wie frisch gefallener Schnee und dicke, braun-blaue Augenringe verstärkten den Eindruck eines Junkies noch. Das bestätigte Andies Theorie, dass Orf sie betäubt hatte, denn sonst wären diese beiden starken Frauen schon längst ausgebrochen. Oder?

Irgendetwas stimmte nicht, aber Andie konnte den Finger nicht auf die Sache legen, die sie störte.

Es musste etwas mit der abgestandenen Luft im Stall zu tun haben. Oder ...

»Passt auf!«, schrie Bill plötzlich. »Lasst se nich raus – drinnen liegt ein Werbann. Wenn se rauskommt, wandelt se sich.«

Danach ging alles ganz schnell. Corona warf sich mit ihrem nicht unbeträchtlichen Gewicht gegen die Söldner, die als letzte Barriere zwischen ihr und der Freiheit standen, und riss sie um. In einem Gewirr aus Armen und Beinen fielen sie nach draußen und schon begannen Coronas Augen rot aufzuglühen.

»Schießt«, brüllte Midas und diejenigen seiner Leute, die nicht gestürzt waren, eröffneten das Feuer. Doch die kurzen Stöße aus ihren Sturmgewehren hatten eine gegenteilige Wirkung. Sie erkannten ihren Fehler sofort, als die harten Drachenschuppen sie als Querschläger zurückwarfen. Alle Anwesenden, die noch auf den Beinen waren, warfen sich in Deckung. Dane drückte Andie nieder, um sie mit seinem eigenen Körper zu schützen.

Eine gewaltige Stichflamme schoss aus Coronas Rachen und das Knistern von Feuer raste über den hölzernen Stall. Rauch stieg auf, Andie hustete, bis ihr Tränen in die Augen traten. Sie wollte schreien, singen, irgendeinen Ton hervorbringen, doch nur ein ersticktes Krächzen löste sich aus ihrer Kehle.

Das war es endgültig gewesen. Sie hatten den mächtigen Drachenhybriden besiegt, nur um jetzt ausgerechnet von Corona, der bösartigen Sängerin des Wild Dog, niedergemetzelt zu werden.

Sie schaffte es, über Danes Schulter zu blicken. Wenn sie schon sterben musste, dann mit offenen Augen und ohne Furcht. Wobei

Letzteres nicht so richtig funktionierte. Ihr Herz wummerte, als Corona den mächtigen Schädel zurückwarf und kreischte, dass wahrscheinlich sämtliche Fenster der Ranch zersprangen.

Und dann passierte etwas Seltsames. Die Prinzessin der Basarabs trat auf die Bestie zu und sah zu ihr auf, als wollte sie sie zum Tee einladen.

Der Werdrache starrte auf sie hinab. Dann streckte er das rechte Vorderbein aus und seine Pranke schloss sich mit erstaunlicher Sanftheit um die Wespentaille der Prinzessin. Im nächsten Moment schlug sie mit ihren riesigen Schwingen, entfachte dabei das Feuer über ihnen noch mehr und erhob sich nicht sehr elegant in die Luft. Als Andie blinzelte, waren sie verschwunden, alle beide.

»Bei all'n Göttern ...« Bill rappelte sich als Erster wieder auf, half Shiva, Tala und Stella. Sie brachten sich in Sicherheit, wohin ihnen Andie, Dane, Midas und die Söldner folgten.

Gemeinsam beobachteten sie, wie das Feuer immer mehr Nahrung fand, aufloderte und den Stall in kürzester Zeit zu einem Haufen Asche und Trümmer werden ließ. Zum Glück war das Gebäude weit genug weg von den anderen und die Flammen fanden weder auf der bekiesten Einfahrt noch auf dem staubigen, trockenen Erdboden davor weiter Nahrung, denn keiner von ihnen machte Anstalten, irgendetwas löschen zu wollen. Auch in Andie starb in diesem Moment etwas, denn sie wusste, hier endete es.

Kapitel 21

Nur langsam löste sich Dane von dem Anblick des zerstörten Stalls und sah Andie an, die bis eben noch an ihn gelehnt gestanden hatte, jetzt jedoch ihre Hände aus den seinen zog.

»Also ist es jetzt vorbei?«, fragte sie. Seine Augenbrauen zogen sich überrascht zusammen. Anstatt glücklich und erleichtert zu klingen, schien sie … traurig?

»Ja«, bestätigte er dennoch. »Es ist vorbei. Und das haben wir … habe *ich* … dir zu verdanken.« Er wollte sie an sich ziehen, doch sie stand nur mit gebeugten Schultern da und sah ihn nicht an.

»Mann«, murrte Tala. »Sind Blutsauger alle Idioten? Ich gehe schon mal zum Gleiter, das tue ich mir nicht an.«

Irritiert beobachtete Dane, wie sie und Stella sich wandelten und davonhetzten. »Was?«, fragte er.

Shiva schüttelte den Kopf. »Männer.« Sie machte ebenfalls einen Abgang, Bill hart auf ihren Fersen, nicht ohne Dane beim Vorübergehen einen Klaps auf den Hinterkopf zu verabreichen.

»Vermassle's nich.«

»Verdammt.« Dane rieb sich über die Stelle. Bill hatte einen Schlag wie ein auskeilendes Pferd.

»Wir packen zusammen«, befahl Midas und wenige Sekunden später standen nur noch Andie und er hier.

Als sein Kitz an ihm vorbei in Richtung Gleiter trotten wollte, ohne ihn überhaupt anzusehen, hielt er sie an der Schulter fest.

»Andie«, sagte er sanft. Es hatte eine Weile gedauert und ja, er kam sich wirklich wie ein Idiot vor, aber vielleicht … »Vielleicht kannst du mir verzeihen, dass ich ein liebeskranker Idiot bin?«, führte er seinen Gedanken halblaut fort. In diesem Moment war es ihm sogar egal, ob sich die anderen noch in Hörweite befanden und ihn auslachten. Sollten sie doch. Das hier war der wichtigste Augenblick seines Lebens.

Seine Sirene riss nahezu erschrocken den Kopf hoch und sah ihn endlich wieder an. »Wie bitte?« Oh, selbst jetzt vergaß sie ihre Manieren nicht.

Dane musste unwillkürlich lächeln. »Ja.« Er nickte. »Ein Idiot bin ich anscheinend allein dadurch, als Vampir geboren zu sein, aber jetzt kommt noch dazu, dass ich durch deine Nähe so durcheinander bin, dass ich alles Relevante vergesse.«

»Meine Nähe?«, wiederholte sie. Auf ihre hellen Wangen trat eine faszinierende Röte. »Was ist denn relevant, Dane? Ich meine, natürlich, du hast deine Stimme wieder und bist jetzt der vollwertige Erbe von MidasDreamIndustries. Du kannst endlich auf die alte Art jagen und betören und überhaupt alles tun, was Vampire mit Stimme eben so tun. Und das freut mich für dich, wirklich und ich werde dir auch nicht weiter im Weg stehen und dich belästigen, schließlich war das alles nur Fake und du ...«

Dane wollte wirklich nicht unhöflich sein und sie einfach unterbrechen, aber er musste unbedingt auch noch einmal zu Wort kommen. Er beugte sich zu ihr hinunter und küsste sie. Und weil ihre Lippen so weich waren, ihre Haut so zart, ihr Mund so gut schmeckte, tat er es gleich ein zweites Mal.

Nach dem siebten Mal hörte er auf zu zählen.

Vielleicht hätten sie die ganze Nacht dagestanden, sich aneinandergeklammert und nie wieder aufgehört sich zu küssen, wenn nicht in der Ferne das typische Geräusch eines startenden Gleiters ertönt wäre.

Andie wollte sich von ihm zurückziehen, doch er hielt sie fest. »Entschuldige«, sagte er leise. »Wenn das dein Wunsch ist, werde ich dich sofort gehen lassen. Aber vorher musst du unbedingt etwas wissen.« Er machte eine Pause, weil er sie ansehen wollte, nein, *musste!*

Sie blickte ihn aus ihren goldenen Augen an, in denen so viel Vertrauen, Zuneigung und … Hoffnung lagen.

»Für mich war das kein Fake. Nicht eine Stunde lang, nicht eine Minute, keine Sekunde. Ich glaube, in dir steckt noch ein Hexen-Gen, denn du hast mich in dem Moment verzaubert, als ich dich das erste Mal sah. Und dann …« Er stockte kurz. Noch nie hatte er das laut zu einer Frau gesagt. Also schön, doch. Zu Erzsébet, aber da war er ein kleiner Junge gewesen. Und Mütter zählten in diesem Zusammenhang ohnehin nicht.

»Dann habe ich mich in dich verliebt. In deine Güte, deine Wärme, deine Stärke. Ich fiel Hals über Kopf, aber mein Sturz ist noch nicht zu Ende, noch lange nicht. Jetzt bin ich nicht nur verliebt, Andie. Ich liebe dich. Ich weiß, du hast dir vom Leben wahrscheinlich was anderes erträumt als einen alten Knacker von Vampir oder die Tatsache, dass du plötzlich unter uns Suburbans lebst, selbst eine der mächtigsten bist. Aber ich will dich auf deinem Weg begleiten, ich möchte an deiner Seite stehen, ich möchte …« Dieses Mal war sie es, die seinen Mund mit einem Kuss verschloss.

Und einem zweiten. Vielleicht auch einem siebten. Dane interessierte es nicht, solange sie einfach weitermachte.

»Ich liebe dich auch«, sagte sie, als die Sterne verblassten und sich der Horizont rot verfärbte.

Epilog

Shiva schlief auf eine wirklich unbequem aussehende Art zusammengerollt in einem Sessel des Gleiters. Stella und Tala spielten irgendein Game, wobei die Werwölfin die ganze Zeit fluchte, weil sie permanent gegen Stella verlor.

Doch Bill hatte jetzt lange genug gewartet. »Meinter, dass die irgendwann noch mal auftauchen und wir nach Hause flieg'n können?«

»Vampirsex dauert eine Ewigkeit«, meinte Tala.

Stella sah von ihrem Spiel auf.

»Hab ich gehört«, schob die Wölfin nach.

»Klar.«

»Kinners, die werden jetzt sicher kein Schäferstündchen veranstalten. Ich geh eine rauchen und dann sin' die beiden auch gleich zurück.«

Die Schrotflinte baumelte immer noch über seiner Schulter, als er die Rampe hinunterstapfte, aber er hielt sie locker.

In der Ferne sah er immer noch die Überreste von Orfs Anwesen glimmen, aber er wandte sich davon ab und zündete sich eine Zigarette an. Nur um etwas zu tun zu haben, ging er ein paar Schritte. Hin und her. Wie ein Tiger im Käfig. Und mit einem Mal waren da leuchtende Fußspuren. Die eines Wolfes. Sie leuchteten in der Dunkelheit auf. Lila und Pink. Die Farben der Vorhersehung. Sein Cassandra-Gen war wach geworden. Und es lockte ihn.

Bill machte ein paar Schritte vorwärts, durch das dichte Schilf. Folgte den Wolfsspuren bis zu dem Tümpel, in dem Orf versunken war. Doch da waren sie. Die Pfotenabdrücke des Wers. Sie führten hinaus aus dem Loch. Umgeben von einem unheimlichen grünen Leuchten.

Bill zog seine Schrotflinte und hielt sie vor sich, als er das seichte Wasser des Tümpels an der Seite durchquerte. Blutspuren in glühendem Lila.

Bill trat näher an die Abdrücke heran. Sie führten noch ein paar Schritte weiter und endeten dann. Doch der letzte war nicht der eines Wolfes. Es war die Klaue eines Drachen. Und von ihr gingen verschiedene Spuren ab. Menschlich, wölfisch – Dutzende. Eine ganze Armee, die funkelnd und leuchtend im Schilf stand und auf Befehle wartete. Auf wessen Befehle, konnte er nicht sagen, aber sich denken.

»Bill?«, hörte er Stellas laute Stimme und mit einem Mal waren die Farben der Vorhersehung verschwunden.

»Wir wollen los, alter Mann. Komm!«

Bill schüttelte die Stimme ab und kehrte zurück in die Welt der Farben. Die Drachenklaue war frisch.

»Fürchtest du dich, Furie?«, fragte die beruhigende Stimme der Vorhersehung, die ihm diese Farben stets zeigte, wenn das Cassandra-Gen wach wurde.

»Muss ich?«

Ein Lachen aus mehreren Richtungen. »Die Zukunft ist verworren. Kannst du sie deuten?«

»Is es das, was geschehen wird?«, fragte Bill ruhig.

»Es ist das, was geschehen kann. Ein Universum – viele Wege für das Schicksal.«

»Dass dieser Scheiß aber auch nie präzise is«, knurrte Bill in die Dunkelheit hinein.

Die Stimme der Vorhersehung schien von überall herzukommen. »Du weißt, wie es läuft, Furie. Und du weißt, dass nichts endgültig ist, was die Farben dir zeigen. Es gibt so viele Wege. Das hier ist einer.«

»Ich möcht der Sirene Ruhe gönnen«, grollte Bill. »Sie is 'n nettes

Mädchen. Sie sollte nich wieder da raus und sich mit wütenden Suburbans herumschlagen, die ihre antiquierten Vorstellungen verfolgen.«

Die Stimme der Vorhersehung änderte die Richtung. Sie war nun hinter Bill.

»So sei es. Für den Moment, Bill Watling.«

Verliebe dich in dunkle Kreaturen der Nacht

Tauch ein in die Welt des Vampire-Glamours

M. D. Hirt
Bloody Marry Me 1:
Blut ist dicker als Whiskey
Softcover
ISBN 978-3-551-30139-0

Wenn deine Gefühle zur größten Gefahr für dich werden

Asuka Lionera
Feral Moon 1:
Die rote Kriegerin
Softcover
ISBN 978-3-551-30138-3

Rache oder Liebe – Welche Wahl triffst du?

Cosima Lang
Hunting the Beast 1:
Nachtgefährten
Softcover
ISBN 978-3-551-30183-3

www.darkdiamonds.de

Impress
Die Macht der Gefühle

Impress
Ein Imprint der CARLSEN Verlag GmbH
Januar 2020

Lektorat: Diana Steigerwald
Umschlagbild: shutterstock.com / © CURAphotography / © Sofia Zhuravetc / © IM_photo
Umschlaggestaltung: formlabor, Vivien Summer
Satz und Umsetzung: readbox publishing, Dortmund
Druck und Bindung: CPI Books GmbH, Birkach
ISBN 978-3-551-30225-0
Printed in Germany
www.carlsen.de/impress

Alle Bücher im Internet: www.carlsen.de